KB271814

검마전기
그라인더

승빈 게임 판타지 소설
GAME FANTASY STORY

승빈 게임 판타지 소설
GAME FANTASY STORY

검마전기 그라인더 5

승빈 게임 판타지 소설

초판 1쇄 찍은 날 § 2010년 12월 13일
초판 1쇄 펴낸 날 § 2010년 12월 20일

지은이 § 승빈
펴낸이 § 서경석

편집팀장 § 서지현
편집책임 § 박우진
편집 § 주소영 · 어정원

펴낸곳 § 도서출판 청어람
등록번호 § 제1081-1-89호
등록일자 § 1999. 5. 31
어람번호 § 제1-1210호

주소 § 경기도 부천시 원미구 심곡2동 163-2 서경B/D 3F (우) 420-822
전화 § 032-656-4452 팩스 § 032-656-4453
http://www.chungeoram.com
E-mail § chungeoram@chungeoram.com

ⓒ 승빈, 2010

ISBN 978-89-251-2382-0 04810
ISBN 978-89-251-2173-4(세트)

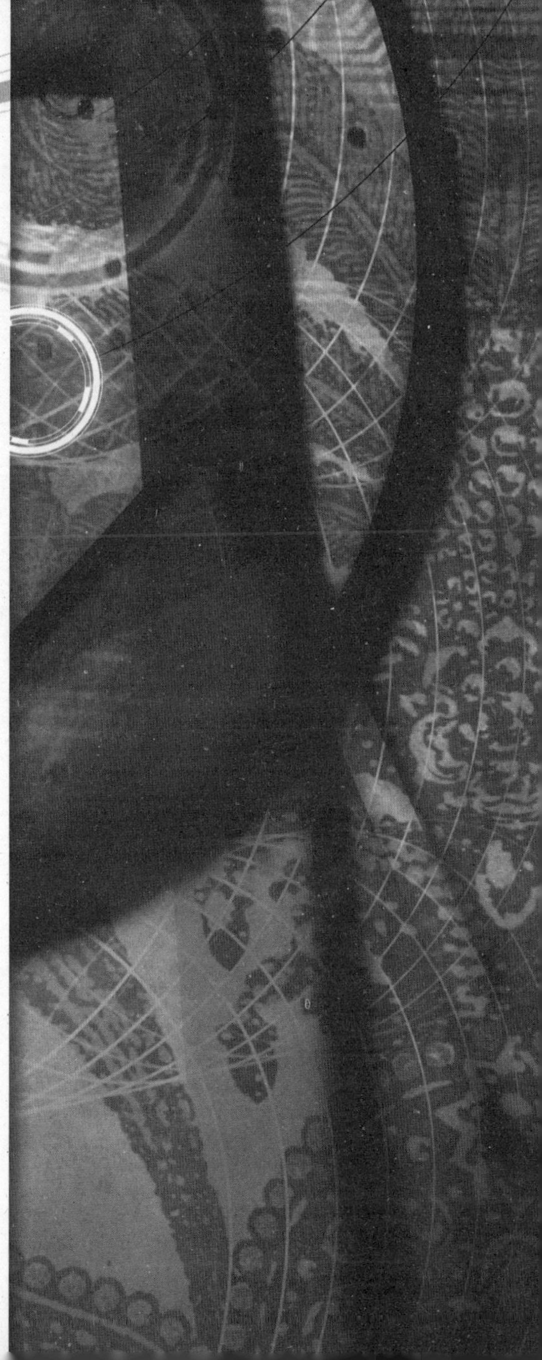

5

[완결]

검마전기 그라인더

GRINDER

승빈 게임 판타지 소설

G A M E   F A N T A S Y   S T O R Y

도서출판 청어람

Contents

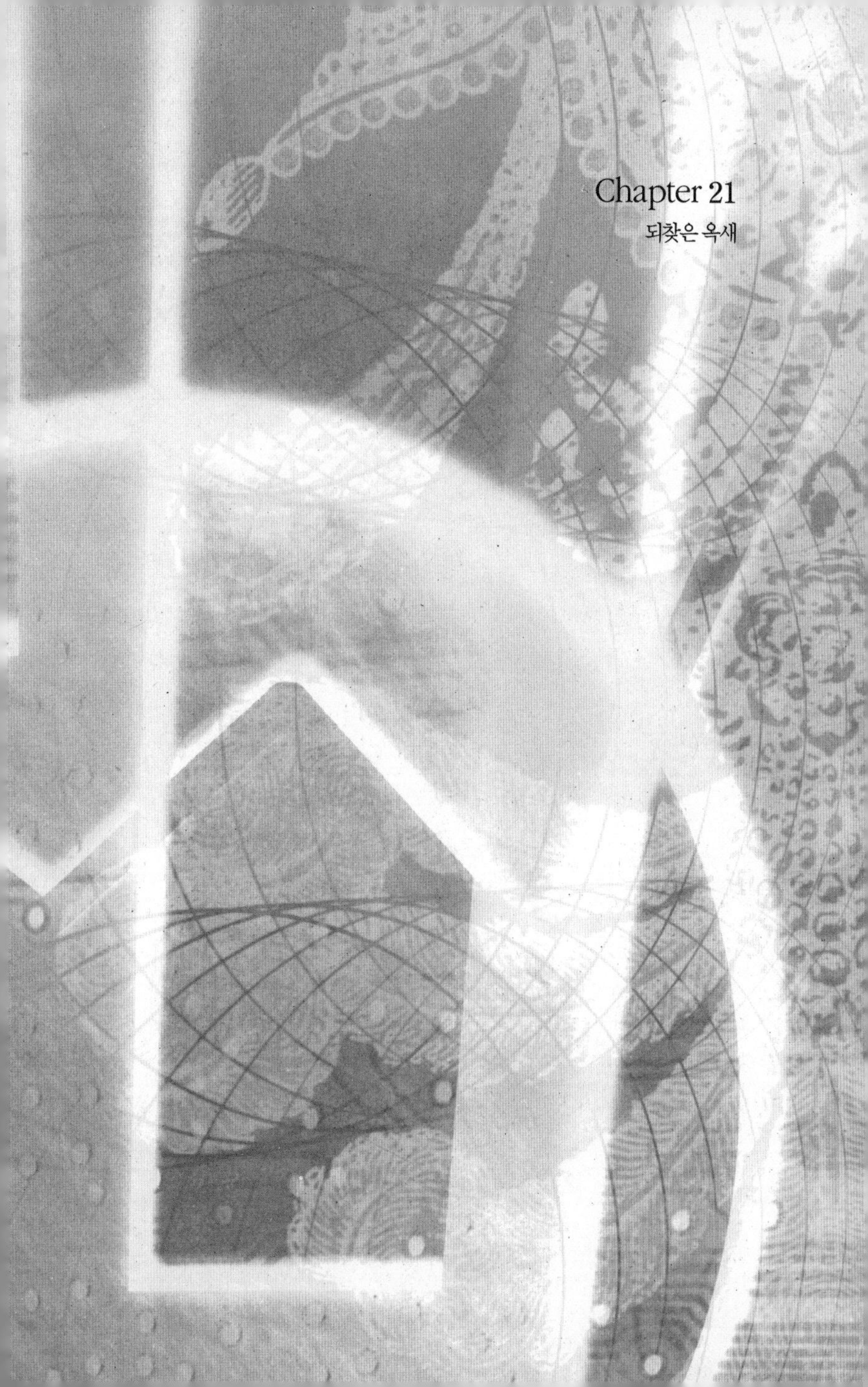

Chapter 21
되찾은 옥새

겹마전기
그라인더

'젠장!'

랜드로서는 부서진 천장 아래로 뛰었다.

두 손을 묶은 빛의 고리를 힘주어 끊어 보려 했지만 꿈쩍도
하지 않는다. 뒤에서는 아케이드 길드 사람들이 달려오는 소
리가 파도처럼 밀려오고 있었다.

무너진 천장 밑, 쌓인 돌무더기 위로 뛰어올랐다. 잔돌이 굴
러내려 자꾸 미끄러지는 발을 다급히 디뎌 올린다. 막 가장 높
은 돌 위로 발을 디뎠을 때, 바로 뒤에서 발을 힘껏 딛는 소리
가 났다.

랜드로서는 뒤돌아보았다. 순간, 힘껏 뛰어오른 네레이드가
위에서부터 검을 내려치는 것이 눈에 들어왔다.

반사적으로 검을 들어 막으려 했으나 그의 두 손은 묶여 있었다.

그때였다.

뒤쪽의 누군가가 날린 신성 마법이 랜드로서의 얼굴에 명중했다.

꽝!

눈앞이 폭발했다. 몸이 확 뒤로 밀리며 시야가 아득해졌다. 덕분에 빗나간 네레이드의 검이 옷깃을 스치고 지나가는 것이 느껴진다. 그리고 그는 바닥에 세차게 등을 부딪쳤다.

쿠당탕!

등을 때린 충격에 정신이 흩어지며 그는 주문을 외던 중이었단 사실을 잊을 뻔했다. 간신히 주문을 끊지 않고 이으며 그는 몸을 앞으로 굴렸다. 방금 있던 자리에서 또 다른 신성 마법이 폭발하는 소리가 났다. 발이 바닥에 닿는 순간 그는 튕기듯 일어나며 몸을 홱 옆으로 틀었다.

쉭!

바로 앞으로 검날이 찔러 들어왔다. 네레이드다. 랜드로서는 회전하는 속도를 그대로 실어 그녀의 뒷덜미를 후려쳤다. 그리고 위를 보며 시동어를 외쳤다.

"바람의 숨결!"

번쩍!

갑자기 사방이 어두워졌다. 그는 무조건 가장 어두운 곳으로 달렸다.

단거리 순간이동을 사용해 지상으로 이동한 것이다. 천장이 뚫려 있어 가능한 일이었다.

점차 어둠에 눈이 익어 건물의 모서리들과 골목 입구들이 제대로 구별되기 시작했다. 그는 몸을 옆으로 홱 틀어 가장 좁은 골목 틈새로 파고들어 갔다. 계속 깊숙이 나아가다가 몸이 충분히 어둠에 잠겼다는 느낌이 들 때에야 발을 멈추고 주변의 소리에 온 정신을 기울였다.

사방에서 수많은 말소리와 발소리가 들린다. 소리는 많았으나 일관성을 가지고 제대로 나아가는 소리는 하나도 없었다.

랜드로서가 어느 방향으로 갔는지 전혀 짐작도 못하는 모양이다.

그제야 랜드로서는 숨을 뱉으며 벽에 등을 기댔다. 입안으로 주문을 외며 생각에 잠겼다.

'괴물은 어디로 갔을까?'

"폴 인투 더 루인."

흑마법의 시동어를 내뱉자 손을 묶은 빛의 고리가 가장자리에서부터 새카맣게 타들어가듯 녹아서 없어졌다.

랜드로서는 생명력 물약을 땄다. 그리고 단숨에 들이키려다 뿜을 뻔했다.

"풉, 쿱, 쿠웁."

넘어오려는 물약을 억지로 삼키느라 그는 얼굴이 새빨개졌다. 간신히 삼키고 나서도 한동안 밀려오는 구역질을 간신히 억눌러야 했다.

그는 입가를 손으로 누르며 텅 빈 물약병을 바라보았다.

'이, 이거 왜 이래? 상했나?'

약간의 액체가 남은 혀끝에서 비릿한 향기가 났다. 이미 삼킨 목 안에서도 금속 냄새 같은 비린내가 올라오고 있었다.

생명력 물약은 약간 달콤하고 약간 상큼한 맛으로, 누구나 무난하게 마실 수 있게 만들어진 액체다. 이런 기분 나쁜 맛을 느껴본 적은 한 번도 없었다.

'상했을 리는 없는데……'

능력치 창을 열어 보니 물약 먹은 만큼의 생명력은 확실히 회복되어 있었다.

'뭐, 별문제없는 것 같은데 천천히 생각하지.'

지금은 더 급한 일이 있었다.

'레이니님과 티슈는 아직 유령조차 못 됐을 거고… 괴물이 어디로 갔는지부터 확인하자.'

랜드로서는 오렐드의 시계에 태엽을 꽂았다.

사아악—!

주변 모든 풍경이 회색으로 굳어졌다. 랜드로서가 숨은 통로는 워낙 깜깜해서 멈춘 것과 그전의 색깔이 거의 다르지 않았다.

펄럭!

날개를 펼쳐 위로 날아오르자 점차 달빛이 닿는 건물 위쪽이 시야에 들어오면서 흑백사진 같은 광경들이 눈 안에 들어왔다.

　검은 하늘 위에 새하얀 리메디는 명암조차 없어 하늘에 흰 구멍 하나가 뻥 뚫린 것 같은 모양이었다. 그리고 달빛이 닿은 윗부분만 하얗게 탄 듯이 밝았고 아래로 내려갈수록 땅 위에 고인 어둠 속에 잠긴 길쭉한 건물의 무리가 시야 아래 들어왔다.

　땅 위에는 찰랑거릴 듯한 어둠이, 건물 사이의 틈마다 소복이 고여 있었다. 불 켜진 건물이 하나도 없기 때문이다.

　'NPC들은 정말 전부 지하로 내려간 모양이군.'

　평소 테티스의 밤이 얼마나 복작복작한지 아는 랜드로서에게 이 풍경은 대단히 낯설었다. 그는 가까운 것들을 쭉 훑다가 앞으로 날아갔다.

　저 앞에는 란터티스 왕성이 솟아 있었다. 홀로 언덕 위에 서 있는 그 건물은 불이라도 켜져 있는 듯 다른 건물들보다 조금 더 희었다.

　쭉 날아간 그는 왕성 근처까지 왔다. 성 밑으로 이어지는 언덕과 언덕 위에서부터 땅 위에까지 긴 융단처럼 깔려 있을 영광의 길을 내려다보았다.

　쿠데타 퀘스트가 진행될 때면 찬란한 빛을 내뿜는 영광의 길은 이 흑백의 시야 속에서도 환한 백색일 것이라 생각했었다. 그러나 지금 눈 안에 들어오는 영광의 길은 다른 길들과 마찬가지로 얇은 어둠의 조각들이 오목오목 고인 자리가 길의 테두리를 표현해 주고 있을 뿐, 빛이라고는 한 조각도 느껴지지 않는 모습이었다.

저런 상태라면 시간을 다시 흐르게 해도 빛은 나지 않을 것이다.

'결계가 풀렸군.'

영광의 길 가장자리에 선 타이란 성기사 NPC들은 여전히 그 자리에 인형처럼 일정한 간격을 유지한 채 몸을 꼿꼿이 세워 서 있었다.

저들의 강함은 익히 알지만, 그 강함이 절대적으로 작용하는 것은 단 한 명을 상대할 때뿐일 것이다. 아케이드 길드 사람들이 우르르 몰려들어 저들을 공격하기 시작한다면 고작 20여 명이 불과한 그들은 그리 오래 버티지도 못할 것이다.

'결국 아케이드가 쿠데타 퀘스트를 성공하는 건가?'

랜드로서는 문득 붉은색을 발견했다. 놀라 돌아보니 왕성 근처의 한 건물 모서리 옆에 몸을 반쯤 숨긴 채 이쪽을 올려다보고 있는 네레이드가 보였다.

그녀는 랜드로서와 눈이 마주친 순간 움찔 어깨를 움직이며 뭔가를 하려고 했으나 곧 그만두고는 모서리 더욱 안쪽으로 물러났다. 랜드로서를 공격하려다 섣불리 덤벼서는 안 된다고 판단한 모양이었다. 랜드로서의 머릿속에 차가운 의문이 떠올렸다.

'죽여 버릴까?'

지금이라면 단둘뿐, 방해받을 일도 없다. 속도를 늦춰 그쪽으로 돌아갈까 하던 그는 그러나 곧 그만두고는 수색 작업이나 마저 하기로 마음먹었다.

언제든지 할 수 있는 일이라는 생각이 들었기 때문이다, 네레이드를 죽이는 일 같은 건. 지금은 그보다 괴물이 어디로 갔는지부터 알아내야 한다고 생각했다.

그러나 테티스 전체를 날아 살펴본 랜드로서는 막막함에 빠졌다.

도시 어디에도 괴물의 모습은 보이지 않았던 것이다. 한 바퀴 더 돌아볼까 하다가 시간 낭비가 너무 심한 것 같아 그만두고 그는 일단 적당한 옥상에 내려앉았다.

네레이드가 관찰하고 있을 가능성을 생각해 그는 옥상에 숨듯 몸을 낮춘 상태로 단거리 순간이동을 사용했다. 다른 옥상으로 옮겨 앉은 상태로 시계태엽을 뽑았다.

사아아악—!

시간이 다시 흘러가기 시작했다. 랜드로서는 일단 개털간지에게 귓속말을 던져 보았다.

—살아 있습니까?

그러자 바로 시스템 메시지가 돌아왔다.

개털간지님은 현재 귓속말이 닿지 않는 지역에 있습니다.

생각해 보니 지상에서 지하로는 귓속말이 전해지지 않았었다. 랜드로서는 일단 개털간지가 살아 있다고 짐작해 두었다.

그리고 옥상 난간 앞에 몸을 낮춘 채 상황이 흘러가는 모양을 잠시 지켜보았다.

캄캄하던 길에 하나씩 불이 켜지고 있었다. 건물에서 새어 나오는 빛은 아니다. 불이 켜진 자리는 대부분 길 위, 그리고 켜진 채로 앞으로 흘러나가고 있었다.

길 위를 걸어나가는 아케이드 길드 사람들이 켜든 불이기 때문이다.

지하에 있던 사람들도 지상으로 대부분 나왔는지 그 숫자는 빠르게 늘어났다. 위에서 내려다보는 랜드로서에게 그 광경은 하얀 불빛을 드문드문 든 사람들의 무리가 사방의 길을 타고 흘러와 가운데로 모여들고 있는 것처럼 보였다.

그들이 모여드는 '가운데' 에 있는 것은 왕성이었다.

영광의 길 양편에 서 있던 성기사들이 대열을 흐트러뜨리며 언덕 위로 뛰어올라 가기 시작했다. 밀려들어 오는 아케이드 길드 사람들은 왕성이 있는 언덕 주변의 넓은 공터에 정체되듯 모여 대열을 만들어가기 시작했다. 충분히 모여 한꺼번에 공격해 들어갈 준비를 하는 것이다.

그때 랜드로서의 눈앞에 귓속말 창이 떴다.

―랜드님! 살아 있어요?

레이니였다.

'유령이 됐구나.'

랜드로서는 답장을 보냈다.

—안전한 곳으로 피했습니다. 혹시 그 주변에 아까 그 괴물… '피의 산물'이 보입니까?
—아뇨, 지금은 안 보여요.

랜드로서는 이번에는 티라미슈에게 귓속말을 보냈다.

—어떻게 된 거야?
—살아남았어요?

티라미슈의 대답은 바로 돌아왔다. 랜드로서가 대답하려는 찰나, 티라미슈가 보낸 새 귓속말 창이 그 위에 떴다.

—혹시, 랜드 형, 최근에 파이어베어 형하고 연락한 적 있었어요?

랜드로서는 눈살을 찌푸리며 그 창을 쳐다보았다.

—네가 말하지 않았냐? 파이어베어는 식물인간이 됐다고.

대답은 바로 돌아오지 않았다. 랜드로서가 다시 귓속말을 보냈다.

─그런데 넌 파이어베어가 요즘에도 제로월드에 접속한다
고 당연하게 생각하고 있는 것 같다?

밑에서 와아아아─! 하는 함성 소리가 났다.
랜드로서는 아래를 내려다보았다. 왕성 근처에 모여든 아케
이드 길드 사람들이 왕성 쪽으로 한꺼번에 돌진하고 있었다.
언덕 위로 뛰어올라 간 성기사 NPC들은 왕성 정문 앞에 바
짝 모여서 밀려드는 사람들을 향해 창을 겨누고 있었다. 20여
명 대 수백 명. 그것은 아무리 지형적으로 유리해도 도저히 극
복할 수 없는 병력의 차이로 보였다.

─나도 원리 같은 건 잘 몰라요. 다만 뇌손상으로 몸을 못
움직이는 상태가 됐더라도 의식이 어느 정도 살아 있으면 제
로월드에 접속할 수 있대요. 파이어베어 형은 접속했었어
요……. 정말 최근에 연락한 적 없어요?
─유령일 때도 날 수 있네요! 날아서 주변을 좀 봤는데 그렇
게 이상하게 생긴 놈은 보이질 않는데요. 아무래도 테티스 안
에 꼭꼭 숨었거나 아니면 아예 멀리 가버린 것 같아요.

티라미슈와 레이니의 귓속말이 동시에 눈앞에 떴다. 랜드로
서는 티라미슈에게 대꾸했다.

─접속했다고, 파이어베어가. 정말 확실해?

─형이야말로 왜 아까 '파이어베어'라고 외친 거예요?

─난 아무런 근거 없는 소리였어. 요즘 이상하게 파이어베어가 눈에 띄니까, 이번 일도 관계가 있는 게 아닌가 하는 생각이 들어서 무작정 불러본 것뿐이야. 너야말로 널 죽인 게 파이어베어라는 걸 알았던 거 아냐?

─아뇨, 몰라요. 하지만.

티라미슈의 귓속말이 잠시 후 하나 더 떴다.

─날 죽인 화살은 파베 형 스킬이 맞을 거예요. 흔한 스킬이 아니니까.

─대체 왜?

랜드로서의 질문에 대답은 돌아오지 않았다. 랜드로서가 다시 말했다.

─뭔가 말리고 싶었다면 말로 하면 되는 거잖아? 왜 무작정 널 죽이고 난리야?

그러고 보니 귓속말을 보내보면 되겠다는 생각이 들었다. 그는 파이어베어에게 귓속말을 보냈다.

—대체 뭘 하고 있는 거냐? 설명 좀 해봐.

랜드로서는 보내는 순간, 곧바로 '파이어베어님은 현재 접속해 있지 않습니다' 라는 시스템 메시지가 돌아오길 기대했다.
그러나 귓속말 창은 제대로 보내졌다는 의미로 깜박이며 희미하게 사라져 갔다. 랜드로서는 기분이 서늘해지는 것을 느꼈다.
'접속… 해 있어?'
눈앞에 귓속말이 떴다. 랜드로서는 파이어베어의 답장인 줄 알고 움찔 놀랐다. 그러나 온 것은 티라미슈의 귓속말이었다.

—대답 안 해줘요, 아무리 물어보고 말을 걸어도. 그러니까 파베 형이 뭘 하고 있는 거냐고 나한테 물어도 나도 대답해 줄 수가 없어요. 아무것도 모르니까.
—거 황당한 놈이네. 대체 그럴 이유가 뭐야?

대답은 돌아오지 않았다.
랜드로서는 잠시 생각하다가 티라미슈에게 귓속말을 보냈다.

—너 파이어베어랑 꽤 친했잖아? 혹시 무슨 일 있었어?
—무슨 일이라니요?

—싸웠다던가.

—모르겠어요. 내가 진짜로 뭘 잘못했나…….

잠시 후 티라미슈의 귓속말이 다시 떴다.

—이유를 모르겠어요. 말 걸어도 형이 대답해 주지 않은지
는 꽤 됐어요. 대체 왜 그러는지……. 짐작 가는 모든 일에 전
부 사과도 해봤는데, 어떻다는 답 하나 오질 않네요. 크게 화난
거라면 꼴 보기 싫다는 말이라도 해줬으면 좋겠는데…….

—짐작 가는 모든 일에 사과했다고? 그게 무슨 바보 같은 짓
이야? 쪼잔하게 상대방이 무슨 일인지 분간도 못하는 일로 삐
쳐서는 이유도 말 안 해주는 놈이 이상한 거지.

티라미슈는 바로 대답하지 않았다. 잠시 후 짧은 대답이 왔
다.

—랜드 형은, 참 무신경해서 좋겠네요.

랜드로서는 보지 않아도 알 수 있을 것 같았다. 티라미슈가
버럭 소리치려다가 한숨을 쉬며 이런 말을 보내는 광경을.

—형은 그렇게 쪼잔한 사람 아니에요. 형이 이렇게 행동하
는 데는 충분한 이유가 있다고 생각해요. 무슨 일이든 깊이 생

각하고 결정하던 사람이었으니까.

‘생각이 깊어?

랜드로서는 눈살을 찌푸렸다. 파이어베어의 성격은 어느 쪽이었는가 하면, 유쾌하고 가벼운 쪽이었다. 많은 사람에게 일일이 인사를 건네며 항상 웃는 얼굴이었던 사람이다.

항상 유쾌하게 굴었기 때문에 때로는 실수를 할 때도 있었다. 말을 많이 하다 보면 아무래도 실수할 확률도 높아지게 마련이니까. 그러나 그것이 미워 보이지 않을 만한 밝음 또한 가지고 있었다.

랜드로서는 길드 내 사람들과 거의 섞이지 않았기 때문에 자세한 것은 모른다. 티라미슈가 그렇다고 말한다면 아마 그쪽이 맞을 것이다. 그러나 의견이 너무 달라서 좀 갸우뚱했다.

―이 이야기는 일단 미뤄두고, 오늘 일을 해결하자. 부활할 수 있을 때까지 접속 종료하고 있어. 재접속하자마자 마물 추적 마법 쓰고.

―아뇨, 난 이 일에선 손 뗄게요. 내일 봐요.

―무슨 소리야? 갑자기?

―파베 형이 날 죽여서까지 막은 일이라면, 이유가 있을 거예요.

―설명하지도 않는 놈 말을 뭐하러 들어?

―파베 형은 나한테 그래도 돼요. 그냥, 내가 속상해서 이유

를 알고 싶은 것뿐이에요.

　─그런 말이 어디 있어? 너 그렇게 음침한 놈이었어? 이쪽을 이해시키려는 최소한의 노력도 하지 않는 놈에게 뭐하러 애써서 맞춰줘? 이딴 식으로 일 벌인다면 차라리 깨부숴주는 게 낫지! 무슨 이유에서든!

　티라미슈의 대답은 바로 돌아오지 않았다.

　랜드로서의 시야 저 멀리에선 간신히 버티던 타이란 성기사들이 무너져 내리고 있었다.

　랜드로서가 한마디 더 하려는 찰나, 귓속말이 돌아왔다.

　─랜드 형은 평생을 가도 갚을 수 없을 것 같은 빚을 져 본 적 있어요?

　─뭐……. 경제적으로 문제있어?

　─돈 말고요. 여러 가지. 나한테 형은 그런 사람이에요. 당연하다고 말하는 사람도 있었지만, 나는 도저히 그렇게 생각할 수가 없었어요.

　─대체 무슨 말을 하는 거야?

　─미안해요.

　─너야말로 제대로 설명해. 너하고 파이어베어 사이에 무슨 일이 있었던 거야?

마지막 말에 대한 대답은 시스템 메시지였다. 랜드로서는 속으로 고함을 쳤다.

'야! 너야말로 제대로 설명을 해줘야 할 거 아냐!'

그때였다.

뒤에서 쌔애액—! 하는 날카로운 소리가 났다. 랜드로서가 돌아본 순간, 발끝에서부터 머리 위까지 매서운 바람이 그의 온몸을 확 훑으며 지나갔다.

랜드로서는 급히 위를 보았다. 막 지나가는 부채 같은 것이 언뜻 보였다가 시야 밖으로 멀어졌다.

'새?'

랜드로서는 앞쪽으로 돌아서서 다시 위를 보았다. 부채 같아 보였던 것은 거대한 맹금류의 꽁지깃이었다. 바람이 완전히 지나가고 랜드로서의 옷자락도 펄럭이는 것을 멈췄을 때에야 지나간 것이 무엇인지 제대로 알아볼 수 있을 만큼 거리가 벌어졌다.

그것은 독수리와 비슷한 날짐승이었다. 비슷하다고 하는 것은 크기가 훨씬 컸기 때문이다. 활짝 편 양날개가 밑으로 지나가는 건물 폭에 가까울 정도로 넓다. 그 등 위에는 소녀가 한 명 타고 있었는데, 짧은 반바지 아래로 드러난 양다리를 깃털 속에 푹 파묻은 채 저 먼 곳을 바라보듯 양손을 들어 이마 위에 차양을 만들고 있었다.

랜드로서는 보지 않아도 저 소녀가 호기심을 가득 담은 두 눈을 반짝반짝 빛내고 있을 거라고 예상했다. 유렐이었다. 그녀를 태운 거대한 독수리는 아마도 레리일 것이다.

그러고 나서야 랜드로서는 한발 늦게 가슴을 쓸어내렸다.

'발견될 뻔했다.'

다행히 그들은 옥상 위의 랜드로서를 전혀 보지 못한 모양이었다.

랜드로서는 중계 채널을 열었다. 독수리 위에서 내려다보는 화면이 중계 채널의 화면 속에 펼쳐지고 있었다.

레리는 빠른 속도로 왕성 위로 날아가고 있었다. 왕성 아래 잔뜩 모인 아케이드 길드 사람들의 머리를 훑듯이 지나 성 앞쪽까지 나아간다.

막 마지막 성기사 NPC가 쓰러지고 굳게 닫힌 성문이 공격당하기 시작하는 시점이었다. 점점 더 많은 사람들이 매달려 각자의 무기로 성문을 후려치기 시작했다.

제로월드의 건물들에는 내구도가 있어서 그 내구도를 전부 깎는 타격을 입히면 부서진다. 성문의 내구도는 적지 않을 것이다. 그러나 저만한 사람들이 몰려와서 저렇게 두들겨 패는 데 오래 걸릴 것 같지도 않았다.

'젠장, 가서 사미르라도 끌고 와야 하나?'

랜드로서는 여러모로 난감한 심정이었다. 괴물은 어디 갔는지 짐작도 못하고, 주문을 윌 드루이드는 안 한다고 선언했다. 오늘의 접속 시간도 거의 남지 않았을 것이다.

일단 접속 종료하고 티라미슈에게 전화라도 걸어봐야 하나 생각하고 있는데, 눈앞에 귓속말이 떴다.

　—랜드님, 지하로 가서 레트리버라는 사람에게 연락해 보세요.

　레이니였다. 랜드로서가 대답했다.

　—그게 누굽니까?
　—지금 쿠데타 퀘스트 진행하는 건 아케이드 길드 하나가 아니에요. 다른 길로 진행하는 사람이 또 있어요. 그 사람이 '레트리버' 님. 아케이드 길드하고는 원수지간이래요.

　랜드로서는 왕성에 진입할 때 봤던 메시지를 생각했다. 레이니의 말이 하나 더 떴다.

　—유령 된 김에 지하로 내려가서 그 사람하고 얘기해 봤어요. 우리가 몇 가지만 도와주면, 잉그리타 언니를 되찾는 일을 도와주겠대요. 리덕스님도 그쪽 편이더라고요.
　—그쪽은 병력이 얼마나 된답니까?
　—음… 거의 없는 것 같아요.

　랜드로서는 골치가 아파오기 시작했다.
　'몇 가지만 도와주면 해결될 수준이 아닌 것 같은데?'

　더욱 골치가 아픈 것은 다른 선택권이 없는 상황으로 몰리고 있는 것 같다는 예감이었다. 그런 기분을 더해주는 레이니의 귓속말이 눈앞에 떴다.

　─그리고, 아케이드 길드에 그 기계 있잖아요? 티슈가 마법을 걸려고 했던 그 지하의 기계. 거기서 뭔가를 빼간 것 같아요. 앞쪽 뚜껑이 열려 있고 그 안이 텅 비어 있더라고요. 원래부터 비어 있던 건 아닌 것 같은데… 내가 봐야 뭘 알 수가 있어야 말이죠. 아무튼 그것도 좀 알아봐야 할 것 같아요.

　랜드로서는 후 한숨을 쉬었다.

　─알겠습니다. 연락해 보죠.
　─더 시킬 일 있어요?
　─일단 접속 종료하세요. 접속 시간을 최대한 아껴야 하니까. 필요한 상황이 되면 전화로 연락하겠습니다.
　─아, 내 전화번호는 xxx─xxxx─xxxx예요.

　전화번호를 먼저 물어야 한다는 사실을 랜드로서가 깨닫기도 전에 레이니가 스스로 전화번호를 알려주었다. 랜드로서가 대답했다.

　─그럼, 그때 연락하죠.

─그래요. 랜드님, 파이팅!

랜드로서는 옥상에서 내려왔다. 길에는 인적이 거의 없어서 시간을 멈출 필요도 없었다. 구멍 뚫린 자리로 가고 있는데 레이니의 귓속말이 눈앞에 떴다.

─어? 랜드님, 티슈에게도 접속 종료하라고 했어요?

랜드로서는 어떻게 대답할까 하다가 간단히 정리하기로 했다.

─그랬습니다.
─나한테 말도 없이 혼자 나가다니……. 아, 맞다. 그 파이어베어란 사람 대체 어떤 사람이에요?
─전에 알던 사람입니다. 지금 설명하긴 좀 길군요.
─티슈 친형이라면서요? 무슨 사람이 그래요? 난데없이 튀어나와서 동생을 죽이고.

"어?"
랜드로서는 자신도 모르게 감탄사를 뱉었다가 급히 주변을 살폈다. 가까운 곳에 인적은 없었다. 급히 질문하는 귓속말을 날렸다.

─그게 무슨 얘깁니까? 파이어베어와 티라미슈가 형제라고
요?
　─어? 랜드님, 몰랐어요? 티슈가 그러던데요?

　직접 말했다면 사실일 것이다. 랜드로서는 머릿속이 복잡해
지는 것을 느꼈다. 그리고 더 복잡하게 해주는 레이니의 귓속
말이 다시 눈앞에 떴다.

　─랜드님하고는 친구라던데요? 현실에서도 아는 사이라고.
　─티라미슈가 한 얘깁니까, 그거?
　─전혀 몰랐어요? 딱히 비밀은 아니라고 하던데……. 오래
전에 알던 사이라서, 새삼스레 아는 척하기 애매해서 그냥 지
냈다고 했어요.
　─더 자세한 얘긴 없었고요?
　─예, 그냥 잡담 정도로 했던 얘기라. 얘가 속상해서 그렇게
그냥 나갔나……?

　랜드로서는 머리를 쥐어뜯고 싶은 기분이었다. 레이니의 귓
속말이 다시 눈앞에 떴다.

　─아무튼 일단 접속 종료할게요. 연락 줘요.

　레이니의 귓속말이 사라져 갈 때까지, 랜드로서는 그 화면

을 노려보듯 걷고 있었다.

구멍 뚫린 자리 근처까지 왔다. 저 앞에 사람이 몇몇 서 있는 것을 보고는 시계에 태엽을 꽂았다.

회색빛 동상처럼 굳어진 망토 입은 사람들 옆을 걸어서 지나쳤다. 구멍은 꽤 넓은 길 한가운데에 뻥 뚫려 있었다. 깨끗하게 잘리지 못한 돌조각들이 지금이라도 후드득 소리를 내며 더 무너져 내릴 것 같은 인상을 주었다.

어두운 거리에 비해 구멍 아래의 공기는 희었다. 랜드로서는 구멍 아래로 날아내려 갔다.

구멍 밑의 동력실은 어수선했다. 부서진 돌조각들이 전혀 치워지지 않은 채 바닥에 쌓이거나 흩어져 있다. 동력장치 앞과 문 쪽에 아케이드 길드 사람이 세 명씩 서 있었다. 지루해하거나 불만 섞인 얼굴들이다.

랜드로서는 그들 뒤로 돌아 들어가 동력장치를 살펴보았다. 정말 앞쪽이 열려, 뭔가가 빠져나간 듯한 텅 빈 공간이 드러나 있었다. 아무래도 처음부터 비어 있던 자리는 아닌 것 같았다.

'정말 아케이드 쪽에서 부품을 가져간 거라면 골치 아파지는데.'

그는 일단 자신의 피로도를 확인했다. 그리고 멈칫했다.

'뭐야, 이거?'

피로도 1D4A

숫자라고 할 수도 없는 수치가 쓰여 있었다. 랜드로서는 생각했다.

'16진법?'

그는 무심코 16진법으로서의 숫자를 계산하다 그만두었다. 그렇게 세면 더욱 말이 안 된다. 애초에 피로도는 100 이하의 숫자여야 하는 것이다.

'일단 접속 종료하고 제대로 확인을 해야 하나?'

랜드로서는 일단 동력실을 나오려다 바닥에서 뭔가 빛나는 것을 발견했다. 그것은 벤틀러의 반지였다.

이게 왜 여기 떨어져 있나 잠시 고민하던 랜드로서는 이걸 끼고 있던 게 티라미슈였다는 사실을 깨달았다.

아무래도 완성된 형태의, 제대로 효과를 발휘하게 된 벤틀러의 반지는 착용자가 죽으면 바닥에 떨어지는 모양이었다.

'아케이드 사람들이 발견 못해서 다행이군.'

그는 반지를 집어 들고 동력실로 나왔다. 인적없는 통로로 들어가 시계에서 태엽을 뽑자 온 세상의 색이 돌아오며 눈앞에 귓속말 창이 떴다.

—

'뭐야?'

달랑 점 하나 찍혀 있는 귓속말을 보낸 사람은 개털간지였다. 곧이어 제대로 된 귓속말이 왔다.

─이제야 지하로 돌아오다니! 너무 굼뜬 거 아닙니까! 어서 이쪽으로 오세요!

계속 점 하나 찍은 귓속말을 보내며 랜드로서가 지하로 왔나 확인하고 있었던 모양이다. 랜드로서가 물었다.

─대체 어떻게 살아남은 겁니까? 그 속에서.
─비밀 통로 같은 게 있지 뭡니까, 희한하게도! 도와준 사람도 있었고 말입니다. 그러니까 아무튼 이쪽으로 와서 얘기하시죠!

'함정?'
랜드로서는 왠지 불길한 예감을 느꼈다. 개털간지를 미끼 삼아 랜드로서를 끌어들이려는 누군가가 있을 것 같은 예감이었다.
개털간지를 두고 협박이라도 한다면 간단히 개털간지를 버릴 생각이니 별로 상관은 없지만.

─레트리버입니까? 같이 있다는 사람은?
─어? 서로 아는 사입니까? 아니, 당신 같은 사람 모른다는데요?
─어딘지 알려나 주고 오라고 하시죠.

개털간지가 오는 길을 알려주었다. 랜드로서는 지도가 있던 것이 생각나 펼쳐 들고 비교해 보았다.

개털간지가 알려준 장소는 넓은 공간을 두 번 지나 지도의 왼쪽 끝을 뚫고 나가는 길이었다. 랜드로서는 일단 지도보다도 개털간지를 의심했다.

―제대로 알려준 것 맞습니까? 지도에 없는 길인데요?

―그 지도 버려요.

―싫습니다.

―아, 여기도 비밀 통로라네요? 뻥 뚫려 있어서 그런 줄 몰랐는데? 비밀 통로를 대체 왜 이렇게 비밀스런 맛이 하나도 없게 만들어놨지? 아, 저기 문을 닫을 수 있게 돼 있군요. 문 닫아놓을 테니까 찾아내 오시렵니까?

―싫습니다.

―쳇, 재미없는 사람 같으니. 빨리 오기나 하세요. 접속 시간 간당간당하니까!

―피로도 몇입니까?

―91입니다. 이럴 줄 알았으면 좀 더 늑장부리다 늦게 접속할걸! 하이라이트가 이렇게 늦은 시간에 시작되다니! 잠도 없는 사람들 같으니!

랜드로서는 통로에서 걸어나갔다. 앞쪽 길에 듬성듬성 아케이드 길드 사람이 서 있는 것이 보였다.

그는 걷는 속도를 줄이지 않은 채 시계에 태엽을 꽂았다. 회색으로 굳어진 세상을 빠른 걸음으로 걸어나갔다. 점점 더 빨라져 뛰기 시작했다.

그 자신의 발소리가 통로 가득 텅텅 튀었다. 앞으로 슥 밀려오는 게 있어 흠칫 놀랐는데 다시 보니 랜드로서 자신의 그림자였다. 빛의 방향이 바뀜에 따라 뒤에 있던 그림자가 앞으로 넘어온 모양이었다. 랜드로서는 눈살을 찌푸리며 생각했다.

'괴물… 그놈이 따라온 줄 알았잖아.'

시간을 멈춰놓았으니 어차피 '피의 산물'도 지금은 움직이지 못한다. 그러나 그놈에게는 사람을 섬뜩하게 만드는 면이 있었다.

'대체 무슨 생각으로 그런 괴물을 만든 거지?'

공터를 걸어나가며 랜드로서는 '피의 산물'에 대해 생각했다. 마물이 있을 수는 있다. 모험이 있을 수는 있다. 그러나 그놈은 그야말로 괴물이었다. 어떤 형태로든 변하고 신성 마법 외의 어떤 공격도 먹히지 않으며 불어나고 갈라지고 잉그리타를 집어삼켜 버린.

단지 강한 마물이라고 하기에는 지나친, 사람을 매우 기분 나쁘게 하는 면이 있었다. 인정하긴 싫지만 그 감각은 공포에 가까웠다.

그놈은, 제로월드의 모든 것은 사람이 만들어낸 것이다. 어째서 그런 놈을 만들어냈는지 제정신이 아니라는 생각이 들

뿐이었다.

'사람을… NPC지만… 집어삼키다니 말이야.'

랜드로서는 '정말 잉그리타를 되찾을 수 있을까' 라는 의문을 억누르려 애쓰다가 퍼뜩 생각난 단어에 발을 멈췄다.

'잠깐, 바이러스?'

사람을 잡아먹는 것은 괴물이라 부를 만하다. 하지만 NPC, 이 세상에 가득한 NPC들은 사람의 형태를 하고 있지만 사실은 프로그램이다.

언젠가 게임 방송에서 제로월드의 개발자라는 사람이 나와서 NPC 한 명을 이루는 데이터가 이만큼이나 많다며 책 두 권은 될 법한 양의 프린트물을 들어 보인 적이 있었다. 그때는 단순히 게임 만드는 사람들 대단하구나 하고 생각했었는데…….

제로월드의 세계는 대단히 넓다. NPC의 숫자도 수만 명에 달할 것이다.

한 명을 이루는 데이터가 그만큼이나 많다면, 수만에 달하는 모든 NPC들의 데이터는 대체 어떻게 입력한 걸까?

그뿐 아니다. 이 세계는 NPC만 있는 게 아니니까.

이 세계 그 자체, 다른 세상에 온 것처럼 신비롭지만 하나도 어색하지 않은 모든 것, 얼굴에 닿는 바람의 감촉이라던가, 오래 뛴 다리의 무거움. 땀이 흐르는 뜨뜻미지근한 온도와 손을 담근 물의 차가움과 같은 세상의 모든 감각을 대체 어떻게 다 만들어낸 걸까?

이해하지 못할 수도 있다. 애초에 세령은 컴퓨터가 어떻게 만들어진 것인지도 알지 못하니까. 그러나 그것은 지식을 가진 사람들은 만들어낼 수 있는 것이다.

하지만 제로월드는 그렇지가 못하다.

가상현실이 개발된 것은 꽤 오래전의 일이지만 완성형이 번쩍 하고 발견된 건 아니었다. 아주 미숙한 수준에서부터 조금씩 발전되어 왔다.

제로월드는 그야말로 혁신적인 것이었다.

제로월드가 정식 서비스 된 지 3년. 게임이란 순환주기가 짧은 세계다. 3년이 지났으면 아무리 인기있던 게임이라도 초기의 인기를 계속해서 누릴 수 없으며, 그에 비견할 만한 새 게임들이 잔뜩 나와 있는 게 정상이다.

아니, 정상이라고 여겨졌었다.

제로월드는 여전히 독보적이다. 게임의 즐거움 여부를 떠나 일단 이만큼 실감나는 세상을 아무도 만들어내질 못했다. 혁신적인 가상현실이라며 발표한 새 게임들은 전부 '제로월드의 마을 하나만큼도 못하다' 라는 평을 받았다. 어떤 방식의 게임이냐를 떠나서 온갖 감촉들이 전혀 진짜 같지가 않았다는 것이다.

그런 역사가 있었던 탓에 제로월드를 만든 건 인간이 아니라는 소문까지 퍼졌던 적도 있었다. 덕분에 언젠가는 제로월드의 각 도시에 '우린 외계인이 아닙니다 —개발자 일동' 이라는 현수막이 걸린 적도 있었다. 대부분의 사람은 웃었고, 랜드로서도 그저 한심한 농담거리라고 생각했다.

하지만 지금에 와서는 그 의문들을 대충 넘어갈 것이 아니라는 생각이 들고 있었다. 애초에 이 퀘스트, '거울의 문'의 시작부터가 이상했다.

대체 왜 운영진도 예상 못한 일들이 일어났던 걸까?

대체 왜 그들은 내게 돈까지 줘가며 그 퀘스트를 진행하도록 종용했던 걸까?

애초에 그들은 이 세계를 마음대로 움직일 수 없는 게 아닐까?

"신들은 오랜 시간의 노력 끝에 이 세계를 만들어내는 데에 성공했어."

퍼뜩, 베르엘베르의 말이 떠올랐다.

"하지만 창조에 너무나 많은 힘을 쓴 나머지 자신들도 이 세계에서 벗어날 수 없게 되고 말았다."

이 세계의, 제로월드를 만들어낸 신적인 존재라면 아마 개발자들을 말하는 것일 테다. 그러고 보면 베르엘베르는 '그들은 엄밀히 말하면 신이 아니지만…….' 이라는 말도 했었다.

'무슨 생각을 하는 거야. 그건 그냥 이쪽의 신화일 뿐인데.'

랜드로서는 고개를 세차게 저었다. 그리고 성큼성큼 앞으로 걸어나갔다.

정말로 개털간지가 말했던 장소는 벽 한가운데가 동그랗게 뚫려 통로처럼 이어져 있는 장소였다. 안으로 조금 걸어 들어가자 고개를 쭉 뻗은 채 앞쪽을 바라보는 자세의 개털간지의 모습이 보였다.

랜드로서는 그 바로 앞에 서서 태엽을 뽑았다. 온 세상의 색이 본래대로 돌아오면서 개털간지가 비명을 질렀다.

"으악!"

"왜요?"

"놀랐잖아요! 말 끝나자마자 눈앞에 나타나다니!"

개털간지의 외침에 랜드로서는 다른 사람에겐 정말 그렇게 보이는구나 하는 점을 실감했다. 랜드로서는 여기까지 걸어왔지만 시간을 멈춘 채 왔기 때문에 개털간지에게는 그 중간 과정의 시간이 전혀 느껴지지 않았던 모양이다.

개털간지가 벽 한쪽의 약간 옴팍한 자리를 누르자 통로 입구에서 갑자기 벽이 나타나 입구를 막았다. 워낙 감쪽같아서 막힌 상태에서 이곳에 통로가 있다는 사실을 알아보기 어려울 것 같다는 생각이 들었다. 개털간지가 돌아서며 말했다.

"보면 볼수록 참 신기한 사람이지 말입니다? 똑같이 게임을 하는데 어떻게 이렇게 겪는 게 다를 수가 있지?"

랜드로서는 비밀 통로인가 하다가 그가 몇 발 앞서 간 후에야 이 말이 자신을 향한 말이라는 사실을 깨달았다.

'특이하게 게임하는 건 당신도 만만치 않아.'

통로 안쪽으로 조금 걸어 들어가자 개미굴의 방처럼 둥글게 넓어지는 장소가 나왔다. 그곳에는 그을린 피부의 덩치 큰 낯선 남자와 리덕스가 서 있었다.

낯선 남자와 리덕스. 한 사람은 유저이고 한 사람은 NPC인데 닮지도 않은 두 사람의 분위기가 묘하게 비슷하다는 느낌이 들었다.

낯선 남자 쪽이 랜드로서에게 손을 내밀었다.

"반갑습니다. 레트리버입니다."

랜드로서는 그 손을 잡지 않았다. 조금이나마 그를 올려다봐야 한다는 사실에 묘한 불만을 느끼며 물었다.

"날 어떻게 도와줄 겁니까?"

그, 레트리버는 작은 눈을 더욱 좁히며 웃는 듯 마는 듯한 표정을 지었다.

"리덕스에게 들었습니다, 홀에 남아 있던 아케이드 길드 사람들의 절반을 죽여주기로 했다고."

"그건 잉그리타를 구해주면 교환할 조건이었죠. 서로 실패했군요."

랜드로서는 팔짱을 끼었다. 레트리버가 말했다.

"그렇죠. 하지만 그걸 교환 조건으로 내걸 수 있는 사람은 그게 가능한 사람뿐입니다. 물론 여전히 가능하겠지요?"

"지금 와서 아케이드 길드원들 숫자 좀 줄여봤자 별 의미는 없을 텐데요."

"그렇죠. 그렇게 해달라는 말이 아니라 그 뛰어난 능력을 빌려 달라는 말입니다."

그는 부드러운 표정을 짓는데도 왠지 단단해 보이는 느낌을 주었다. 그가 변함없는 어투로 말을 이었다.

"날 도와주신다면 잉그리타를 되찾는 일에 전폭 협력하죠. 지금 할 수 있는 일은 회복 마법이나, 수준 낮은 마물 추적 마법, 그리고 약한 힘이나마 함께 싸워줄 수 있는 것뿐이지만 내가 쿠데타 퀘스트에 성공하고 나면 도울 수 있는 일이 확 늘어날 겁니다. 사미르에게 명령해 그쪽 일을 도우라고 말할 수 있게 될지도 모르죠."

랜드로서는 눈살을 찌푸린 채 생각했다. 도무지 믿을 수 없는 네레이드를 왕으로 세우는 것보다 이쪽이 나을지도 모른다. 문제는 이쪽 역시 믿을 수 있는지 보장할 수가 없다는 점이었다.

"일단 내게 부탁하고 싶은 것을 말해보시죠."

"지금 옥새를 누가 가지고 있는지 알고 계십니까?"

"네레이드, 그 여자일 겁니다. 아마도 그쪽 왕 후보일 겁니다."

"확실합니까?"

"확실합니다."

"잘됐군요."

그가 확실한 미소를 지었다. 랜드로서는 불길한 기분을 느꼈다.

"옥새를 빼앗아 오라는 소리는 아니겠죠?"

“옥새는 쿠데타 퀘스트에 관계된 아이템이라, 죽으면 바닥에 떨어집니다. 거래를 하거나 협박할 필요 없이 그냥 죽이면 된단 의밉니다.”

“그 여잘 죽이는 건 쉬운 것처럼 말씀하십니다?”

“불가능합니까?”

묘한 친근함을 담아 레트리버가 묻는다. 랜드로서는 끌려가지 않기로 마음먹었다.

“오다가 동력장치에서 뭔가 빠진 듯한 모습을 봤는데 그건 어떻게 된 겁니까?”

“개털간지님을 구해 빠져나올 때 아케이드 길드 사람들이 동력장치에 뭔가 하는 것을 얼핏 봤습니다. 아마도 그라인더님을 견제하기 위한 행동이겠죠.”

“그 부품이 없어도 잉그리타를 되돌리는 게 가능합니까?”

“어? 잠깐, 잠깐! 그라인더는 갑자기 또 뭡니까? 그 사람 얘기가 왜 나와요?”

개털간지가 물었고 랜드로서는 추궁할 게 하나 더 있다는 걸 알았다. 레트리버를 향해 물었다.

“그리고, 내가 누군지 어떻게 아는 겁니까?”

네레이드가 잉그리타를 가지고 협박할 때 그라인더에 대한 이야기가 나오긴 했었다. 그러나 그 자리에는 개털간지도, 레트리버도 없었다. 레이니와 대화를 했다지만 레이니가 선부르게 그것까지 말했을 것 같진 않았다.

레트리버가 살짝 곤란한 듯한 웃음을 뱉으며 말했다.

“이곳에는 비밀 통로가 몇 군데 있습니다. 단순히 지나가는 것에서부터 특정 장소를 들여다볼 수 있는 것까지. 네레이드와 대화할 때 지켜보고 있었습니다.”

“그리고 그 지경이 되도록 안 도왔단 말씀이군요.”

“내가 나가봤자 죽기밖에 더 했겠습니까? 그건 도움이 아니라 민폐라고 부르는 겁니다.”

“쿠데타 퀘스트씩이나 하는 분이 무슨 힘이 그리 없습니까? 동료도 하나 없고.”

“없었던 건 아닙니다. 다 죽었을 뿐.”

“죽어봤자 부활하면 되는 거 아닙니까? 참가하는 전원이 부활 불가 그런 것도 아닐 텐데.”

“예토 지역이라는 장소를 아십니까?”

“다수스, 환마의 강이 지나가는 숲 말입니까? 그건 갑자기 왜요?”

“그곳은 특수한 지역입니다. 무덤이 게이트에서 굉장히 멀리 떨어진데다가, 무덤 자체가 폐쇄적인 구조로 되어 있어요. 게다가 왜인지는 모르겠지만 그 지역 내에서 일어나는 일은 운영진조차 들여다보지 못하는 모양입니다. 아케이드 길드에서는 그 지역을 자신들에게 반발하는 이들을 가두는 용도로 사용하고 있습니다.”

“부활해 봤자 바로 죽임당한다는 겁니까?”

“쿠데타 퀘스트에 성공하면, 나는 일단 그곳을 지키고 있을 아케이드 길드원들을 쓸어버리고 갇혀 있는 동료들을 구할 겁니다. 그러기 위해선 힘이 필요합니다. 나 자신의 힘으로 모자란다면 왕이라는 자리를 얻어 이용하는 것도 좋겠죠."

"저기, 잠깐, 그러니까 그라인더는 어디 있는데요?"

개털간지가 물었고 레트리버는 그를 잠시 바라보다가 랜드로서를 가리켰다. 개털간지가 미심쩍은 표정을 지으며 물었다.

"그라인더의 동영상은 본 적 있습니다만? 이 사람이 아니었는데요?"

"거울의 문 퀘스트를 진행하는 동안 일시적으로 모습이 바뀌었다고 하더군요. 동영상을 봤다면 알 텐데요. 이분이 되찾겠다고 하는 '잉그리타' 를."

"우왁!"

랜드로서가 비명을 질렀다. 갑자기 개털간지가 자신을 와락 끌어안았기 때문이다. 그가 입은 옷의 수북한 털이 거친 감촉으로 턱에 와 닿았다. 개털간지가 중얼거렸다.

"오, 재미있는 감촉."

"이봐요!"

개털간지는 랜드로서가 발광하기 전에 스스로 랜드로서를 놓아주었다. 랜드로서는 그를 의심스러운 표정으로 바라보았다.

"나한테서 무슨 향기라도 납니까?"

"예? 무슨 향기… 아, 고기 굽는 냄새요?"

"고기 굽는 냄샙니까……."

　　랜드로서는 매우 기운이 빠지는 기분을 느꼈다. 개털간지가 중얼거렸다.

　　"랜드님한테서 항상 고기 굽는 냄새가 나기에, 이 사람은 만날 고깃집에 갔다 오나 하는 생각은 했는데……. 그거 일부러 풍기는 거였습니까?"

　　"아닙니다!"

　　"고기 굽는 냄새라고요? 이건 샴푸 냄새 같은데. 음, 굉장히 좋은 향이지만……."

　　레트리버가 킁킁거리며 중얼거렸고 랜드로서가 외쳤다.

　　"그만! 차라리 고기 굽는 냄새로 합시다!"

　　레트리버는 알 수 없다는 표정을 지었고 그래서 랜드로서는 더욱 급히 덧붙여야 했다.

　　"시간들 안 부족합니까? 할 일 빨리 내놔요!"

　　"네레이드를 죽이고 옥새를 가져다주십시오."

　　레트리버가 말했고 개털간지가 물었다.

　　"이 스킬 대체 뭡니까? 사람마다 다른 향기를 맡게 한다니."

　　진지한 표정이던 레트리버도 순간 매우 궁금하다는 표정을 지었다. 랜드로서는 이들 앞에서 '유혹의 향기'라는 단어를 도저히 꺼내놓고 싶지 않았다. 눈살을 찌푸리며 물었다.

　　"부품을 아케이드에서 가져간 거라면, 되찾을 묘책은 있습니까?"

　　"일단은 네레이드를 죽여보고, 안 떨어지면 빼앗을 방법은 얼마든지 있습니다."

"확실한 건 아무것도 없단 소리군요."

그 말에 레트리버는 한쪽 눈을 찌푸리며 입꼬리를 올렸다. 얼굴을 찌푸리는 것도 웃는 것도 아닌 묘한 표정이었다.

"아뇨, 단지 기분 좋은 방법은 아니라서."

"확실히 말하지 않으면 방법이 없는 걸로 생각할 겁니다."

"친구였거든요. 게임에서도, 현실에서도."

랜드로서에게 그 말은 유난히 선명하게 들렸다.

"친구라면서 어쩌다 이렇게 됐는데요?"

"그러게 말입니다. 애초에 친구가 아니었을지도 모르겠네요."

레트리버는 쓴웃음을 짓고 있었다. 그가 정리하는 말을 덧붙였다.

"확실한 걸 원하신다면 시간을 정해 드리죠. 오늘 쿠데타 퀘스트를 내 승리로 끝낼 수 있다면 내일, 현실 시간으로 말입니다. 저녁 아홉 시까지는 동력장치의 부품을 되찾을 수 있을 겁니다."

"그 이상하게 구체적인 시간은 뭡니까?"

"만날 일이 있거든요, 네레이드를. 현실에서."

"만나는 김에 쿠데타 퀘스트 관련된 일도 그 자리에서 해결하시죠?"

"그건 어떻게 말해도 포기 안 할 겁니다. 너무 많은 사람이 관계되어 있어서……."

레트리버는 자세한 설명을 하려다 멈추고 이야기를 정리

했다.

"긴 이야기는 나중에 설명해 드리겠습니다, 원하신다면. 일단 오늘 할 일을 끝내야 뭐든 할 수 있겠죠."

그리고 레트리버는 위쪽을 올려다보았다. 그가 등지고 있는 뒤쪽 벽에는 사다리가 달려 있었고 천장은 둥글게 뚫린 채 위로 이어져 있었다.

"저 사다리 끝에는 굳게 닫힌 문이 있습니다. 아마 왕성으로 바로 통하는 통로일 겁니다. 다만 문이 잠겨서 통과할 수가 없었는데, 조금 전에 개털간지님께서 확인해 주셨습니다. 옥새를 가지고 있으면 열 수 있는 문이라고."

"옥새만 있으면 쿠데타 퀘스트가 거의 끝난단 뜻이군요."

"그렇죠. 그전에 접속 시간이 끝나지 말아야 할 텐데라고 생각하고 있습니다."

레트리버는 희미하게 웃어 보이더니 주문을 외기 시작했다.

랜드로서는 성큼 뒤돌아 나가려다가 레트리버가 당황하는 것을 보고는 저 주문이 자신을 위한 것이라는 사실을 알았다.

랜드로서는 발을 멈춰 기다렸다. 문득 궁금해져서 다시 피로도를 확인해 보았다.

피로도 7AE3

좀 바뀌긴 했지만 제대로 된 숫자조차 아니라는 점은 여전했다. 랜드로서는 눈살을 찌푸렸다.

'이거 대체 왜 이지경이야?'

그는 오늘 지하에 처음 들어오기 전에도 피로도를 확인했다. 그때 봤던 피로도도 70이 넘었다. 그래서 시간이 이쯤 되면 피로도가 90을 넘어 거의 접속 시간의 끝에 가까워져 있을 거라고 생각하고 있었는데.

피로도를 줄이는 약이나 방법 같은 건 없다. 이건 안전을 위한 장치이니까.

'단순한 오류? 아니면 일부러?'

"부상 치료."

주문을 완성한 레트리비가 시동어를 뱉으며 랜드로서의 팔을 짚었다. 랜드로서는 그 손이 유난히 차갑다고 느꼈다.

자잘한 상처들이 아물어가기 시작했다. 랜드로서는 손등의 베인 상처가 흔적도 없이 없어져 가는 것을 보면서 일단은 이대로 진행해 나가기로 마음먹었다.

잠깐 로그아웃해 김 팀장에게 전화를 걸어 피로도 수치가 이상하다고 말할 수도 있다. 그렇게 하지 않고 게임을 이대로 진행할 경우 오늘의 남은 접속 시간은 더 길어질 수도, 오히려 더 짧아질 수도 있다.

어차피 남은 시간은 거의 없었을 테니 짧아진다 해도 큰 차이는 없을 것이다. 어쩌면 요행으로 더 길게 접속할 수 있을지도 모른다고 생각하고 이 몸이 멈출 때까지 진행하는 것이 더 확률 높은 도박이라 여겨졌다.

'이런 것에 기대기나 하고 말이야.'

  랜드로서는 눈살을 찌푸리며 앞을 보았다. 사실 요즘 게임 진행은 그가 원래 즐기던 스타일과는 완전히 달랐다. 단거리 순간이동도, 시간을 멈추는 오렐드의 시계도 물론 대단한 능력이지만 특수 능력으로 다른 사람을 골탕 먹이는 방법일 뿐, 제대로 싸우는 게 아니다.

  열 받는 것은 이런 것들을 사용하지 않으면 도저히 버틸 수 없다는 점이었다. 떨어진 능력으로 대마족병기 같은 놈들과 싸우거나, 그게 아니면 땅 위로 쏟아져 나오는 어마어마한 숫자의 마물들과 맞서 무덤을 지켜야 하거나, 이번에는 수천 명 단위의 유저들과 맞서기까지. 도무지 사람이 정정당당해질 틈을 안 주는 것이다.

  애초에 이런 이상한 퀘스트를 시작해 이상하게 들리는 계약을 받아들인 것부터가 문제라고 생각했다. 하지만 그렇다고 그만두고 계약서를 찢어버리기에는 또 너무 많이 와버렸다는 생각이 들었다. 어느 쪽이든 간에 손해보고 있다는 기분이었다.

  닫았던 통로를 열고, 랜드로서는 다시 시간을 멈췄다. 아까 걸어왔던 통로를 이번에는 처음부터 달려 통과했다.

  모든 것은 회색빛으로 멈춰 있었다. 빛이 있는 자리가 흰색으로 탈색되어 눈이 시린 이 풍경은 자꾸 사람의 마음을 서늘하게 만든다.

  '일단 네레이드부터 처리하고 나서 생각하자.'

  랜드로서는 몸을 더 낮춰 달리는 속도를 높였다.

이 멈춘 세계 안에 그녀만이 혼자 움직이고 있을 것이다. 지금이라면 그녀와 일대일로 싸울 수 있다. 그녀를 죽여 버리면 아케이드 길드의 쿠데타 퀘스트는 실패한다. 그리고…….

랜드로서는 동력실로 들어섰다. 동력실의 천장은 여전히 뚫린 채 멈춰 있었다.

랜드로서는 의태를 풀었다. 연미복과 날개가 드러나자마자 그는 날갯짓해 뚫린 천장 위로 날아올랐다.

까맣게 멈춘 밤하늘의 흰 리메디는 마치 하늘에 동그란 구멍이 뚫려 얼음 같은 추위가 이 세계로 쏟아져 내리게 하는 입구 같았다.

'추워, 역시.'

랜드로서는 바닥에 발을 디뎠다. 코끝을 스치는 것은 써늘하게 가라앉은, 추위라고 말할 수 있는 공기다.

제로월드는 상당히 현실적인 게임이어서 다른 시간대보다 새벽이 춥다. 그러나 게임이기 때문에 어떤 기후에서도 살을 에는 추위라던가 정신이 어지러워지는 더위 같은 것은 존재하지 않았다.

다만 두껍게 옷을 입지 않으면 시간당 생명력이 몇 점씩 떨어지는 추위라던가, 마법의 실패율을 몇 퍼센트 높여주는 강한 더위라던가 하는 기후가 존재했다. 그건 감각이라기보다는 데이터에 가까운 것이었다.

그러나 랜드로서는 지금 이 도시 안에 가득한 써늘한 추위를 느끼고 있었다. 그는 바닥돌이 고르게 깔린 도시의 길을 빠르게 달려나갔다.

얼마 지나지 않아 석상 같은 사람들이 가득 놓인 장소가 나왔다.

펄럭!

그는 날아올랐다. 굳어진 사람들의 머리 위로 솟아올라 색을 가진 단 한 사람을 찾았다.

발밑에 끝없이 펼쳐진 사람들의 무리는 중국의 무덤 속에 들어 있다는 군대 모양 돌 인형 같았다. 왕성 쪽을 보니 성문이 부서져 있었다. 사람들이 그 안으로 쏟아져 들어가다가 그 동작 그대로 회색으로 굳어져 있는 모습이 보였다.

'네레이드는… 왕성 안에 있나?

"라이트!"

랜드로서는 작은 빛을 쏘아 올리는 마법을 사용했다.

작지만 눈부신 빛이 랜드로서의 손바닥 위에 형성되었다.

그때였다.

"신성한 고리!"

파직!

갑자기 나타난 빛의 고리가 랜드로서의 앞에 번쩍 빛났다. 그리고 랜드로서가 사용했던 마법의 빛은 저절로 위로 쏘아올려졌다. 그 빛과 빛의 고리가 뿜어낸 빛이 동시에 시야를 찔러 랜드로서는 한순간 앞을 볼 수가 없었다.

팡!

'라이트' 마법의 빛은 저 높은 곳에 올라가 불꽃놀이의 빛처럼 터져서 흩어졌다.

한순간 너무 밝아서 뒤이어진 어둑함은 점점이 반점을 띄운 듯 보였다. 눈앞에 빛의 고리에 단단히 묶인 자신의 두 손이 보였다. 그리고 그 아래에서 뛰어올라 파랗게 빛나는 검날을 찔러 들어오는 한 사람 또한.

네레이드였다. 그녀가 시동어를 외쳤다.

"러쉬!"

순간 그녀가 내세운 검끝이 총알처럼 빨라졌다. 그러나 찔러 들어간 그녀의 검은 랜드로서의 어깨 위, 허공을 찢었다. 날갯짓을 멈춘 랜드로서가 아래로 뚝 떨어져 내렸기 때문이다. 그녀는 급히 검을 아래로 그었다. 그러나 그때는 이미 랜드로서가 그 자리에서 사라진 뒤였다.

부웅!

힘껏 내리그어진 그녀의 검은 허공만 찢었다.

그녀는 근처에 있던 튀어나온 자리, 굳어진 누군가의 머리를 딛고 섰다. 랜드로서 또한 다섯 걸음쯤 앞에서, 역시 누군가의 굳어진 머리 위를 딛고 서 있었다. 그가 말을 걸어오듯 시동어를 뱉었다.

"폴 인투 더 루인."

"이곳을 보호하소서!"

그녀가 빠르게 마법을 완성해 방어막을 완성했다. 그러나 방어막에 부딪쳐 오는 공격은 없었다. 대신 랜드로서의 양손을 묶었던 빛의 고리가 가장자리에서부터 타들어가듯 사라져 가는 것이 보였다.

　'쳇, 저런 마법도 쓸 수 있었나.'

　네레이드는 눈살을 찌푸렸다. 흑마법에 대해서는 아는 바가 없어서, 막연히 공격 마법일 거라고 생각했다.

　네레이드는 빠르게 주문을 외워 신성 마법을 날렸다.

　"화이트 노바!"

　꽝!

　흰빛의 덩어리가 스스로 응축하여 폭발을 일으킬 때, 랜드로서는 이미 그 자리에 없었다. 옆으로 훌쩍 발을 디딘 후였다. 네레이드는 연이어 주문을 완성했다.

　"빛의 칼날!"

　그녀의 내뻗은 검끝에서 희고 가는 빛줄기가 앞으로 쫙 뻗어나갔다. 랜드로서는 또다시 가볍게 뛰어 피했다. 소곤거리는 듯한 시동어와 함께 작은 얼음 칼날 두 개가 날아왔다.

　'아이스 커터? 이런 기초적인 마법을!'

　네레이드는 가볍게 옆으로 뛰어 피했다. 그리고 이번에는 좀 더 긴 주문을 입속으로 외기 시작했다.

　앞을 보니 랜드로서는 성큼 걸음을 내딛고 있었다. 그의 등 뒤에 돋아 있던 검은 날개가 연기가 되어 사라지며 그의 복장도 검은 연미복이 아닌 평범한 복장으로 변화해가고 있었다. 그는 다시 발을 앞으로 내디뎠다.

　이곳은 왕성 앞, 빽빽이 서 있는 사람들의 머리 위였다. 그들이 디딘 바닥 역시 각각 누군가의 머리 위로, 사람의 키 높이니까 대체로 비슷한 범주 안에 있다고는 해도 높이가 들쑥날쑥하고 간격 또한 불규칙한, 싸우기 좋은 지형은 아니었다.

그래서 랜드로서는 한 발 한 발 꽤나 넓은 보폭으로 디디고 있었다. 일부러 그러는 게 아니다. 발판의 모양 자체가 그런 것이다. 그런 중에도 그는 붉은 기가 섞인 눈으로 네레이드를 똑바로 보고 있었다.

'무슨 속셈이지? 이런 지형에서 유리하게 사용할 수 있는 날개를 없애다니. 금방 다시 펼칠 수 있는 건가? 아니면……'

그가 다시 한 번 성큼 앞으로 발을 디뎠다. 네레이드는 주문이 완성되지 않아 일단 옆 발판으로 뛰어 옮기려 했다. 그때 작지만 분명한 랜드로서의 시동어가 들렸다.

"윈드 커터."

슁!

바람의 칼날이 핑글핑글 돌며 빠르게 날아왔다. 그러나 그 크기는 너무 작고 약했고, 조준도 형편없었다. 네레이드는 옆으로 옮기려던 발을 멈추는 것만으로도 그 마법을 피할 수 있었다.

닿지도 못하고 날아간 바람의 칼날은 힘없는 바람만을 남겼다. 뺨에 와 닿는 세기조차 형편없는 잔바람이었다. 네레이드의 머릿속에 퍼뜩 하나의 사실이 떠올랐다.

'저놈, 사실은 약한 거 아냐?

오래된 유적 지역에서 만났을 때, 랜드로서는 제대로 반항도 못하고 붙들려 왔었다. 테티스 안에 날아들어 왔을 때도 곧

든 마나 이터를 쏟아붓는 특이한 방법을 써서 그들을 골탕 먹였을 뿐, 제대로 된 힘을 보여준 적은 없었다. 게다가 이 기초적인 마법들이라니.

그라인더는 분명 강력한 검사였다. 하지만 검사 직업은 저런 마법을 쓰지 못한다. 네레이드는 그가 새 퀘스트를 진행하면서 특별한 힘을 얻었나 생각했지만 어쩌면 가지고 있던 힘을 잃었을지도 모른다는 생각이 들었다.

단지 이상한 술법을 써서 사람을 곤란하게 만들 뿐이다.

그러나 네레이드가 발을 제대로 디디며 앞을 보았을 때, 랜드로서는 바로 앞에 와 있었다.

'앗!'

네레이드는 급히 검을 앞으로 내밀었다. 두 개의 검날이 세차게 부딪쳤다.

캉!

날카로운 칼 울음이 도시 가득한 침묵 속에 번져나갔다. 네레이드는 팔까지 울려오는 충격에 이를 악물었다. 랜드로서는 다시 한 번 검을 정면으로 후려쳐 오고 있었다.

깡!

'큭!'

네레이드는 새어 나오려는 신음을 무시하며 팔을 아래로 돌려 검을 위로 올려 그었다. 랜드로서가 이 공격을 급히 막아낼 거라 생각했다. 그러나 그녀가 검을 막 올려 그었을 때, 쉭 하는 소리와 함께 눈앞에 빛이 지나가는 듯한 광경이 보였다. 그녀는 온 힘을 다해 검을 끌어올렸다.

캉!

간신히 제때 맞춘 네레이드의 검이 랜드로서의 공격을 막아 냈다. 그러나 바로 다음 순간 쉭 하며 배가 가로로 찢기는 느낌이 왔다.

'공격을 따라잡을 수가 없어!'

허리가 꺾이며 네레이드의 발이 발판에서 미끄러졌다. 검을 긋느라 몸을 낮춘 눈앞의 랜드로서는 입가를 비틀어 웃고 있었다. 그가 허리를 펴는 듯 보이며 검이 반사한 빛이 눈앞에서 번뜩 빛났다. 그 순간 네레이드의 주문이 완성되었다.

"홀리 필드!"

콰앙!

사방 10여 미터 내의 모든 땅에서 바람과 같은 흰 빛줄기가 위로 솟아올랐다. 랜드로서가 그 빛 속에 파묻히는 모습이 언뜻 보였다.

그리고 네레이드는 아래로 떨어져 땅바닥에 부딪쳤다.

쿵!

바닥에 부딪친 순간 배의 베인 자리에서 피가 왈칵 뿜어져 나왔다. 네레이드는 상처 자리를 누르며 일단 상체를 일으켰다. 가장자리로 물러나 일단 부상 치료를… 까지 생각하며 위를 본 네레이드는 흠칫 놀랐다.

파직! 파직! 파직! 파직!

랜드로서는 그 환한 신성 마법의 빛 속에 똑바로 서 있었다.

그의 어깨에서 발끝까지 검은 연기로 만든 듯한 풍성한 망토가 드리워 있었다. 그것은 척 봐도 흑마법의 산물이라, 홀리 필드의 빛과 부딪쳐 그 표면이 마치 끓어오르는 듯이 마구 일어나 있었고, 때때로 작은 번개 같은 것을 튀기며 날카로운 충돌음을 내뱉고 있었다.

그러나 그런 것을 두르고 있다고 해서 신성 마법이 주는 타격을 완전히 막을 수는 없을 것이다. 흰빛 속이라 잘 보이지 않지만 랜드로서의 얼굴 표면에 옅은 흰 연기 같은 것이 계속해서 일어나는 것이 보였다.

신성한 빛이란 마물에게 온몸을 녹이는 산과도 같은 것이다. 그런 채로 랜드로서가 시선을 내려 이쪽을 보았다. 검정색에 가까운 그의 눈이 계속 쏘아져 올라가는 흰빛을 반사해 기이한 빛깔로 빛났다.

네레이드는 급히 뒤로 물러났다. 랜드로서는 손을 앞으로 뻗었다. 나직이 시동어를 뱉었다.

"폴 인투 더 루인."

순간 그의 손끝에 맺혔던 검은 물방울 같은 것이 아래로 똑 떨어져 내렸다. 그것이 하얗게 들끓던 땅 위에 떨어진 순간, 그 자리가 갑자기 타들어간 듯 확 검정색으로 물들며 파여 들어갔다. 그것은 이 넓은 홀리 필드의 영역에 비하면 발 하나 제대로 디디지 못할 만큼 좁은 영역이었다.

그러나 곧 그 검게 파인 자리에서부터 균열 같은 검은색 줄기가 사방으로 뻗어나가기 시작했다.

으드드드드—!

그것은 마치 빛으로 만들어진 바닥이 갈라지기 시작한 듯한 소리였다. 한 번 피어난 균열은 곧 사방으로 무수한 잔가지를 치며 성장하기 시작했다.

그 광경을 보면서 네레이드는 가슴이 조여드는 불안감을 느낌과 동시에 저 가느다란 균열 선 정도로 홀리 필드의 위력을 막을 수는 없다고 생각했다. 저렇게 서 있어도 랜드로서는 타격이 클 것이다.

지금 할 일은 혹시라도 랜드로서가 이 마법의 적용 지역 밖으로 나가지 않도록 방어하는 것이라고 마음을 다잡으며 네레이드는 검을 꽉 쥐었다.

그때 랜드로서가 발판 아래로 뛰어내렸다. 랜드로서를 향해 달려들며 네레이드가 외쳤다.

"러쉬!"

랜드로서는 빠르게 검을 들어 막았다. 그러나 네레이드의 외침은 시동어가 아닌 단지 외침일 뿐이었다. 느리게 뛰어들어 오히려 타이밍을 바꾼 네레이드가 랜드로서의 배를 향해 검을 찔러 들어갔다.

슛—!

그때 서늘한 감각이 턱밑에 그려지는 듯한 느낌이 들었다. 네레이드는 내디뎠던 발에 힘을 주어 급히 몸을 뒤로 물렸다.

순간 칼날이 그녀의 목 앞을 쉭 지나갔다. 연이어 서늘한 충격이 그녀의 가슴을 대각선으로 때렸다.

쩡! 판금 갑옷 너머로도 데미지가 들어온다. 내리그었던 검의 방향을 바꾸는 랜드로서의 동작이 얼핏 눈에 들어왔다. 그것도 한순간의 일이었다.

푹!

랜드로서의 검이 그녀의 배를 꿰뚫었다. 순간 그녀가 막 완성한 마법의 시동어를 외쳤다.

"화이트 노바!"

꽝!

눈앞에 눈부신 빛이 터지면서 랜드로서가 뒤로 튕겨 나갔다. 배에 꽂혔던 검이 쑥 빠져나가며 온몸이 저리도록 허전한 느낌이 든다. 그리고 발밑에서 온 세상이 부서지는 듯한 소리가 났다.

채채채채챙!

그것은 아주 높고도 날카로운 소리였다. 발밑이 전부 갈라져 으스러지며 바닥에서 뿜어져 나오던 흰빛이 유리조각처럼 사납게 일어났다. 한순간 시야를 전부 잘라 버릴 듯 예리하게 솟아올랐던 그 조각들은 곧 그 내부에서도 검은 균열이 퍼져 더 자잘한 조각으로 깨져 나갔다.

파사사사사사—

빛이 부서져 내리는 소리가 바람 소리처럼 들린다.

얼마 지나지 않아 그녀의 발밑에는 모래 알갱이 같은 작은 빛의 조각들만이 남았다. 그리고 그것마저도 점점 빛을 잃어 갔다.

‘홀리 필드가 깨졌다……. 이런 방식이라니.’

환한 빛 속에 있었기 때문에 잠겨 들어오는 어둠이 더욱 짙은 것 같은 느낌이 들었다.

사물의 윤곽조차 분별하기 어려울 정도로 컴컴해져 갔다. 그 속에 유일하게 선명한 선을 긋듯, 은빛의 검신이 그녀의 눈앞에 나타났다. 목에 와 닿은 랜드로서의 검이었다.

“날 죽여도 네가 이겼다고 생각하지 마라. 넌 영원한 아케이드의 적이 될 거다!”

네레이드는 어두워서 잘 보이지 않는 랜드로서의 윤곽을 노려보며 말했다. 그는 무표정했다. 이 말에 신경조차 쓰지 않는 그의 얼굴에 그녀는 더욱 화가 나서 소리쳤다.

“자만하지 마! 네가 아무리 강해도, 그래서 설령 우리, 이 많은 사람들이 항상 개미가 문 정도의 따끔함과 귀찮음밖에 줄 수 없다 해도! 언젠가는 기회가 온다! 네가 절벽에 매달렸을 때 반드시 찾아가 그 손을 걷어차 줄 테니까!”

“그건 됐고, 부품은 어떻게 했지?”

“뭐가 됐다는 거냐! 그렇게 간단하게 넘어가지 마!”

“이봐, 당신들이 약자인 것처럼 말하는데 개고생하고 쫓겨다닌 건 이쪽이거든?”

랜드로서는 귀찮다는 표정을 지었다. ‘약자 맞잖아!’라고 소리치려던 네레이드는 입을 다물었다. 그녀는 수많은 동료들과 이 퀘스트를 진행하고 있었다. 그러나 그들은, 익숙한 얼굴도 있고 낯선 얼굴도 있는 그들은 지금 그저 석상처럼 주변에 존재만 할 뿐이었다.

그 가운데 유일하게 색을 유지하고 있는 랜드로서가 말했다.

"어쨌거나, 부품을 돌려줘. 그럼 죽이지 않을 수도 있어."

"부품이라니, 뭘 말하는 거지?"

"딴청 피우면 그냥 죽인다. 주지 않아도 찾을 방법은 있으니까."

그렇게 말하며 랜드로서는 목에 댄 검을 약간 움직였다. 네레이드가 급히 대꾸했다.

"자, 잠깐! 지금 나한텐 없어! 잠깐 기다려 주면 가져올 테니까……!"

그녀는 뒤를 돌아보고는 덧붙였다.

"일단 이 이상한 상태를 풀어줘! 동료들과 대화하면 금방 가져올 수 있으니까!"

"대화해서 다 같이 날 공격하겠다?"

"그렇지 않아!"

"그래?"

랜드로서는 짧게 되물었다. 그 말에 오히려 철렁하는 기분을 느끼며 네레이드가 급히 덧붙였다.

"여기서 날 죽여봤자 네겐 이득될 게 없어! 수많은 적을 만들 뿐……!"

콱!

랜드로서의 검이 네레이드의 목을 꿰뚫었다.

여러 개의 경고창이 네레이드의 눈앞에 떠올랐다. 그리고 시야가 완전히 깜깜해지기 직전 아주 짧은 동안, 그녀는 자신의 목에서 검을 뽑아내는 랜드로서의 얼굴을 볼 수 있었다. 그는 눈살을 약간 찌푸린 채, 역시 무표정에 가까운 얼굴이었다.

쿵!

네레이드는 바닥에 쓰러졌다. 사망을 알리는 창이 뜨고 주변이 부드럽게 다시 온기를 띠며 무덤으로 바뀌어갔다.

그 변화 속에 네레이드는 랜드로서가 웃는 얼굴을 본 적이 있었다고 생각했다. 그것은 직접 검을 맞부딪치고 있을 때였다. 입가를 비틀듯 웃는 표정. 그건 섬뜩하기도 했지만 정말로 즐거워하고 있었다.

좀 더 그런 표정을 길게 짓게 만들 만큼 맞서 싸울 수 있었다면 좋았을 텐데.

'그저 잔머리를 굴리는 놈일 뿐이야! 그 굉장한 속도에도 뭔가 비밀이 숨겨져 있는 거겠지!'

네레이드는 벌떡 일어났다. 눈앞에 펼쳐진 것은 따뜻한 불빛이 가득한 무덤, 그리고 온 세상의 색이 오묘하게 일그러지는 유령으로서의 시야였다.

그런 시야로 보는 테티스의 모습은 전보다도 더 현실감이 없어 보였다.

바람에 날리는 풀 쪼가리가 투명한 그녀의 몸을 통과해 지나갔다. 그녀는 테티스의 성벽을 보며 한숨을 내뱉었다.

쿠데타 퀘스트는 여기서 끝이다. 지난 6개월간, 수많은 길드

원의 지원을 받아가면서 이번에는 정말 성공시킬 거라고 생각
했었는데.

　이제 그녀에게는 추궁과 비난이 쏟아질 일만 남아 있었다.
그게 한동안이 될지, 아니면 영원이 될지는 알 수 없다고 생각
하며 그녀는 접속 종료 명령을 내렸다.

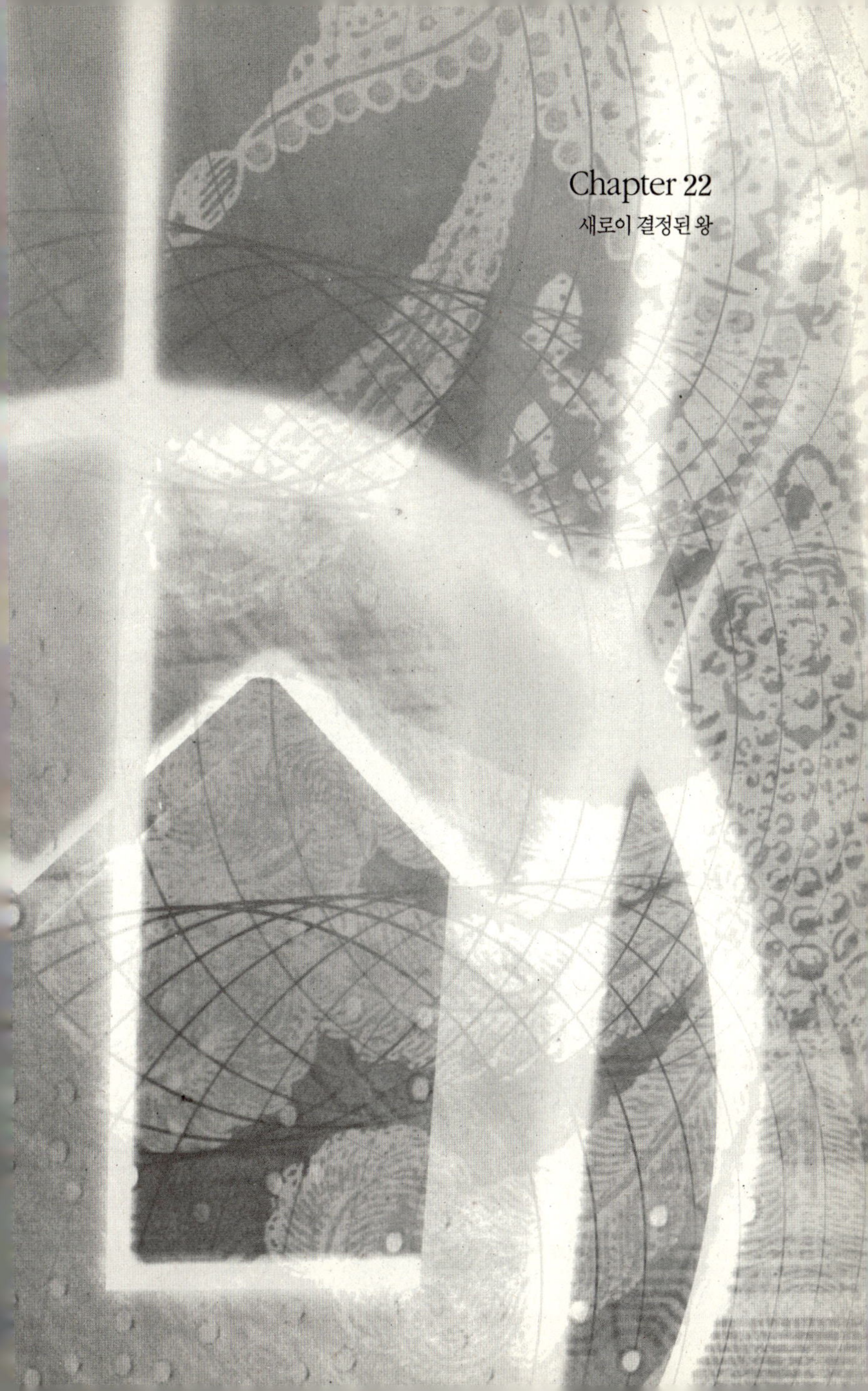

Chapter 22
새로이 결정된 왕

검마전기

그라인더

랜드로서는 레벨 업을 하고 있었다.

온몸이 빛에 휩싸이며 모든 상처가 아물고, 생명력과 마력
이 가득 채워졌다. 덤으로 몸에 묻은 먼지와 피까지 전부 사라
져 막 목욕하고 나온 것 같은 보송보송한 피부가 되었다.

'생각보다 많이 오르네. 성기사도 성직자 계열로 치는 건
가?'

회색빛 바닥에는 금색으로 반짝반짝 빛나는 옥새가 떨어져
있었다. 랜드로서는 옥새를 집어 들었다. 주변을 둘러보았지
만 그 외의 다른 물건은 떨어져 있지 않았다.

랜드로서는 성큼성큼 걸어 레트리버가 있던 자리로 돌아왔
다. 그의 손에 옥새를 얹자 그의 온몸에 온기가 확 퍼지듯 제

색이 돌아왔다.

"으악!"

그는 몸을 휘청 뒤로 젖히다가 주변의 고요함을 뒤늦게 느끼고는 눈을 끔벅였다. 회색으로 멈춘 세상을 보고 랜드로서를 돌아본 후에야 커졌던 눈을 좁히며 진지한 얼굴로 물었다.

"이건… 어떻게 한 겁니까?"

그리고 그는 손 위의 옥새를 내려다보며 손에 힘을 꽉 주었다.

"네레이드를… 잡은 거군요."

레트리버는 옥새를 쥔 채 알 수 없는 말을 중얼거렸다. 랜드로서는 '무슨 혼잣말을 주문처럼……' 이라고 생각하다가 저게 정말 주문이라는 사실을 뒤늦게 깨달았다.

"치료 필요없습니다. 방금 레벨이 올랐으니까."

랜드로서가 말하자 레트리버는 외던 주문을 멈췄다. 랜드로서가 중얼거렸다.

"성기사 직업이라는 거, 꽤 쓸 만하군요."

직접 전투하는 직업이면서 신성 마법도 사용하고, 자기 회복도 할 수 있다. 혼자 다닐 때 가장 아쉬웠던 게 부상 치료였던 랜드로서로서는 저 직업 특성이 꽤 괜찮아 보이는 것도 사실이었다.

"그렇습니까?"

레트리버가 의외라는 얼굴로 랜드로서를 보았다. 그리고 돌아서 앞으로 걷기 시작했다.

"뭡니까, 그 반응은."

"아뇨, 참 새삼스럽다는 생각이 들어서 말입니다."

"뭐가요."

"다른 직업들에 대해 잘 모르십니까?"

"알아야 합니까?"

랜드로서의 질문에 레트리버는 연한 쓴웃음을 머금었다.

"그게 의외라는 겁니다."

"검사 직업 하나 키우는 것만으로도 시간 모자랍니다."

랜드로서는 그렇게 중얼거리다가 지금은 자신이 검사 직업이 아니라는 사실을 깨달았다. 레트리버는 여전히 쓴웃음을 머금은 채 대꾸했다.

"그거야 다들 그렇죠. 이것저것 키울 수 있었던 옛날식 게임하고는 다르니까. 다만 그라인더라면 남들이 모르고 있는 것들까지 다 자세히 알고 있을 거라 생각해서 말입니다."

랜드로서는 저 말의 뜻을 제대로 이해하지 못해 눈살을 찌푸렸다. 레트리버가 말을 이었다.

"나도, 아케이드도 꽤 오랫동안 드루이드를 찾았습니다. 쿠데타 퀘스트 건도 있고, 다른 숨겨진 퀘스트의 열쇠일 거라고 생각했으니까요. 찾다가 결국 포기했었는데, 이렇게 갑자기 튀어나올 줄은 몰랐습니다."

랜드로서는 '그건 나도 몰랐습니다' 라고 대꾸하려다 그만 두었다. 아직 그 정도로 믿을 만한 대상은 아니라고 생각했다. 그때 레트리버가 가벼운 어조로 중얼거렸다.

"일행 중에 레이니란 아가씨 귀엽더군요."

랜드로서는 '그런가?'라고 생각했다. 맛있는 걸 먹을 때의 레이니의 얼굴을 떠올리고는 '음, 귀엽긴 하지'라고 한발 늦게 수긍했다.

"소개시켜 줘요?"

레트리버가 조금 느린 동작으로 랜드로서를 돌아보았다. 약간 망설이듯 묻는다.

"남자친구 없답니까? 몇 살이래요?"

"나이는… 안 물어봤고, 남자친구는… 안 물어봤군요."

레트리버가 황당하다는 얼굴을 했다.

"동료 아닙니까?"

"아니, 뭐……. 나보다 어리다는 것만 알면 의사소통에 문제는 없으니까."

"궁금하지도 않던가요?"

"별로 사이가 좋진 않아서요."

"그런 것 같아 보이진 않던데요?"

랜드로서는 레트리버의 반문을 받고서야 레이니가 레트리버를 찾아와 대화했었다는 사실을 떠올렸다. 레트리버가 표정을 숨기듯 다시 앞을 보며 말했다.

"뭐, 좋죠. 부탁합니다. 관심 없는 건 확실해 보이니까."

레트리버는 사다리를 오르기 시작했다. 랜드로서는 위쪽을 보고 날아갈까 하다가 그만두고 그를 따라 오르기 시작했다.

멈춘 시간 속에 둘이서 사다리를 오르고 있자니 대단히 고

즈녁하고 서먹서먹했다. 얼굴을 마주한 채 올라가는 게 아니라서 다행이라고 랜드로서는 생각했다. 꽉 찬 엘리베이터 안에서 어쩔 수 없이 낯선 사람과 얼굴을 바짝 댄 채 몇 초 동안 갇혀 있는 것처럼 말이다.

'낯선 사람이라고…….'

랜드로서는 무심코 파이어베어의 얼굴을 떠올렸다. 확실히 그는 처음부터 낯선 얼굴이 아니었다.

그저 친근한 인상이라서 그런가 보다 생각했는데, 어쩌면 누군가와 닮았을지도 모르겠다는 생각이 들었다. 랜드로서의 원래 얼굴이 세령과 닮았다는 말을 듣는 것처럼 말이다.

랜드로서는 기억을 더듬어 파이어베어와 비슷한 인상을 가진 사람을 떠올리다가 전혀 엉뚱한 결과를 꺼내놓고는 포기했다.

고등학교 동창의 얼굴이 떠올랐는데, 왜 그 친구의 얼굴이 떠올랐는지 모르겠다는 생각이 들 정도로 인상이 달랐다.

세령은 현재 옛날 친구들의 연락이 거의 끊긴 상태였는데, 그나마 비교적 늦게까지 연락이 되던 친구였다. 상대방 쪽에서 드문드문하게나마 계속해서 연락을 취해왔기 때문이다.

그것도 오래전의 일이었다. 마지막 연락 이후 적어도 3년은 지났을 것이다. 그쪽에서 연락을 해오지 않자 관계는 별다른 싸움도 없이 자연스레 끊어졌다. 친구라고 여전히 생각하지만 이대로 영영 다시 만나는 일이 없을지도 모르겠다고 세령은 생각했다.

어쨌거나 그 사람은 아니었다. 유쾌한 파이어베어와 달리, 그는 매우 얌전하고 사려 깊은 성격이었다. 처음 봤을 때, 음침한 녀석이라고 생각했을 정도의 사람이니까.

'그놈 말고… 다른 비슷한 사람 누가 있을까?

랜드로서는 다른 아는 얼굴들을 떠올려 보았지만 비슷한 사람을 찾지 못했다. 어쩌면 파이어베어와 그 캐릭터의 주인은 전혀 다른 얼굴일지도 모른다. 그런 생각을 진행시켜 가고 있는데 레트리버가 중얼거렸다.

"왜 NPC들을 되살리지 못하는 시스템으로 만들었는지 모르겠습니다."

랜드로서는 아무 대답도 하지 않았다. 레트리버의 말이 이어졌다.

"인기있는 NPC가 죽으면 게임을 접는 사람도 있죠. 퀘스트에 관계된 NPC가 죽어서 진행이 곤란해지는 경우도 있고. 어차피 일주일이면 기억도 리셋되니까, 일주일 후에는 되살아나는 시스템으로 만들었으면 좋을 텐데 말입니다."

"네레이드와 친구였다고 했었죠."

"뭐, 안 지 10년이 넘었지만… 이렇게 서먹해질 줄은 몰랐습니다."

랜드로서는 그가 무슨 표정을 하고 있는지 보고 싶다고 생각했다. 하지만 줄줄이 사다리를 오르는 자세에서는 힐끗 돌아보는 것조차 할 수 없었다. 레트리버의 말이 이어졌다.

"다른 세상에 와도 인간관계는 다 비슷한 유형으로 가는구나 하는 생각도 들 때가 있습니다. 어디서든 결국은 싸움이 일어나죠."

"그러고 보니 이번 퀘스트에는 데이탄님이 안 보이는군요."

랜드로서가 지난 쿠데타 퀘스트를 떠올리며 중얼거렸다. 지난 쿠데타 퀘스트에 왕 후보로 달렸던 사람. 동영상을 봤으니 얼굴은 알고 있었다.

왕 후보로 다시 나오진 못한대도 아케이드 길드 내에서 큰 역할을 할 줄 알았던 데이탄이 이번에는 보이지 않는 게 의외라고 생각하고 있던 랜드로서였다.

"구해와야죠, 예토 지역에서."

레트리버의 말에 랜드로서는 그 지역의 의미를 다시 생각해야 했다.

"무덤에 갇혀 있단 뜻입니까? 그 사람, 아케이드 길드의 주요 멤버 아니었습니까?"

"아케이드는 친목 길드가 아닙니다."

생각을 알 수 없는 표정으로 레트리버가 말했다.

"개인보다 전체의 이익을 추구하면서, 그럼으로써 자신을 끌어올릴 수 있다고 생각하는 사람들이 모여 있지요. 길드를 위해 해야 할 일이 많은 대신, 나도 도움을 받으니까 좋다고 생각해 왔습니다만… 지금 생각해보면 별로 즐겁지는 않았던 것 같네요."

"혼자 못할 일을 모여서 하는 게 나쁠 건 없죠. 사람이 많으면 그만큼 지켜야 할 게 많아지긴 하겠지만."

그 말에 레트리버는 웃는 듯한 숨소리를 내었다. 쓴웃음일 거라고 랜드로서는 생각했다.

"그것도 그렇지만, 사람은 꼭 뭔가를 하기 위해 함께 다니는 건 아닙니다."

랜드로서는 아무 대답도 하지 않았다. 레트리버가 말을 이었다.

"아케이드에 있을 때는 그걸 몰랐습니다. 거기 분위기는 워낙 결과주의라서, 제대로 하지 못하면 도와준 여러 사람에게 폐를 끼치는 것 같았죠. 그건 진지하고 예의 바르다고 여겨질지 모르지만, 역시 즐겁지 않았습니다."

레트리버는 흠 소리를 내며 말을 이었다.

"이번 쿠데타 퀘스트를 실패했으니 네레이드는 길드 내에서 많은 비난을 받을 겁니다. 어쩌면 상당한 곤경에 처할지도 모르죠. 전에는 도저히 말이 통하지 않았지만, 이번엔 다시 말을 걸어볼 겁니다."

"승리자의 입장에서 말입니까?"

"우리는 오랫동안 당연한 듯한 친구였죠. 그게 이미 깨어져 버렸으니, 어떤 행동을 해도 옛날과 같아지진 않을 겁니다. 하지만 가끔은, 이미 틀어져 버린 지금이 더 진심에 가까운 것 같은 기분도 듭니다."

사다리는 꽤 길었다. 그리고 한 개가 아니었다.

사다리 하나를 오르고 나타난 바닥을 디뎌서 옆 사다리로 옮겨가 또 쭉 오르고 그 위에 나타난 바닥을 디뎌 다음 사다리로 옮겨 오른다.

사다리에서 다음 사다리로 옮길 때에 나타나는 좁은 바닥, 계단이라면 계단참이라고 할 수 있는 곳에는 가끔 석상이 놓여 있었다. 시간이 멈춘 탓에 모든 것이 회색빛이라 랜드로서는 저게 진짜 석상인지 아니면 굳어진 것인지 헷갈렸다.

전에도 올라와 봤던 레트리버가 석상 맞다고 확인시켜 주었다. 혹시 마물이 이 안으로 침범해 왔을 때를 대비해서 세워진 석상이라고 했다. 마물이 가까운 곳에 있으면 스스로 움직여 마물을 공격하는 용도의 석상이라는 얘기였다.

"천장이 뚫릴 줄은 몰랐지만 말입니다."

'피의 산물' 은 뚫린 천장을 이용해 왔다 갔다 해놔서 석상들을 하나도 건드리지 않았다. 5단계 의태라서 이런 장치에도 걸리지 않는 랜드로서는 '날아올라 오지 않아서 다행이다' 라는 생각을 마음속에 묻으며 그저 딴청을 피웠다.

차라리 밖으로 나가서 왕성으로 갈 걸 그랬나 싶은 기분이 들 때쯤 사다리가 끝났다. 사다리 끝의 막힌 천장에는 동그란 문이 달려 있었다. 금속으로 만들어진 듯한, 복잡한 문양이 새겨진 문이다.

레트리버가 그 문을 힘껏 밀었다. 그러나 문은 꿈쩍도 하지 않았다.

"옥새가 있으면 열리는 게 아니었던가……."

랜드로서는 문의 문양을 올려다보았다. 구름무늬라던가 하는 것들이 워낙 복잡하게 얽혀 있어 알아보기 힘들었지만 분명 문의 한가운데에 있는 짐승 문양은 옥새 위에 새겨진 것과 같은 모양이었다.

"시간이 멈춰 있을 땐 아무것도 안 움직입니다."

랜드로서는 시계태엽을 뽑았다.

사아아아악— 보이지 않는 칼날이 온 세상의 표면을 벗겨 내는 듯한 소리가 나더니 세상의 시간이 돌아왔다. 눈에 보이는 풍경은 약간 더 생기 있어 보이게 되었다는 것 외에는 큰 변화가 없었다. 애초에 주변의 벽이 전부 회색빛이었기 때문이다.

그러나 머리 위의 동그란 '문'은 묵직한 청동색으로 변해 있었다. 복잡한 문양 가장자리에 드문드문 녹색으로 부식된 자리도 보인다.

"열어봅시다."

레트리버는 고개를 끄덕하고는 천장의 문을 향해 양손을 뻗어 올렸다. 문에 두 손을 대고 힘껏 누르는 듯 손목에 힘줄을 세운다.

"안 열립니까?"

"이거, 옥새가 있어도… 아, 잠깐만요."

레트리버는 또다시 힘을 쓰는 듯했다. 그러자 드으으으— 하고 무거운 것 위에 무거운 것이 밀려나는 듯한 소리가 나며 문이 옆으로 밀렸다.

"옥새가 없어도 원래 열리는 문은 설마 아니었겠죠?"

랜드로서가 물었다. 레트리버는 이쪽을 보지 않고 대답했다.

“아니었을 겁니다.”

“확실합니까?”

“…서두르죠.”

레트리버가 열린 문을 통해 위로 올라갔다. 랜드로서도 따라서 위쪽으로 몸을 뽑아냈다.

문 위에 있는 것은 색색의 옷이 가득 걸린 장대였다. 레트리버와 랜드로서는 옷을 양편으로 밀치며 앞으로 걸어나갔다. 장대는 몇 겹으로 이어져 있어 계속해서 옷을 헤치고 나아가야 하는 게 꼭 정글을 헤치고 있는 느낌이었다. 마지막으로 은색의 드레스와 검정색 셔츠 사이를 가르자 이제야 제대로 된 빈 공간이 보였다.

“대단한 옷 창고로군요.”

빈 공간에 다다라 허리를 펴며 레트리버가 말했다. 이곳은 옷으로 가득찬 방이었다. 꽤 높은 천장까지 4개의 층으로 옷이 걸린 장대가 설치되어 있었다.

랜드로서는 자신의 손에 잡힌 은색의 드레스를 보았다. 그러고 보니 동력실에 블랙퀸의 드레스를 던져 놓고 잊어버린 기억이 났다. 다시 갔을 때 없었으니 아케이드 길드의 누군가가 가져간 모양이다.

별로 개인적인 미련은 없지만, 되찾지 못하면 스타킹좋아가 화낼 것 같았다.

그는 손에 잡힌 드레스를 옷걸이에서 벗겨 소지품 창에 넣어보았다. 역시 ‘소유할 수 없는 물건입니다’ 라는 메시지가 뜰 뿐, 소지품 안에 들어오지 않았다.

"뭐 하십니까?"

레트리버가 이쪽을 돌아보았다. 랜드로서는 드레스를 내려놓고 앞으로 걸어나갔다.

"아무것도 아닙니다."

"의외로 여자 옷에 관심이 많으시군요?"

"…내가 그 드레스 집어 던지는 것도 봤습니까?"

"걱정 마세요. 블랙퀸과 그라인더가 동일 인물이란 얘기는 안 퍼트릴 테니까. 내가 말 안 해도 퍼질 것 같지만 말입니다."

한쪽에 문이 보였다. 레트리버는 문고리를 잡고 잠시 숨을 들이쉬었다.

"하나, 둘, 셋."

나직이 숫자를 세며 문을 벌컥 열었다. 순간 시끄러운 소리가 귓가에 쏟아져 들어왔다.

레트리버는 급히 물러섰다. 그리고 벽에 바짝 붙은 채 바깥을 보았다. 문 너머로 이어지는 것은 텅 빈 통로였다. 시끄러운 소리들은 좀 더 먼 곳에서 나고 있었다.

"싸우는 소리 같은데……."

레트리버가 나직이 중얼거렸다. 랜드로서가 물었다.

"네레이드가 죽으면 아케이드의 쿠데타 퀘스트는 실패하는 게 아닙니까?"

"데이탄이 죽었을 때, 쿠데타 퀘스트는 실패했었죠."

레트리버는 문 너머를 노려보며 말을 이었다.

"하지만, 실패한 순간 도시 안에 있던 모든 사람들이 한꺼번에 쫓겨나거나 하진 않았습니다. 이번에도 마찬가지인 게 아닐까요. 왕 후보가 죽었으니 저쪽에서 왕이 나올 일은 없지만, 성 내에서의 전투 자체는 계속 진행할 수 있는 겁니다."

"이러다 저쪽에서 왕을 죽이면 어떻게 되는 겁니까?"

"글쎄요. 퀘스트를 그렇게 만들어놓진 않았을 거라 생각하지만… 자신없네요. 모두가 실패하고 란터티스가 붕괴하는 역사로 갈 수도 있겠죠."

역사. 랜드로서는 조금 무거운 기분이 되었다.

유니크 퀘스트에서 일어난 일은 제로월드의 역사가 된다.

실제로 다수스 대륙에서 '아쿠아 블레이드 장인 구출' 퀘스트가 실패한 후, 드물게 시장에 나왔던 물 속성을 지닌 검이 아예 사라져 버린 일이 있었다.

그 퀘스트가 성공하면 아쿠아 블레이드 제작 기술을 일반 대장장이 유저들도 익힐 수 있게 된다고 해서 랜드로서도 마음속으로 응원하고 있었는데.

아쿠아 블레이드 제작 기술은 나중에 숨어 있던 다른 장인이 발견되던가, 유적에서 발굴되던가 해서 다시 나올 수도 있을 것이다.

아무튼 그 기술이 도입되는 시점이 상당히 늦어지고 있는 것만은 사실이다.

란터티스 쿠데타 퀘스트의 경우, 지금까지 몇 번이고 실패했지만 아무도 왕성 안까지 돌입하지 못한 채 끝났다. 그래서 별로 역사에 영향을 미치는 일도 없었다.

그러나 이번에 왕성 안에 들어와, 왕 후보도 아닌 사람들이 왕을 죽이는 결말로 가게 된다면 단순한 쿠데타 퀘스트의 실패가 아니라 정말 란터티스 붕괴로 역사가 진행될 수도 있다는 생각이 들었다.

이후 란터티스의 상황은 바뀌고, 또 다른 퀘스트들이 풀릴 것이다. 그리하여 결국은 란터티스 재건이라는 큰 퀘스트가 생겨날 수도 있을 테고.

그건 상황이 어떻게 바뀌느냐에 지나지 않는다. 문제는 랜드로서의 거울의 문 퀘스트였다. 랜드로서가 거울의 문 퀘스트에 실패하게 되면, 그 결과는 마물이 제로테인을 뒤덮는 것이 될지도 몰랐다. 나라 하나 기술 하나가 없어지네 마네 수준의 이야기가 아니다.

'애초에 퀘스트를 그런 식으로 만들어놓은 쪽이 이상한 거라니까…….'

랜드로서는 가볍게 생각하려 애쓰며 중계 채널을 열었다. 중계 채널의 화면이라면 성안의 다른 곳을 비춰주지 않을까 하는 생각에서였다.

약간의 노이즈가 지나간 뒤 중계 채널의 화면이 확 밝아졌다. 동시에 명랑한 목소리가 튀어나와 방 안을 크게 울렸다.

"오늘은 정말 놀랄 일뿐이네요!"

랜드로서는 깜짝 놀라 중계 채널 창을 닫았다. 레트리버가 의아한 얼굴로 물었다.

"왜 그러십니까?"

그제야 랜드로서는 중계 채널 등에서 나오는 소리는 특별히 공유하거나 하지 않는 한은 자신에게만 들린다는 사실을 기억해 냈다.

"아닙니다. 상황을 알아보려고 중계 채널을 켰는데 소리가 너무 커서."

"보고 알려주세요."

레트리버도 뭔가 창을 여는 듯 허공에 손을 놀리며 말했다. 랜드로서는 중계 채널을 다시 열었다. 명랑한 목소리가 다시 흘러나오기 시작했다.

"한참 왕성을 공격하는 중에 왕 후보인 '네레이드' 님이 죽어버리다니! 이번 쿠데타 퀘스트는 이렇게 허무하게 끝나 버리는 걸까요?"

유렐이었다. 뒤쪽의 배경으로 볼 때 그녀가 서 있는 자리는 왕성 안인 듯했다. 그녀는 귀 위에 손을 얹더니 한결 밝아진 얼굴로 말을 이었다.

"방금 속보가 들어왔네요. 오늘 테티스 안에서 죽은 사람들은 아직 테티스 안으로 다시 못 들어오고 있다고 해요. 그렇다는 건 아직 뭔가 더 있다는 뜻일까요? 왕 후보는 잃었지만 아직 이곳의 싸움은 계속되고 있어요. 일단 쭉 지켜보도록 할게요!"

유렐이 뒤돌아봄에 따라 카메라도 뒤쪽의 넓은 영역을 비추기 시작했다. 그곳에는 성안을 지키는 성기사 NPC들과 맞서 싸우고 있는 회색 망토의 사람들이 있었다.

"레트리버님의 퀘스트 성공 조건은 뭡니까?"

"왕을 죽이는 것. 그거 하나 남았습니다."

"다른 사람이 죽이면 어떻게 되는 겁니까?"

"글쎄요. 여기까지 와본 사람이 아무도 없어서 모르겠습니다."

랜드로서는 눈살을 찌푸렸다. 쿠데타 퀘스트란 나라의 새 주인을 만드는 퀘스트다. 단지 왕을 죽이고 새 왕이 된다로 끝날 일이 아니었다.

아케이드 길드가 진행한 방식은 납득이 갔다. 아예 도시 전체를 점령해 버리고 왕을 죽이는 진행이니까.

하지만 이 사람이 진행하는 방식은 무리가 있어 보였다. 비밀 통로로 들어와 왕을 죽였다고 해서 나라의 새 주인이 될 수 있을까? 단지 암살범일 뿐이 아닌가.

"일단 위장하고 따라가 보죠."

어느새 회색 망토를 둘러 입고 투구를 쓴 레트리버가 랜드로서에게 낡은 투구 하나를 건네주며 말했다. 랜드로서는 자신이 아직 회색 망토 차림이라는 사실을 깨달았다. 개털간지에게 망토를 받아 입은 뒤 갈아입지 않았던 것이다.

투구를 받아 드니 묵직한 무게감이 느껴졌다. 표면에 상처가 많이 나 있어 더 그럴듯해 보이는 무구였다.

그들은 투구로 얼굴을 가린 채 통로를 달려나갔다. 근위병

NPC들과 싸우고 있는 아케이드 길드 사람들과 자연스럽게 섞여들었다.

아케이드의 사람들은 성 내에 남아 있는 근위병들을 뚫고 2층으로 올라가고 있었다. 랜드로서와 레트리버도 적당히 싸우는 척하면서 그들을 따라갔다.

2층에 올라 남쪽으로 어느 정도 진행하자 복도 제일 안쪽에서 커다란 문이 나왔다. 지도를 가진 누군가가 뒤쪽에서 외쳤다.

"거기 큰 문! 거기가 알현실이에요!"

사람들은 그 문 앞으로 모여들어 전열을 가다듬었다.

유렐도 이 사람 무리 속에 섞여 있는지 목소리가 두 겹으로 들렸다.

"자, 알현실이라고 쓰여 있는 방이 나왔네요. 오래도록 많은 성기사들을 애태워 왔던 란터티스의 왕은 저 안에 있을까요? 왕 후보는 이 자리에 없는데 이렇게 진행되면 쿠데타 퀘스트는 대체 어떻게 되는 걸까요?"

랜드로서는 시계에 태엽을 꽂을 준비를 했다. 저 안에 왕이 있다면 모두가 달려드는 순간 시간을 멈추고 먼저 끼어들어 왕을 죽일 생각이었다.

"자, 문을 엽니다. 하나, 둘……!"

콰과과광!

문이 폭발했다. 반으로 꺾인 두 개의 문이 매섭게 튀어나와 문 앞에 선 사람들을 덮쳤다. 랜드로서도 사람에 밀려 넘어졌다.

　얼굴 위로 뜨거운 공기가 쏟아진다. 바닥을 디딘 손바닥 밑으로 뜨거운 줄기가 꿈틀 움직이는 느낌이 났다.

　'뭐지?'

　그는 반사적으로 아래를 보았다. 그리고 바닥에 새빨간 선들이 스스로 피어나며 그림 같은 것을 그려 나가고 있는 것을 발견했다.

　'마법진?'

　그는 시계태엽을 꽂았다. 사아아악! 소리와 함께 세상이 정지했다.

　자리에서 일어나는 게 조금 힘들었다. 앞뒤로 사람에게 짓눌려 있어 그 좁은 틈에서 몸이 잘 빠지지 않았던 탓이다. 옆을 보니 레트리버도 비슷한 처지라 끼어버린 왼발을 빼내려고 허리를 현란하게 뒤틀고 있었다.

　'의외로 유연하군.'

　랜드로서는 굳어버린 사람들을 밟고 앞으로 나섰다. 문은 날아갔지만 알현실 안쪽에는 자욱한 연기가 차 있어 안이 보이지 않았다.

　그는 안에 뭐가 있는지 확인하려고 걸어 들어가려다 막혀서 멈췄다. 연기가 피어 있는 안쪽으로 들어갈 수가 없었다.

　그는 연기에 손을 뻗었다. 단단한, 그러나 조직이 치밀하지 않은 스티로폼 같은 감촉이었다. 지그시 밀어보았으나 모래 바닥을 누르듯 손바닥이 점점이 눌릴 뿐 밀리지 않았다.

'젠장. 안개가 다 길을 막네.'

시간이 멈춘 탓이다. 시간이 흐를 때면 콧바람에도 밀려 나갈 안개 입자일 텐데. 옆에서 안개를 온몸으로 밀던 레트리버도 고개를 저으며 말했다.

"상황을 좀 더 지켜봅시다. 설마 한 방에 죽는 허약한 왕은 아니겠죠."

그는 그렇게 말하고는 스스로도 자신이 없어졌는지 음 하고 입을 다물었다.

란터티스의 왕은 신년 이벤트 등에서 본 적이 있었다. 빼빼 마르고 신경질적으로 보이는 30대 즈음의 남자다. 인간적인 인상으로 말하자면, 굳이 때리지 않아도 위장병으로 쓰러질 것 같은 타입이었다.

"왕이 약하더라도, 호위가 있을 겁니다. 사미르라던가, 능력 있는 NPC가 옆에 있을 수도 있고."

레트리버는 말하고는 생각났다는 듯이 물었다.

"드루이드 마법은 뭘 특히 주의해야 합니까?"

"모릅니다."

"동료 중에 있었잖습니까?"

"난 그놈, 드루이드인 줄 모르고 데리고 다녔어요. 그러고 보면 일반 성직자하고 큰 차이 없는 것 같습니다만."

"그럴 리가요. 얼마나 많은 사람들이 찾아 헤맸던 직업인데, 성직자와 큰 차이가 없을 리가… 정말 그럽니까?"

"레벨 150 넘긴 성직자치고는 참 평범한 능력치라고 생각은 했지만……."

레트리버는 음 소리를 내더니 물었다.

"그라인더님, 지금 레벨 150 넘긴 성직자가 제로월드 내에 몇 명인 줄 아십니까?"

"글쎄요. 한 오천 명?"

"서른 명쯤? 요즘 데이터는 안 봤으니까 잘 모르겠지만 아케이드 최고 레벨 성직자 레벨이 132입니다. 레벨 150 넘긴 성직자란 존재 자체가 드물어요. 성직자는 레벨 올리기가 다른 직업보다 힘들거든요."

"다른 직업엔 관심이 없어서……."

"정말 많이 없는 것 같군요."

랜드로서는 좀 머쓱해졌다.

"효율 나쁜 직업이어서 아무도 안 했던 건가……."

"설마 드루이드 말입니까?"

"아님 말고요."

랜드로서의 말에 레트리버는 질렸다는 얼굴을 했다.

"대체 어떻게 드루이드를 만나서, 드루이드인 줄도 모르고 같이 다녔던 겁니까? 그 많은 사람들이 그렇게 찾아 헤매도 못 찾았던 직업을?"

"세티아 대륙에서… 아니, 원래 알던 사입니다."

랜드로서는 티라미슈의 말을 기억해 말을 바꿨다. 레트리버가 모르겠다는 듯이 말을 받았다.

"원래 알던 사이라면, 현실에서 말입니까?"

“그렇죠. 친구 동생이라고.”

그래서 대체 누구인지는 모르겠지만, 이라는 말까진 덧붙이지 않았다. 레트리버가 하늘을 보고 탄식했다.

“사기당한 기분이야…….”

랜드로서로서는 저런 반응의 의미를 이해할 수 없었다. 레트리버는 곧 고개를 홱 돌려 이쪽을 바라보며 말했다.

“할 일이나 빨리 끝냅시다.”

두 사람은 아까 끼어 있던 자리에 다시 비집고 들어갔다. 시간이 다시 흘렀을 때 갑자기 위치가 바뀌어 있으면 이상하게 보일 테니 그것을 방지하기 위해서였다.

랜드로서가 태엽을 뽑자 모든 것이 다시 살아 움직이기 시작했다. 유렐이 콜록거리며 외쳤다.

“역시 최종보스일까요! 심상치 않은 공기가 쏟아져 나오고 있네요! 이 연기, 뜨거워요! 바닥에는 뭔가가 저절로 그려지고 있고요!”

바닥에 피어나는 붉은 그림은 매우 복잡했다. 읽을 수 없는 문자들과 여러 가지 문양이 마구 겹쳐진 형태다.

랜드로서는 우연히, 그려지고 있는 붉은 그림의 가장 바깥쪽, 테두리처럼 보이는 둥근 원이 양쪽에서 만나며 막 완성되려는 광경을 보았다. 그는 뒤돌아서 뛰어가려 했지만 한발 늦었다. 원이 완전해지며 붉은 그림 전체가 번뜩 빛을 뿜었다.

순간, 온 세상이 크게 뒤흔들렸다.

콰콰콰콰콰콰콰!

흔들리는 세상이 몇 겹으로 겹쳐 보였다. 랜드로서는 무릎을 찧었다. 바닥이 흔들려서 도저히 균형을 잡을 수가 없었다. 사람들은 허공에 떴다 부딪쳤다 마구 뒤범벅되고 있었다. 그 혼란 속에 저 앞에서 짓눌린 듯한 음성이 들렸다.

―도메인 오브 다크니스.

그것은 사람의 음성이라고 하기에는 너무나 불분명한 소리였다. 그러나 분명히 알아들을 수 있는 언어였다.

안쪽에서부터 검정색이 쫙 밀려나오듯 어둠이 밀려왔다. 통로가 삽시간에 새카맣게 물들었다. 땅의 진동이 멈추고 사람들은 뒤엉킨 채 멈췄다. 그리고 뒤늦은 고요가 찾아왔다.

랜드로서는 가슴이 저리는 것을 느끼며 몸을 일으켰다. 세상은 우주와 같이 어두워져 있었다. 빛 하나 없이 새카만데 구별해야 할 것들은 밝아서 아무런 어려움이 없었다.

그때 띠링! 하는 소리와 함께 눈앞에 반투명한 창이 떴다.

[어둠의 영토 효과 (단계 24)]
어둠에 속한 자들에게 능력치 추가
체력 +100
마력 +200

**** +****

흑마법 사용시 효과 250%

******

******

******

'최종보스가 우리 편?'

랜드로서는 황당해서 옆을 보았다가 이 '능력치 상승' 효과가 자신에게만 '상승'이라는 사실을 깨달았다.

엉킨 채 넘어진 사람들은 한 명도 일어나지 못한 채 그저 끙끙거리고 있었다. 단지 얽힌 몸이 안 풀려서가 아니라 정말로 힘들어 보였다.

"아, 안 힘듭니까?"

옆에서 쥐어짜는 듯한 음성이 들렸다. 레트리버였다. 그 역시 힘겹게 상체를 일으켰지만 무릎을 못 펴고 있었다.

비잉!

안쪽에서 자동문이 열리는 듯한 소리가 났다. 안개 너머로 가로로 긴 날 같은 것이 언뜻 보였다. 그것이 반짝 빛을 반사했을 때, 랜드로서는 다급히 엎드렸다.

콰지지지직!

양편의 벽이 높은 음을 내며 바스라진다. 은색의 칼날이 안개를 뚫고 튀어나왔다. 고개 숙인 랜드로서의 머리 위로 공기를 날카롭게 잘라 나가며 칼날이 스쳐 지나갔다. 날 뒤로 불어온 바람이 랜드로서의 뒷머리를 차갑게 쓰다듬었다.

랜드로서는 눈을 들어 앞을 보았다. 칼날에 베인 안개 중간지점이 일순간 열어져 그 한가운데 서 있는 사람의 형체가 보였다.

'한 명?'

안개는 곧 빈자리로 번져 한순간 보였던 사람의 형상을 덮어버렸다.

랜드로서는 뒤를 보았다. 통로 폭보다도 넓은 거대한 낫이 양편의 벽을 잘라 나가다가 복도 중간에 걸려 있었다.

통로는 새카맣게 어두워진 채 바닥에 그려진 붉은 문양이 마치 살아 있는 것처럼 들끓고 있었다. 그러나 세상 전체가 그리된 것은 아니었다. 붉은 문양이 둘러싸인 거대한 테두리 밖의 세상은 제대로 된 색을 유지하고 있다는 것이 희미하게 보였다.

뚜벅.

랜드로서는 퍼뜩 다시 앞을 보았다. 뚜벅. 안개 안쪽에서 구둣발 소리가 다가오고 있었다.

'온다……!'

랜드로서는 레트리버의 팔을 잡아 일으켰다. 힘겹게 서는 그를 확인하며 외쳤다.

"가서 사미르나 스텔라를 찾아요. 가능하면 둘 다."

"싸울 수 있겠습니까?"

"내 직업은 특수합니다. 가서 왕인지 뭔지가 '어둠의 영토'를 사용했다고 말해요!"

레트리버는 휙 돌아 기어갔다. 랜드로서는 아래쪽의 끙끙거리는 사람들을 향해 말했다.

"바람을, 저 안개를 날릴 마법을 사용해 주십시오! 누구든

좋으니까!"

"누구세요?"

돌아오는 질문에 랜드로서는 대답할 말이 없었다. 회색 망토를 벗어 던지고는 앞으로 뛰어나갔다.

피잉!

새카만 덩어리가 정면으로 날아왔다. 랜드로서는 간신히 피했다. 피했다고 생각했는데 떵! 하는 소리가 나며 머리가 크게 흔들렸다. 맞고 나서야 머리에 쓰고 있던 투구의 부피를 생각 못했다는 사실을 깨달았다. 고개가 뒤로 돌아가는 것을 느끼며 랜드로서는 '그것'이 날아온 방향을 향해 시동어를 외쳤다.

"파이어 필라!"

콰앙!

저 안쪽에서 불기둥이 솟아오른 것과 동시에 랜드로서는 바닥에 나뒹굴었다. 그는 투구를 벗어 던지며 바로 일어났다.

뚜벅.

저 앞에서 다시 묵직한 발소리가 났다. 파이어 필라의 열기 때문에 자욱하던 안개가 급속도로 옅어지고 있었다. 뚜벅. 다시 한 번 발소리가 났을 때 랜드로서는 불기둥 속에서 걸어나오는 검은 기사의 모습을 볼 수 있었다.

'그'의 키는 2미터는 되어 보였다. 어깨는 키와 딱 균형이 맞을 정도로 벌어졌으며 온몸의 비율이 눈으로 보기에도 정확하고 단단해 보였다. 그의 온몸을 덮은 괴물 같은 갑옷이 불길을 받아 묵직한 빛깔로 빛났다.

그는 인간 같기도 했지만 동시에 괴물 같았고 한편으로는 성벽 같이 단단해 보이기도 했다. 투구에 달린 두 개의 장식은 뿔 같았고 건틀릿에 달린 비죽비죽한 장식은 손톱 같았다. 쭉 뻗은 그리브에 새겨진 짐승들과 발등을 감싸는 근육 같은 무늬들을 가진 갑옷은 '그'의 방어구이자 동시에 그의 성향을 그대로 보여주는 듯했다.

흑기사. 랜드로서는 레이니의 직업명일 때는 별 감흥 없었던 그 단어를 쟁쟁하게 느끼고 있었다. 뒤에서 한발 늦은 시동어들이 울렸다.

"윈드 써클!"

"휠 오브 윈드!"

바람은 불어오지 않았다. 랜드로서는 사람들의 당황하는 소리를 등진 채 검을 뽑아 들었다. 언제라도 튀어나갈 수 있도록 서서히 몸을 낮추며 발을 앞으로 뻗는다.

상대도 똑같이 한 걸음을 내딛어왔다. 약간 들어 올린 손에 무기는 들려 있지 않았다.

랜드로서는 정면으로 날아오던 검은 기운을 생각했다.

'저 외모에 흑마법만 쓸 리는 없는데.'

그런 생각을 한 찰나, 레트리버의 귓속말이 눈앞에 떴다.

―영역 밖으로 나갈 수 없습니다! 이 안에서 해결해야 하는 것 같습니다!

순간, 흑기사가 손을 들어 올렸다. 검은 기운이 채찍처럼 뻗어 나와 랜드로서를 후려갈긴다. 랜드로서는 검을 휘둘러 쳐내려 했다. 그러나 검은 기운은 오히려 끈처럼 빙빙 휘어지며 랜드로서의 검날을 휘감아 버렸다.

'이런!'

당겨지려는 순간, 랜드로서는 땅을 박찼다. 오히려 튀어나가 몸을 옆으로 홱 틀며 흑기사의 손을 걷어찼다. 흑기사의 손이 흔들리며 랜드로서의 검에 감겨 있던 검은 기운이 사라졌다. 그러나 연이어 흑기사의 다른 손이 랜드로서의 명치를 때렸다.

랜드로서는 숨이 막히는 것을 느끼며 뒤로 날려갔다. 호흡곤란 패널티가 뜨는 것을 흘려보내며 무릎 굽혀 착지했다.

부웅!

눈앞에 검은 기운이 채찍처럼 날아왔다. 그는 머리 숙여 피하며 앞으로 뛰어나갔다. 어느 순간 위로 뛰어오르며 검을 정확히 흑기사의 겨드랑이에 꽂아 넣었다.

끽!

검은 철판을 찌른 듯 미끄러졌다. 생각 외의 결과에 랜드로서는 휘청 균형을 잃었다. 뒤이어 흑기사의 팔꿈치가 랜드로서의 등을 찍었다.

"큭!"

랜드로서는 다리에 힘을 주어 무너지려는 몸을 힘껏 일으켜 세우며 검을 휘둘렀다.

깡!

검은 흑기사의 옆구리를 후려쳤다. 검이 부러져 날아가고, 검은 기운이 랜드로서의 앞면을 채찍처럼 후려쳤다.

짝!

"마력탄!"

맞는 순간 랜드로서는 마력탄을 흑기사의 얼굴에 날렸다.

퍼벙!

흑기사의 눈앞에 작은 폭발이 일어나는 동안 랜드로서는 뒤로 세차게 넘어졌다. 맞은 자리의 피부가 대각선으로 벌어져 피가 번져 나온다. 쥐고 있는 검날은 절반이 되어 있었다.

'뭐가 저렇게 단단해!'

흑기사의 옆구리를 후려칠 때, 상당한 반발력은 예상하고 있었다. 그러나 힘껏 후려친 만큼 최소한의 휘청거림은 있을 줄 알았다. 조금 전의 감촉은 쇳덩이를 입은 사람이라기보다는 벽을 후려친 것 같은 느낌이었다, 도저히 무너뜨릴 수 없는.

"이걸 쓰세요!"

쿵!

뒤에서 묵직한 것이 날아와 떨어지는 소리가 들렸다. 랜드로서는 뒤돌아보았다.

모닝스타. 자잘한 가시를 잔뜩 붙인 두툼한 철구에 손잡이를 단 무기가 바닥에 떨어져 있었다.

랜드로서는 급히 그쪽으로 뛰었다.

막 손잡이를 잡으려는 순간 뒤에서 빠른 발소리가 달려왔
다. 발소리에 따라 바닥이 다 울린다.

랜드로서는 손잡이를 쥐며 뒤를 돌아보았다. 눈앞까지 닥쳐
온 흑기사가 길게 뽑은 검은 기운을 칼날처럼 휘둘러 오는 것
이 보였다.

랜드로서는 몸을 낮췄다. 날아오는 칼날을 머리 위로 피하
며 낮은 스윙으로 흑기사의 다리를 후려갈겼다.

꽝!

되돌아온 절절한 충격에 랜드로서는 모닝스타를 놓칠 뻔했
다. 흑기사는 미동도 하지 않았다. 랜드로서의 목을 덥석 잡더
니 그대로 아래로 짓누른다. 랜드로서는 그 머리를 힘껏 후려
쳤다.

꽝!

세차게 부딪친 두 금속 사이에서 불꽃이 튀었다. 그 반발력
에 오히려 랜드로서가 휘청했다. 흑기사는 전혀 충격을 느끼
지 않는 듯 변함없는 속도로 랜드로서를 짓누르고 있었다. 다
른 손에 검은 기운을 띄워 랜드로서를 머리부터 갈라 버릴 듯
이 이마의 중앙에 얹었다.

"바람의 숨결!"

랜드로서는 간신히 마법을 완성했다.

번쩍!

접촉해 있었기에 랜드로서와 흑기사는 함께 이동했다. 그러
나 이동한 장소가 천장에 가까운 허공이었다.

랜드로서는 바로 날개를 펼쳐 위로 날아올랐다. 손을 놓친 흑기사는 홀로 아래로 떨어져 내렸다.

콰쾅!

흑기사가 바닥에 충돌하자 묵직하고도 날카로운 소리가 났다. 랜드로서는 흑기사에게 조금 떨어진 장소에 착지했다. 그리고 부러진 검을 다시 꺼내 들었다.

'일단 약점부터 파악하자.'

온몸을 덮은 갑옷이라도 겨드랑이 안쪽, 관절 이음매 등에는 검을 쑤셔 박을 수 있게 마련이었다. 하지만 겨드랑이는 이미 찔러본 적이 있었다. 검이 미끄러질 정도로 철판 같은 강도였다.

아니, 철판보다 더 단단했다.

모닝스타는 갑옷 입은 사람을 상대하기 가장 좋은 무기다. 갑옷 위를 후려쳐도 그 충격은 내부로 전해지기 때문이다. 불꽃이 튀도록 후려쳤는데 미동조차 없다는 건 정상이 아니다.

'뭔가 다른 공략법이 있어.'

흑기사가 천천히 몸을 일으키고 있었다. 랜드로서는 레트리버에게 귓속말을 날렸다.

—신성 마법을 써봐요. 그게 안 된다면 다른 마법도!

흑기사가 일어나느라 굽힌 몸을 앞으로 뻗으며 그대로 달려오기 시작했다. 랜드로서도 몸을 낮췄다가 앞으로 뛰어나갔다.

거리가 삽시간에 줄어든다. 흑기사가 검은 기운을 채찍같이 날렸다. 랜드로서는 몸을 낮춰 피하며 다이빙하듯 앞으로 쭉 뻗어나갔다. 삽시간에 흑기사와 부딪칠 듯 바짝 다가선 그는 흑기사의 오른쪽 무릎을 부러진 단검으로 살짝 돌려 그으며 그를 교묘하게 옆으로 비껴 나갔다. 바닥에 한 번 구르며 착지한 랜드로서는 휙 돌아서 완성한 주문을 날렸다.

"윈드 커터!"

두 개의 칼날이 회전하며 흑기사의 뒷목을 향해 날아갔다. 랜드로서는 그 자리에 서서 마법이 흑기사의 목 뒤쪽, 투구와 갑옷 사이의 좁은 틈으로 정확히 찔러 들어가는 것을 확인했다.

퍼벙!

그 자리에서 작은 폭발이 일었으나 흑기사는 움찔하지도 않았다. 애초에 약한 마법, 공격이었다. 이렇게 여기저기 찔러보다가 어디 한곳, 조금이라도 부드러운 곳만 발견하면 그곳을 제대로 찔러 들어갈 생각이었다.

"보고 계시죠? 대단해요……."

간신히 상체만 일으켜 앉은 채 유렐이 중얼거렸다. 처음에는 이 상황을 중계하듯 빠르게 설명을 뱉어내던 그녀는 어느 순간 말을 잃었다.

랜드로서는 흑기사를 상대로 춤을 추듯 움직이고 있었다. 달려드는 흑기사를 교묘하게 피해내고 그 옆면을 갉아내듯 그으며 돌아서 마법을 날리고 다시 뛰어들어 혼란시킨다. 그건 거의 저 거대한 흑기사를 가지고 노는 것 같은 동작이었다. 도저히 설명을 덧붙일 수 없는 속도로.

그러나 유렐은 두 주먹을 꼭 쥐었다. 저런 놀라운 움직임을 보여주는데도 저 사람이 흑기사를 이길 수 있을 것 같지 않았다.

흑기사는 처음부터 한 치의 타격도 입지 않은 듯이 변함없는 움직임을 보여주고 있었다. 랜드로서의 수많은 공격은 단 한 번도 제대로 먹혀들어 가지 않았다.

'빌어먹을! 저놈 공략법이 대체 뭐야!'

투구 안으로 가늘게 드러난 눈까지 철판 같은 강도를 가진 것을 확인한 랜드로서는 바닥에 낮게 착지하며 속으로 욕설을 뱉었다.

눈이 단단할 정도라면 저놈의 강함은 단지 갑옷 때문만은 아닐 것이다. 때렸을 때 두터운 벽 같던 감촉을 생각하면 갑옷 안의 몸 또한 갑옷만큼의 강도를 지녔다고 봐야 했다.

'마법도 안 먹히고! 신성 마법은 내가 못 쓰고!'

안쪽에서 연달아 들렸던 신성 마법의 시동어는 하나도 발동되지 않았다. 역시 랜드로서 외에는 마법을 못 쓰는 것 같았다.

리메디의 밤에 어둠의 영토 보정까지 받은 랜드로서의 힘은 누구보다도 강할 터였다. 그런데 그 힘으로 휘둘러대는 공격도 안 먹히고, 약점도 없다는 건 도무지 이해가 가질 않았다.

─움직여 봐요! 정말 꼼짝도 못합니까?
─지금 가고 있습니다.

랜드로서는 홱 뒤돌아보았다. 과연, 알현실 입구 앞에 땀을 뻘뻘 흘리며 기어오고 있는 레트리버의 모습이 보였다. 날아오는 채찍을 뛰어 피하며 그는 다시 귓속말을 던졌다.

─옥새는 무슨 효과 없습니까?
─빛나고 있긴 한데, 그 외의 다른 변화는 보이지 않습니다.

랜드로서는 다시 뒤를 돌아보았다. 레트리버의 손에 쥐고 있는 금빛으로 빛나는 옥새가 보였다. 그는 달려가 옥새를 낚아챘다. 옥새를 흑기사 가까이 가져가거나 옥새로 때려야 하나 하는 생각까지 하는 중이었다.

그러나 옥새가 레트리버의 손에서 떨어지자마자 옥새는 빛을 잃었다.

'왕 후보가 써야 의미가 있는 건가? 그런데 어떻게!'

흑기사가 달려오고 있었다. 랜드로서는 옥새를 레트리버의 손에 다시 쥐어주고는 앞으로 뛰어나갔다. 흑기사가 레트리버에게 집중하기라도 하면 귀찮아진다.

그는 낮게 날아오는 채찍을 줄넘기처럼 피하며 몸을 왼편으로 틀었다. 흑기사의 시선을 왼쪽으로 바꿔놓을 생각이었다.

그러나 착지 직전, 랜드로서는 갑자기 집중력을 잃었다. 온 세상이 위아래를 바꾸며 회전하는 것 같았다. 뒤쪽에서 들리는 소란스런 소리들도 전부 알아들을 수 없는 남의 나라 말처럼 느껴졌다.

그는 그대로 무너지듯 떨어졌다. 무릎이 땅에 부딪치면서 떨어져 내리던 온갖 감각들이 반전했다. 턱이 한순간 들리며 날아오는 채찍의 매서운 검정색이 눈 안에 가득 찼다.

"조심해요!"

비명 같은 소리가 귓속에 콱 박혀온 순간, 그는 정신이 번뜩 들었다. 급히 몸을 틀어 닥쳐오는 채찍을 피했다.

쉭!

칼날 같은 소리가 귀 옆을 찢으며 그의 어깨를 후려쳤다. 팔이 잘려 뒤로 날아간다. 온갖 경고창이 눈앞에 겹쳐지며 떠오른다. 다시금 날아오는 채찍을 피할 여력이 없었다.

"이야아앗!"

그때 비명 같은 고함이 들리며 레트리버가 랜드로서를 덮쳤다. 랜드로서는 부딪쳐 넘어졌다.

쉭!

흑기사의 칼날이 레트리버를 긋는 소리가 들렸다. 뜨거운 피가 옷 위로 쏟아졌다. 레트리버가 간신히 고개를 들며 말했다.

"도망쳐요."

"이봐요?"

속도도 느린 주제에 뛰어든 레트리버를 향해 랜드로서가 인상을 썼다. 레트리버는 정말 느리게 느리게 상체를 일으키고 있었다.

“내 퀘스트니까… 지금까지 고마웠습니다.”

랜드로서는 일단 한 발 물러나 생명력 회복 물약을 마셨다. 팔이 잘린 출혈로 생명력 수치가 무섭게 빠져나가고 있었다. 빨리 누구에게든 부상 치료 주문을 받아야 한다.

그건 레트리버도 마찬가지일 것이다. 그는 옷을 온통 피로 물들이며 일어서고 있었다. 그 등은 넓고 불안정했다.

한순간도 버티지 못할 거면서.

랜드로서는 시선을 내리듯 고개를 돌렸다. 어둠의 영역 안에 갇힌 사람들은 나가지도 못하고 있었지만 랜드로서라면 나갈 수 있을지도 모른다.

하지만 나갔다가 돌아왔을 때 이미 레트리버는 없을 것이다.

‘실패군, 쿠데타 퀘스트는.’

랜드로서는 몸을 일으켰다. 그때 사람들 사이에서 환성이 들렸다. 쓸데없다고 생각했지만 그는 자기도 모르게 돌아보았다.

레트리버는 소매 아래로 피를 뚝뚝 흘리며 서 있었다. 그 떨어지는 피가 하얗게 얼어 굳어지며 칼날 같은 형태를 만들고 있었다. 그 손에 들려 있는 것은 금빛이 서린 옥새. 마치 옥새를 손잡이로 한 피의 칼을 만들어가고 있는 모습이었다.

무거운 무게를 진 듯 구부러져 있던 레트리버의 등이 점점 퍼졌다. 랜드로서는 그가 '어둠의 영역'의 힘에서 벗어나고 있다는 것을 알았다.

피리릭!

흑기사가 날린 채찍의 줄기가 그의 정면으로 날아왔다. 그는 충분히 길어진 피의 칼을 올려 그었다.

서억!

채찍 줄기가 잘려 나갔다. 레트리버는 흑기사를 향해 돌진했다. 흑기사는 양팔을 들어 앞을 막았다. 레트리버가 시동어를 외쳤다.

"화이트 노바!"

쾅!

눈부신 빛이 흑기사의 앞에 터졌다. 검은 갑옷이 산산이 부서져 흩어졌다. 그 빈자리를 향해 레트리버는 피의 검을 힘껏 꽂아 넣었다.

"이야아아아아!"

푸욱!

검은 부드러운 저항력을 손안의 감촉으로 남기며 흑기사의 가슴을 깊이 꿰뚫고 들어갔다.

핏!

아래에서 뭔가가 금 가는 소리가 났다. 새카만 바닥에 빛의 줄기 같은 잔금이 작은 조각을 튕겨 올리며 선명하게 박히더니, 바닥이, 벽이, 천장이, 세상을 뒤덮고 있던 모든 검은 표면이 산산이 부서져 쏟아져 내렸다.

'어둠의 영역이 풀렸군. 왕은… 저놈은 죽은 건가?'

뒤에서 지켜보던 랜드로서는 물약 하나를 더 마셨다. 막 레트리버에게 다가가려는데 누군가가 랜드로서를 덥석 잡았다.

'누구……?'

무심코 그쪽을 본 랜드로서는 소스라치게 놀랐다. 상대방이 아는 얼굴이었기 때문이다. 양쪽 눈매가 고양이처럼 살짝 치켜 올라간 소녀, 유렐이었다.

'이런!'

랜드로서는 어디로든 도망치려 했다. 그때 날카로운 일격이 그의 관자놀이를 가격했다.

"넘치는 힘이여!"

쾅!

랜드로서는 옆으로 나자빠졌다. 붙잡고 매달릴 줄 알았지 대뜸 공격해 올 줄은 몰랐기 때문에 피할 수 없었다.

전신마비 안내창이 눈앞에 떠 있었다. 점차 투명해지며 사라져 가는 안내창 너머로 검은 조각들이 쏟아져 내리는 통로 안의 풍경과 의미심장한 웃음을 얼굴 가득 띠고 있는 유렐의 모습이 눈에 들어왔다.

"죽일 셈이야?"

레리가 기가 찬다는 얼굴로 말했다. 유렐은 듣지도 않고 다른 손에 쥔 성직자를 확 잡아당겼다.

"됐어요, 잡았어요! 이제 치료하시면 돼요."

성직자는 랜드로서를 보고 곤란한 표정을 지었으나 유렐이

“부탁해요”라고 말하며 지긋한 시선을 던지자 할 수 없다는
듯이 주문을 외기 시작했다. 옆에서 레리가 중얼거렸다.

“나라면 한 대 맞는 순간 죽었을 거야.”

“그거야 네가 약골인 탓이지, 내 탓이니?”

호기심 가득한 눈으로 랜드로서를 내려다보며 유렐이 반문
했다. 레리는 고개를 저었다.

“사람 붙잡는 방법이 관자놀이를 후려치는 방법밖에 없어?”

“급했으니까 이해하실 거야.”

유렐은 생글 웃었다. 그때 성직자가 주문을 완성했다.

“부상 치료.”

줄줄 흘러내리던 핏줄기가 가늘어지기 시작했다. 레리가 안
경을 꺼내 쓰며 안쪽으로 시선을 돌렸다.

“가자. 광고 시간 끝날 때 됐어.”

“어? 잠깐, 잠깐마안! 이분하고 말 좀 해봐야지!”

“란터티스의 새 왕이 생기는 순간을 놓칠 셈이야?”

레리는 그렇게 말하고는 성큼성큼 안쪽으로 가버렸다. 유렐
은 억울한 얼굴로 랜드로서를 보았으나 랜드로서는 전신마비
가 안 풀린 척했다. 유렐은 결국 랜드로서를 가리키며 외쳤다.

“나 돌아올 때까지 이 자리에 꼭 가만히 있어야 돼요! 약속
이에요!”

그리고 유렐은 안쪽으로 달려갔다. 잠시 후 부상 치료 마법
이 끝났다. 랜드로서는 다리를 끌어당겨 세우며 눈앞의 성직
자에게 말했다.

"감사합니다."

그리고 튕기듯 일어나 반대편으로 달렸다. 뒤에서 성직자가 외치는 소리가 들렸다.

"잠깐만요! 재생 마법은!"

"괜찮습니다!"

2층 통로는 싸움이 지나간 어수선한 채로 남아 있었다. 랜드로서는 통로를 달리며 중계 채널을 열었다.

레트리버는 화면의 중앙에, 피의 검을 늘어뜨린 채 서 있었다. 그의 발치에는 부서진 갑옷 조각들 위에 쓰러진 흑기사가 누워 있었다. 화면이 움직여 흑기사의 얼굴을 가까이 비췄다. 점점 작게 오그라들어 가는 그 '사람'의 얼굴은 유약해 보이는 젊은 남자, 란터티스의 왕이었던 NPC의 얼굴이었다. 그리고 그 몸은 점점 투명해지며 사라져 갔다.

'왕'의 죽음이다.

레트리버의 몸이 금빛에 휩싸였다. 쿠데타 퀘스트의 마지막 퀘스트가 끝난 순간일 것이다. 랜드로서의 눈앞에 귓속말이 떴다.

―감사합니다. 덕분에 퀘스트를 끝까지 할 수 있었군요.

―잘됐군요.

화면 속 레트리버의 모습이 큭 웃는 듯 흔들렸다.

─뭡니까, 그 무덤덤한 대꾸는?

─내 퀘스트 아니잖습니까. 그럼 내일 봅시다.

통로 저편에서 사미르와 스텔라가 걸어오는 것이 보였다. 사미르는 의미심장한 미소를 띠고 있었고, 스텔라는 랜드로서를 향해 고개를 깊이 숙였다.

랜드로서는 한순간 멈춰서 사미르에게 말을 걸까 하다가 지금은 타이밍이 좋지 않다고 느꼈다.

레트리버가 퀘스트를 성공했으니 왕성에는 언제든 올 수 있을 것이다.

랜드로서는 스텔라의 인사를 가벼운 목례로 답하고는 그들을 지나쳐 달려갔다. 성을 나가자 안개가 사라진 언덕이 나왔다. 인적이 없는 한밤의 도시가 펼쳐졌다.

그 고요하고 찬바람 부는 도시 안쪽에서 노랫소리 같은 맑은 음성이 들렸다. 그것은 리듬을 가졌지만 제대로 된 노래는 아니었다. 그러나 중간 중간 알아들을 수 있는 가사의 부분 부분은 노래가사라 해도 충분할 만큼 시적이었다.

"…추억은 의미없이 흩어져도……."

랜드로서는 소리가 들리는 방향으로 달려갔다. 건물이 드리운 그림자 속에서 레이니와 티라미슈와 스타킹좋아가 걸어나오고 있었다.

그 노랫소리 같은 음성은 티라미슈가 외는 주문이었다. 랜드로서가 그 앞에 멈춰 서자 귀찮은 척하는 얼굴을 하며 시동어를 뱉는다.

"재생."

랜드로서의 잘려 나간 팔이 그 자리에서 투명하게 형체를 드러내며 점점 또렷해지기 시작했다. 랜드로서가 레이니에게 물었다.

"어떻게 부르기도 전에 왔습니까?"

"중계 채널을 지켜보고 있었어요. 4배속이라 어지러웠지만."

레이니가 랜드로서를 올려다보며 생글 웃었다.

"고생했어요, 랜드님."

랜드로서는 티라미슈를 보았다. 티라미슈는 애써 외면하고 있었지만 화난 표정은 아니었다. 애초에 누구도 화낼 일은 없다고 생각했다. 랜드로서는 티라미슈에게 귓속말을 보냈다.

—내일 만나자. 할 이야기가 있어.

재생 마법을 진행 중인 티라미슈가 대답할 수 없는 것인지 대답하지 않는 것인지 알 수 없었다. 그래서 랜드로서는 자기 할 말을 계속할 수 있었다.

—현실에서. 일곱 시쯤? 내가 어디로 갈까?

티라미슈가 놀란 듯 눈을 크게 뜨고 이쪽을 보았다. 레이니가 음, 하며 말했다.

"그런데 랜드님, 앞으로 좀 골치 아플 것 같아요."

—무슨 이야기를 하려고요?

티라미슈의 질문이 들어왔다. 랜드로서가 대꾸했다.

—뭐, 여러 가지.

"그… 이상하게 생긴 갑옷 입은 놈이랑 싸울 때 랜드님 얼굴
이 화면에 몇 번 비춰졌거든요. 크고 확실하게 찍히진 않았지
만 알아볼 사람이 있을 것 같은데요."
레이니가 말했고 티라미슈의 귓속말이 들어왔다.

—내가 ○○역으로 갈게요. 일곱 시. 괜찮죠?

랜드로서는 눈살을 찌푸렸다. 그 지하철역은 랜드로서의 집
바로 근처에 있는 곳이었다.
"뭐, 괜찮겠죠. 좀 귀찮긴 하겠지만. 평소엔 적당히 덮어쓰
고 다니면 되고… 걱정하진 마요. 그냥 그렇다고요."
랜드로서의 표정이 자신의 말 때문인 줄 알고 레이니가 가
볍게 말했다. 랜드로서는 '내가 어디 사는지 얘기했었나?' 라
고 물으려다 그만두었다.

─알았어. 내일 보자.

*　　　*　　　*

　'정말 긴 하루였어…….'
　제로월드의 세계가 시야에서 검게 무너져 내리며 사라져 가
는 것을 보면서 랜드로서는 긴 숨을 뱉었다. 신체의 감각이 점
차 다른 것으로 변해가며 의자에 앉아 있는 '세령'의 감각이
온몸에 돌아왔다.
　방 안의 공기가 조용히 온 세상에 차오르는 것 같다.
　다음 순간, 세령은 격렬한 구토를 하며 바닥에 주저앉았다.
콧속이, 입안이 온통 뜨거운 액체로 차 있었다.
　한참 목 안의 것을 다 뱉어내고 나서야 그는 이 냄새가 피
냄새라는 사실을 깨달았다. 허리를 펴고 있을 힘이 없어 기울
어져 팔로 상체를 지탱한 채 다이버 헬멧을 벗었다.
　텅─
　손을 벗어난 헬멧이 바닥에 뒹굴었다. 가려졌던 시야가 자
유로워지며 방 안의 밝은 풍경이 눈에 들어왔다.
　눈앞에 드러난 풍경. 그것이 무슨 의미인지 그는 한순간 이
해하지 못했다.
　방바닥에 피가 잔뜩 번져 있었다. 그것은 조금 전 그 자신이
목 안에서 뱉어낸 액체였다.

드르륵! 드르륵! 드르륵!

책상 위의 핸드폰이 요란하게 책상을 흔들었다. 그는 힘겹게 무릎을 펴다가 포기하고 옆의 바닥에 빙글 드러누웠다. 흰 천장이 보였다.

그는 눈을 감았다. 눈 감은 어둠 속에 불규칙한 자신의 숨소리가 들렸다. 생각해야 해. 그는 자신을 향해 생각했다. 그러나 그 생각을 더 이어갈 힘조차 없이 그는 늪 같은 잠 속에 빨려 들어갔다.

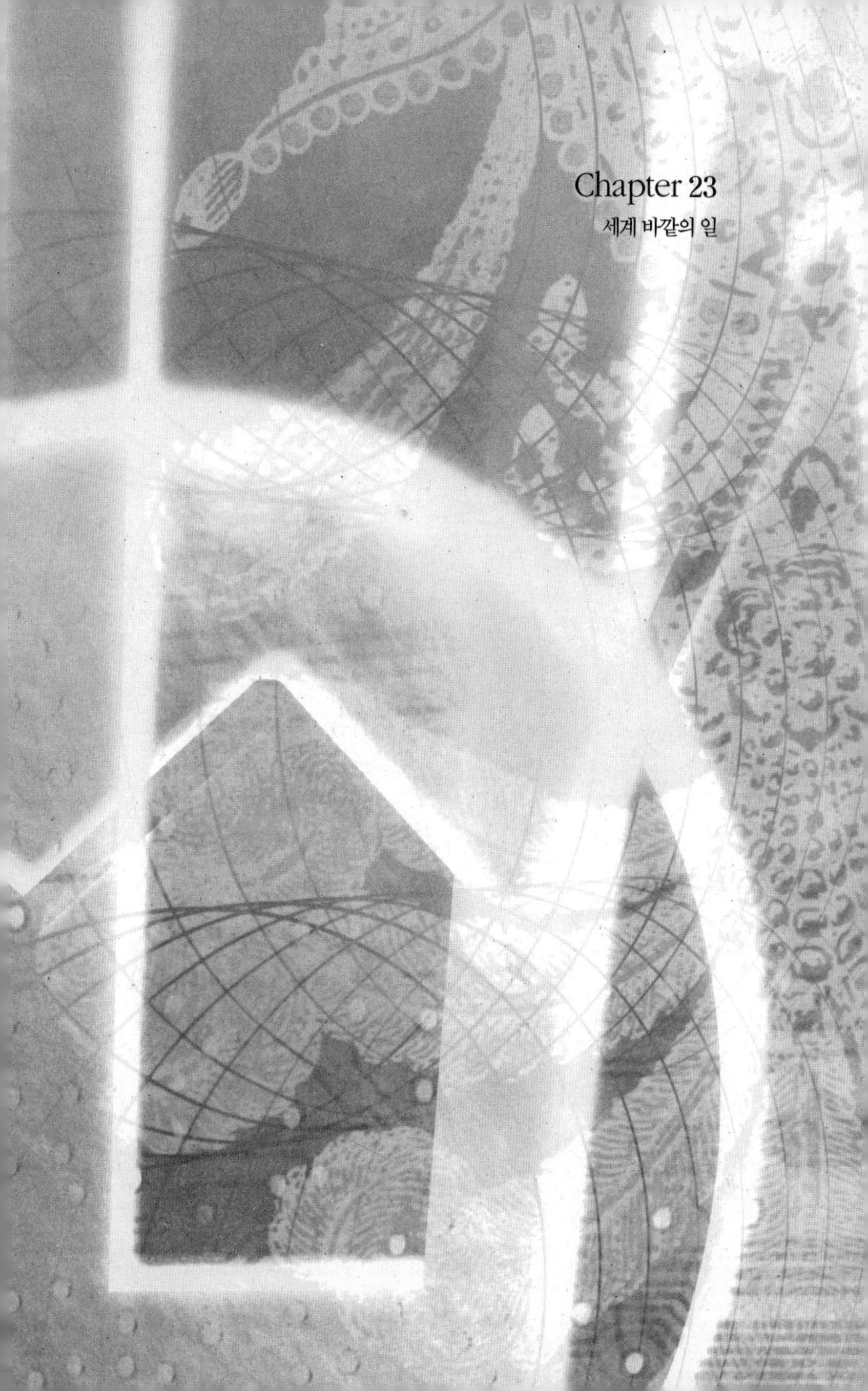

Chapter 23
세계 바깥의 일

드르륵! 드르륵! 드르륵! 드르륵!

드릴로 바닥을 깨는 듯한 소리가 계속 들린다고 생각했다.
세령은 눈을 떴다.

저 위쪽 책상 모서리에 걸쳐 있는 검정색 핸드폰이 보였다.
그것이 바르르 몸을 떨며 모서리 바깥쪽으로 조금씩 더 기어
나오고 있었다.

'핸드폰 소리였나……'

세령은 눈을 다시 감았다. 의식은 아직 깊은 꿈속에 묶여 있
어, 계속 빨려 들어가고 있었다.

그때 핸드폰이 책상 위에서 뚝 떨어져 내렸다.

"우왓!"

눈 감은 채로도 알 수 있었던 것은 핸드폰이 떨어진 자리가 세령의 얼굴 위였기 때문이다.

난데없이 핸드폰 모서리에 광대뼈를 찍힌 세령은 짜증을 내며 몸을 틀었다. 그러고 나서야 뭔가 이상하다는 사실을 깨달았다.

"어?"

그는 바닥에 손을 짚어 일어났다. 상체를 세우자 찡 하는 두통이 머리를 짓눌렀다. 온몸이 두들겨 맞은 듯 아프다. 방바닥에는 꽤 넓은 면적의 핏자국이 말라붙어 있었다.

'무슨……'

그는 손에 쥔 핸드폰을 보았다. 액정 화면에는 자주 볼 수 없는 숫자가 떠 있었다.

부재중 전화 17통

전에도 이런 날이 있었던 것 같은 기분이 든다. 그는 종료 버튼을 눌렀다. 부재중 전화 화면이 사라지며 시계 숫자가 큼직하게 떠올랐다.

오후 01:23

'오후……'

멍하니 그 화면을 보던 세령은 다음 순간 정신이 번뜩 들었다.

'으악! 대체 왜 이 시간까지 잔 거야!'

그는 벌떡 일어났다. 옷장으로 달려가다가 그만두고 돌아서서 일단 화장실로 들어갔다. 수도꼭지의 물을 틀다가 다시 잠그고 샤워기의 물을 틀었다.

쏴아아—

쏟아지는 찬물을 머리에 부었다. 머리카락이 흠뻑 젖어 들어가며 목 안의 뜨거움이 더욱 선명해지는 기분이 들었다. 그는 바닥에 무릎을 대고 욕조에 어깨를 기댔다. 젖은 시야 안에 머리카락 섞인 물이 개수구를 향해 빨려 들어가는 광경이 보였다.

그는 그대로 무릎이 언다는 느낌이 들 때까지 욕조에 어깨를 기대고 앉아 있었다. 이 물이 차갑다는 감각 외에 모든 감각이 다 불분명하게 없어지는 것 같았다.

그는 입안에 고인 침을 뱉었다. 검붉은 물줄기가 길게 이어진다.

'뭐지, 대체?'

목이 아프거나 하진 않았다. 아무래도 코피가 흘렀는데 접속 중이라 그걸 모르고 있다가 목으로 넘어간 피를 한꺼번에 뱉어내게 되어 그랬을 거라고 세령은 짐작했다. 그는 피곤해지면 코피를 곧잘 흘리는 체질이었다.

기도가 막히지 않아 다행이라고 생각했다. 다이버 헬멧에는 각종 생징후에 대한 감시 장치도 달려 있어 호흡이 이상해졌다면 바로 접속이 끊겼을 것이다.

　이해할 수 없는 점은 왜 이렇게까지 지독하게 피곤한지 모르겠다는 점이었다. 어제 접속 시간이 조금 길긴 했지만 평소의 두세 배를 뛰었던 것도 아니다.

　문득 그는 거울의 문 퀘스트를 처음 진행했던 날을 떠올렸다. 잉그리타를 처음 만나고 베르가못과 마주쳤던 날. 그날 또한 매우 피곤함을 느끼며 늦잠을 잤었다.

　'뭔가 공통점이 있는 건 아니겠지…….'

　가가각! 가가각! 가가각!

　핸드폰의 우는 소리가 들렸다. 방바닥에 놓인 덕에 진동의 소리가 달라진 모양이다. 그는 일어나 걸어갔다. 빛을 뿜는 핸드폰의 액정 화면에는 회사 번호가 떠 있었다.

　"여보세요."

　"여보세요? 윤세령 씨, 어디 아파요?"

　핸드폰에서 들려온 목소리는 회사 경리 아가씨의 목소리였다. 잔뜩 쉰 세령의 목소리에 알아서 반응을 해온다.

　"죄송합니다. 감기가 심해서, 일어나질 못했어요."

　"괜찮아요? 오늘 못 나오겠죠?"

　"예, 병원에 다녀와야겠네요."

　별다른 노력을 하지 않아도 쉬어빠진 목소리는 저절로 아프게 들렸다. 실제로 온몸이 아팠다. 전화 너머에서 걱정스런 목소리가 흘러나왔다.

　"혼자 괜찮겠어요?"

“괜찮습니다. 친구 불렀어요.”

“그래요. 그럼 푹 쉬어요.”

전화는 끊어졌다. 세령은 정말로 병원에 가는 게 낫지 않을까 생각했다. 그러나 일단 좀 쉬고 싶었다.

무너지려는 정신을 간신히 세워 알람을 입력했다. 액정 위에 물이 뚝뚝 떨어졌다. 누가 수건만 좀 가져다줬으면 좋겠다고 생각했다. 그렇게 잠시 멈춰 있다가 일어나서 수건을 집어왔다. 젖은 머리를 대충 닦고는 침대에 누워 그대로 잠이 들었다.

*　　*　　*

랜드로서는 작은 방에 들어섰다. 바닥도 벽도 창틀도 나무로 이루어진 소박한 방이었다. 아무 장식도 없는 가구들이 평범한 자리에 배치되어 있다. 창밖은 달이 뜬 밤이었다. 검은 옷을 입은 소녀가 창틀에 걸터앉아 있었다.

“엘베.”

랜드로서는 소녀의 이름을 불렀다. 달을 보던 소녀는 기울어지듯 이쪽을 돌아본다. 옷자락의 레이스가 사그락거리며 흔들렸다. 달빛 때문인지 창백한 흰 얼굴에 연한 미소를 띠며 소녀는 입을 열었다.

“우리는 세상을 파괴하기 위해 태어났어.”

“베르엘베르?”

랜드로서는 눈살을 찌푸렸다. 소녀의 얼굴에 피어난 미소가 더욱 또렷해졌다. 요염하다는 느낌이 들 정도로.

"'왜'인지, 그 이유는 이해할 수가 없지. 그건 우리 사정이 아니니까. 당신이라면 좀 더 이해할 수 있을지도 모르지만, 결국 다 그런 정도의 이야기일까?"

"내가 모르고 있는 게 대체 뭐지?"

"당신이 모르면 나도 몰라. 나는 살아 있지 않은걸."

"살아 있지 않으면, 어떻게 그렇게 생생할 수가 있지?"

"뭐야? 당신, 설마 이 세계가 사실은 게임이 아니라 실제로 어디에 있는 곳이라던가 하는 식의 상상을 하는 건 아니지?"

소녀는 쿡 웃었다. 곧 입가에서 웃음을 지우며 생각에 잠긴 듯한 시선을 자신의 손끝에 모은다. 눈앞의 랜드로서가 아닌 다른 사람에게 말하는 듯한 어조로 말을 이었다.

"아니면, 그러기를 바라고 있는 거라던가……."

"생각한 적도 없고, 바란 적도 없어. 단지 너희들이 대체 어떻게 만들어진 건지 궁금할 뿐이야."

"그걸 내가 어떻게 알아? 창조주와 더 가까운 건 당신이잖아?"

그녀는 머리카락을 찰랑이며 고개를 숙인다. 노래를 부르듯 말을 이었다.

"우리는 그저 살아 있지 않은데도 살아가고, 왜인지도 모르고 사명에 몰두하고, 가슴 저렸던 추억들을 전부 잊어버리지.

그런데 슬퍼할 이유도 없어. 우린 사실은 존재하지 않으니까. 몇 장의 그림, 몇 장의 설정, 몇 장의 데이터들… 지워 버리면 없어질 세상… 내 삶이, 내 세계가 단지 누군가의 게임일 뿐이라는 사실을 알아버린 존재가 살아남는 방법은 뭔 줄 알아? 아무것도 기대하지 않는 거야. 나쁠 것도, 나아질 것도 없지. 시간이 지나면 결국은 다 없어질 테니까. 내가 부수든, 다른 이유로 없어지든.”

“어떻게, 그렇게 인간적일 수가 있지?”

“왜, 만들어졌지만 사랑받는 존재들은 세상에 얼마든지 있잖아?”

“이건 정상이 아니야.”

랜드로서의 말에 소녀는 얼굴에서 표정을 지웠다. 속눈썹을 들어 올리듯 랜드로서를 바라보며 다리를 창틀 아래로 내렸다.

“왜, 먹혀 버릴 것 같아?”

한순간 늘씬한 다리가 드러났다가 흘러내리는 치맛자락 속으로 사라졌다. 그녀는 간드러진 걸음으로 다가와 랜드로서의 목에 손을 얹는다. 뺨과 뺨이 닿을 정도로 바싹 다가와 귓가에 숨결 같은 질문을 던졌다.

“사실은 먹혀 버리길 바라는 거 아니야?”

*　　*　　*

‘꿈…….’

세령은 잠이 언제 끊어졌는지도 분간하지 못한 채 눈을 떴다.

부드러운 이불이 얼굴 밑에 깔려 있었다. 이불의 주름 사이로 벽 쪽을 보며 그는 자신이 세령인지 랜드로서인지 잠시 헷갈렸다.

제로월드에서 여관에 묵은 채 접속 종료를 하면 다음에 접속할 때에는 침대에 누운 채로 눈을 뜨게 된다. 그야말로 잠에서 깨어난다는 느낌.

쾅쾅쾅쾅!

옆집에서 못이라도 박는지 불규칙한 소리가 벽을 울렸다.

‘못 박는 건 현실이지.’

그는 몸을 굽혀 일어났다. 눈이 좀 부었고 온몸이 욱신거렸지만 몸에 문제가 있다고 느낄 정도는 아니었다.

그는 침대에 앉은 채 하품을 했다.

“쾅쾅! 윤세령 씨!”

‘응?’

그는 하품하던 동작을 멈췄다. 다시 그 소리가 들렸다.

“윤세령 씨! 살아 있어요? 있으면 대답 좀 해요!”

그는 성큼 걸어나가려다 위에 옷 하나를 더 걸쳤다.

거실로 나가자 ‘그 소리’가 이 집 문을 두드리는 소리라는 걸 확실히 알 수 있었다. 그는 현관으로 곧장 걸어가 문을 확 열어젖혔다.

“왓!”

문을 두드리던 사람은 갑자기 열린 문에 손을 멈추지 못하고 세령의 가슴을 때렸다. 명치를 잘못 맞아 한순간 숨이 턱 막히는 기분이었으나 세령은 온 힘을 다해 내색하지 않은 채 눈앞의 사람에게 물었다.

“지금 대체 뭐 하는 겁니까, 김 팀장님?”

“문단속 꼬박꼬박 못해요?”

“…예?”

“안에서 열쇠 풀리는 소리도 없이 문이 갑자기 열리니까 놀랐잖아요?”

세령은 인상을 썼다.

“그게 난데없이 남의 집에 쳐들어와서 할 소립니까? 아니, 우리집은 어떻게 알았어요?”

“직장에 전화해서 물어보니 알려주더군요.”

“누구 직장이요?”

“명함 교환했잖아요? 전에 로터스 사무실 왔을 때.”

세령은 한순간 생각하고는 문을 닫았다. 김 팀장이 놀라 반응했으나 막기 전에 문을 제대로 닫아, 충고한 대로 문단속까지 할 수 있었다.

물을 꺼내 마시고 있는데 안에서 우우웅! 하고 핸드폰이 우는 소리가 났다.

예상한 대로 전화 건 사람은 김 팀장이었다. 세령은 간단히 종료 버튼을 눌러주고는 물을 마저 마셨다. 그러자 곧 짧게 우웅! 하더니 문자가 화면에 떠올랐다.

멀쩡한 것 같으니 갈게요. 오렐드의 시계는 더 이상 쓰지 말아요.

세령은 바로 답장을 했다.

난 업무 이외의 일로 만난 사람한테 명함 안 줍니다.

잠시 후 다시 답장이 왔다.

개인정보 입력란에 성실하게 직장 연락처까지 다 써놓으셨더군요.
앞으로 문단속도 잘하고, 개인정보도 대충 쓰도록 하죠.

세령은 물통을 냉장고에 넣었다. 핸드폰을 손에 들고 방으로 돌아가려다가 우뚝 멈춰 현관문 쪽을 돌아보았다.
문을 열자 김 팀장은 문 너머에 그대로 서 있었다. 세령이 눈살을 찌푸리며 물었다.
"간다면서요?"
"문자 입력하느라 발을 못 뗐을 뿐이에요."
세령은 문을 잡은 그대로 김 팀장을 바라보았다. 그녀는 전에 봤던 모습과 크게 다르지 않은 잘 화장된 얼굴에 검정 정장을 입고 있었다. 하지만 뛰어오기라도 한 것인지 한데 묶은 머리가 조금 헝클어져 있었다.

"오렐드의 시계를 쓰지 말라는 건 대체 무슨 소립니까?"

"패널티가 붙은 물건이거든요. 괜찮은 거 확인하니 이만 갈게요."

"가벼운 패널티 정도라면 그냥 쓰죠. 그만큼 쓸 만한 아이템이 없지 뭡니까."

돌아서려던 김 팀장은 눈썹을 올리며 세령을 올려다보았다.

"쓰지 말라면 쓰지 말아요!"

세령은 이유를 다시 캐물으려다가 더 찝찝하게 만드는 방법을 생각해 냈다. 친절한 얼굴로 고개를 끄덕이며 대답했다.

"그러죠. 무슨 이유인지 전혀 납득은 안 가지만 들어두겠습니다."

역시 김 팀장은 엄청나게 의심스럽다는 얼굴로 세령을 보았다.

"정말이에요? 정말 안 쓸 거예요?"

"그럼, 안녕히 들어가시길."

세령은 뒤로 물러나려고 했다. 그때 김 팀장이 문 안으로 밀고 들어오려고 했다. 세령은 가볍게 몸을 기울여 그녀를 몸으로 막았다.

"어딜 멋대로 들어오려고요?"

그녀는 힐끗 뒤를 돌아보았다. 아파트 통로에는 아무도 없었다. 그래도 안심이 안 되는 듯 세령을 보며 말했다.

"집 안 어질러진 건 신경 쓸 필요 없어요. 우리 집엔 곰팡이가 살고 있으니까."

"포자 묻은 사람을 집에 들이기 싫은데요."

"듣기 싫어요? 궁금한 거 많은 거 아니었어요?"

세령은 잠시 생각했다. 확실히 이야기할 거리가 있기는 했다.

그는 한 발 물러났다. 팔을 치워주기도 전에 김 팀장이 그 밑으로 다다닥 뛰어들어 왔다. 현관에 놓인 운동화를 밟고 휘청 하는 것을 세령이 반사적으로 붙들었다.

"들어오란 말 듣고 들어오면 어디가 덧납니까?"

"평소에 친절한 사람이었으면 안심하고 기다렸겠죠."

김 팀장은 세령에게 붙들린 채, 비스듬히 기울어진 몸을 바로 세우지 못해 낑낑거렸다. 세령은 한순간 이 손을 놔버릴까 하다가 인상을 쓰며 바로 세워주었다.

거실로 걸어 들어가는데 김 팀장이 따라오는 발소리가 들리지 않았다. 뒤돌아보니 그녀는 현관에 쪼그려 앉아 자신이 밟았던 운동화를 펴고 있었다.

세령은 뭐라 한마디 하려다가 우편물을 내려놓고는 냉장고를 열었다. 투명한 야채박스 안에 아직도 많이 남은 녹차캔이 녹색 무더기로 모여 있었다. 캔을 두 개 집어 들고 와서 막 허리를 편 김 팀장에게 하나를 건네주었다.

"아, 고마워요."

그녀는 서류 가방에 가까운 네모난 가방을 어깨에 메고 있었다. 저 안에는 랩탑이 들어 있을 거라고 짐작하며 세령은 소파에 앉았다. 핸드폰을 조작하며 물었다.

"오렐드의 시계 원리가 뭡니까?"

"계약서 내용 기억하죠?"

세령은 눈을 들어 김 팀장을 보았다. 그녀는 날카로운 눈으로 세령을 보고 있었다.

"그냥 단도직입적으로 말씀하시죠, 비밀 엄수하라고."

세령의 말에 그녀는 의외라는 표정을 지었다.

"뭘 짐작하고 있죠?"

"들어올 때 주변 눈치를 봤잖습니까. 그렇게 무식하게 문 두드려댄 사람이 옆집에 폐가 될까 걱정할 만큼 섬세할 리는 없고."

"전화를 제때 받았으면 내가 이렇게 달려올 필요도 없었잖아요?"

"전화로 할 수 있는 이야기인가 보죠?"

세령은 핸드폰을 닫고 주머니에 넣었다. 김 팀장은 맘에 안 든다는 얼굴을 하고 있었다.

"세령 씨, 의외로 피곤한 사람인 거 알아요?"

"미안하군요. 원하는 대로 속아주질 못해서."

"속이고 있다고 생각해요?"

"적어도 내게 말하지 않은 사실이 꽤 많다는 정도는 짐작합니다. 그걸 속이지 않았다고 말한다면 그거야말로 믿어서는 안 되는 상대인 거겠죠."

김 팀장은 불편함을 숨기지 않는 얼굴로 세령을 보았다. 곧 혼잣말처럼 중얼거렸다.

"…해를 끼칠 생각은 없어요."

세령은 그녀를 잠시 바라보았다. 그리고 말했다.

"납득할 만한 이유를 설명하지 않는다면, 나는 오렐드의 시계를 계속 쓸 겁니다. 편리하잖아요?"

"쓰지 말아요! 세령 씨를 위해 하는 말이에요."

"아무것도 설명 못하면서 그런 말 하면 설득력있다고 생각합니까?"

세령은 차게 웃었다. 김 팀장은 망설이다가, 질문했다.

"제로월드가 현실의 4배속으로 돌아가는 건 알죠?"

"압니다."

"40배속으로 돌아간다면 어떻게 될까요?"

세령은 잠시 생각했다.

"시간 절약?"

그 대답에 김 팀장은 쓴 표정을 지었다.

"그렇게 생각한 사람도 있었어요."

"가능하긴 한가 보네요."

"그럼, 극단적으로 4만 배속으로 돌아간다면 어떻게 될 것 같아요?"

세령은 다시 한 번 생각지만 도무지 상상이 가지 않았다. 눈살을 찌푸리며 질문을 끊었다.

"할 말 있으면 직설적으로 합시다. 누구 상상력 테스트합니까?”

“4만 배속으로 돌아가면, 현실의 1초가 게임의 11.1111…
소수점 떼고 11시간가량 돼요. 1초 동안 게임 속에서는 11시간
이나 지나 버리는 거예요.”

“3초만 게임해도 하루 분을 채울 수 있다니 꽤 좋네요. 그렇
게 안 만든 이유가 있을 테고.”

“4배속의 경우에는 제로월드에 접속하지 않은 상태로도 어
느 정도 지켜볼 수 있어요. 말을 알아듣기 어렵지만 어떤 행동
을 하고 있는지 인식은 할 수 있죠. 하지만 4만 배속 정도 되면
현실에선 제로월드에서 어떤 일이 일어나고 있는지 전혀 알아
볼 수조차 없게 돼요.”

“모니터링이 불가능해서 그 속도로 안 만들었단 얘긴 아니
겠죠?”

김 팀장은 세령을 보더니 한숨을 쉬었다. 한숨의 의미를 질
문할 틈도 없이 말을 이었다.

“일단 오렐드의 시계가 어떻게 가능한지부터 설명하죠. 그
건 시간을 멈추는 게 아니에요. 오히려 시간을 매우 빠르게 흐
르게 하는 거죠.”

세령은 한순간 생각했다.

“내 시간, 그러니까 시계를 가진 사람의 시간만 4만 배로 돌
려주는 아이템이라고요?”

“정확히 4만 배는 아니지만… 원리는 그래요. 4만 배속으로
흐르는 시간 속에서는 다른 모든 것들이 너무나 느려서, 거의

멈춘 것처럼 보이겠죠. 자신의 11시간이 다른 사람들의 1초니까요. 반대로 보통의 시간대에 있는 사람에게는 4만 배의 시간 속에 있는 사람이 보이지 않을 만큼 빠르게 느껴질 거예요. 실제로 인식할 수 없을 만큼 빠르니까.”

“그거… 물리적으로 엄청 복잡한 문제가 생길 것 같습니다만?”

“제로월드는 현실이 아니에요. 꿈의 속도가 서로 다르다고 해서 물리적인 문제가 생기진 않아요.”

“뭐, 그만둡시다. 게임 만들어진 원리 알아봤자 재밌거리밖에 안 되니까. 그보다는 4만 배로 시간을 돌렸을 때의 문제가 뭡니까?”

“기술과 비용의 문제에 대해 들어봤자 재미조차 없을 텐데요.”

김 팀장은 무덤덤한 어조로 말했다. 세령은 턱을 괴었다.

“그게 단지 기술과 비용의 문제라면 김 팀장님이 급히 달려온 이유가 설명이 안 됩니다.”

김 팀장은 아무 대답도 하지 않았다. 그것을 무언의 긍정으로 받아들인 세령은 말을 이었다.

“김 팀장님은 오늘 내가 전화를 안 받고, 출근하지 않았다는 것을 확인한 뒤 우리 집까지 달려왔어요. 그리고 한다는 소리가 오렐드의 시계를 쓰지 말란 말이군요. 멀쩡한 걸 봤으니 간다고 했었죠. ‘멀쩡한지 확인한다’. 농담이 아니라 정말로 그러려고 왔던 게 아닙니까? 오렐드의 시계가 주는 어떤 문제가 있을 수 있다는 걸 알았기 때문에?"

"오렐드의 시계는 안전장치가 되어 있는 아이템이에요. 걱정하고 다짐받으러 온 건 단지 내 노파심이죠. 그다지 현명한 행동 같진 않지만……."

김 팀장은 말끝을 흐리며 자신의 무릎 위에 손을 얹었다. 세령이 물었다.

"그 안전장치를 믿을 수 없는 게 아니고요?"

김 팀장은 바로 대답하지 않았다. 그 망설임이 길어질수록 세령은 끈적한 불안감을 느꼈다. 더 추궁하려는 찰나, 김 팀장이 입을 열었다.

"게임 내에서 시간을 빨리 돌리게 되면 뇌는 순간적으로 엄청난 에너지를 소모하게 돼요. 하지만 실제로 지나간 시간은 짧기 때문에 그만큼의 에너지 공급이 잘 안 될 수가 있어요."

세령이 말없이 그녀를 보자, 그녀는 가볍게 말을 이었다.

"쉽게 말하면 엄청나게 배고파진다는 거죠. 경우에 따라서는 자리에 일어나 먹을 거 찾아먹기도 힘들 만큼. 혼자 사는 남자에게는 더 걱정되는 항목이 아니겠어요?"

"뇌손상이군요."

한 단계 뛰어넘은 세령의 말에 김 팀장은 움찔했다. 무어라 변명하는 말을 하고 싶어하는 얼굴이었는데 입술만 움찔거리다가 그만두었다. 곧 할 수 없다는 표정으로 인정했다.

"그래요. 궁극적으로 걱정하는 건 그거죠. 저혈당 상태가

지속되면 뇌손상이 일어나는 모양이니까. 하지만 세령 씨의 경우는 그걸 걱정한 건 아니었어요. 오렐드의 시계는 한 시간 이상 사용할 수 없으니까. 단지 혼자 사는 사람이니까, 혹시 제대로 안 챙겨먹고 뻗어 있는 건 아닌가 하고 와본 것뿐이에요."

"그렇죠, 내 경우에는."

세령의 대꾸에 김 팀장은 아무 대답도 하지 않았다. 그는 차분한 어조로 말을 이었다.

"내 경우를 따진다는 건 다른 경우에는 심각했다는 의미일 수도 있겠군요. 그랬기 때문에 이 경우는 안전장치가 있는 줄 알면서도 눈으로 확인할 수밖에 없었던 거고. 불안감이라는 건 사람을 그리 만드니까 말입니다. 그래서 현명하지 못하다고 하는 거고."

김 팀장은 눈썹을 밀어 올리며 세령을 바라보았다.

"짐작인가요, 아니면 어디선가 들은 사실을 확인하고 있는 건가요?"

"대충 맞단 소리군요. 짐작이지만."

"말해봐요, 달리 들은 바가 있다면. 맞는지 확인해 줄 테니까."

"다 짐작이지만 확인해 주면 좋겠군요. 내 질문은 일단 두 갭니다. 시간을 빨리 돌린 탓에 뇌손상으로 식물인간이나 그 비슷한 상태가 된 사람이 있는지. 그리고 그런 상태로도 게임에 계속 접속해 있을 수 있는지."

김 팀장은 움찔하는 얼굴을 했다. 찜찜한 어조로 중얼거렸다.

"누구한테 들었어요?"

"짐작이라니까요? 굳이 이 짐작의 원천을 제공한 사람을 말하자면 베르엘베르겠군요."

"베르엘베르라고요?"

"베르엘베르가 오렐드에게 했던 설명, 그걸 지어낸 이야기가 아니라 실제 있었던 일이라고 생각하면 하나하나 해석할 수 있죠. 제로월드의 창조주라면 게임 만든 사람들일 테고, 굉장히 긴 시간을 보냈다고 했으니까 게임 만들 당시에도 시간을 매우 빠르게 돌려서 개발 시간을 단축했다고 볼 수도 있겠네요. 지금이야 피로도 시스템도 있고, 오렐드의 시계도 한 시간 이상 못 쓰도록 시계로 만들어졌다지만 그땐 그런 거 없었겠죠. 그러다 팀장님 말대로 저혈당 때문에 뇌손상이 온 거 아닙니까? 베르엘베르는 '그들'이 창조에 너무 힘을 쏟은 나머지 제로월드의 세계를 떠나지 못하게 되었다고 했어요. 그건 문제가 생겼다는 뜻이겠죠. 시스템상의 문제로 접속 종료를 못하게 됐거나, 아니면 현실의 몸에 문제가 생겼거나. 지금까진 시스템 문제일 거라고 생각했는데 지금 얘길해 보니 현실의 몸에 문제가 생겼을 가능성이 높은 것 같네요."

세령은 턱을 괴며 말을 이었다.

"뇌손상으로 깨어날 수는 없지만 꿈을 꿀 수는 있는 상태가 된다면 정말 베르엘베르의 말대로 되겠죠. 제로월드에 남아 있을 수는 있으나 현실로 돌아갈 수는 없는……."

세령은 말을 온전히 맺지 않은 채 김 팀장을 돌아보았다. 그녀는 무표정했다. 시선을 받고 있다는 걸 알면서도 굳은 얼굴로 아무 대답도 하지 않고 있었다.

세령은 이번에는 추궁하지 않고 기다렸다. 그녀에게 생각을 정리할 기회 정도는 주는 게 좋겠다고 생각했다. 이 추측이 전부 맞는 것이라면, 제로월드에 갇혀 버린 '창조주'들은 그녀가 아는 사람 혹은 그녀의 동료들이었을 테니까.

침묵 속에 호흡이 세 번 지나갔을 때쯤에야 그녀는 입을 열었다.

"처음에 그건 멋진 생각이라 여겨졌죠."

또 한순간의 간격을 지나 그녀의 말이 이어졌다.

"우리에겐 모든 것이 부족했어요. 시간도 돈도 관심도. 투자자를 끌어들이기는커녕, 우리 자신의 생활도 제대로 챙기지 못했죠. 무엇보다도 우리를 막막하게 만들었던 건, 제로월드가 정말로 완성될 수 있을지에 대한 확신이 우리 스스로에게도 없었다는 점이었어요."

그녀는 팔짱을 끼었다. 소파 모서리의 한 지점을 지긋이 바라보며 말을 잇는다.

"가상현실이란 화면만 아름다우면 되던 과거의 게임과는 완전히 달라요. 눈에 보이기만 하는 게 아니라, 만져지고 느껴져야 하죠. 감촉이 있어야 하고, 온도가 있어야 하고, 탄

력의 정도가 정확히 정해져야 하고… 그 모든 특성들을 단
번에 만들어낼 수 있는 프로그램이 언젠가는 나올지도 모르
죠. 하지만 그때는, 그리고 여전히 그런 건 만들어지지 않았
어요."

"일해야 할 양이 어마어마하게 많단 소립니까?"

김 팀장은 고개를 들어 세령을 보았다. 차분한 어조로 말했다.

"평생 계속해도 다 못할 것 같을 정도였죠."

"그래도 완성됐군요."

"일생보다도 긴 시간을 투자했으니까요."

세령은 눈살을 찌푸렸다. 김 팀장은 말을 이었다.

"그때의 시간은 오렐드의 시계 정도는 아니지만 1000배속
이었죠. 1년이 1000년이 되는 거예요. 정상 속도에서는 좁은
풀밭 하나 만들어내는 데 6개월이 걸렸는데, 1000배속으로 돌
리자 비슷한 일을 두 시간 만에 해낼 수 있더군요. 물론 피곤
하긴 했지만 짧은 기간 고생해 성공시키고야 만다는 들뜬 기
분이 더 강했어요."

회상이 깊어진 듯 김 팀장의 눈이 살짝 좁아졌다. 그녀는 그
대로 말을 이었다.

"그렇게 한 달을 1000배속으로 일해 괜찮은 샘플을 완성했
죠. 가상현실에 대해 회의적이던 투자자들도 샘플을 보고 나
자 기대감을 가지기 시작했어요. 나는 개발보다는 그런 바깥
일을 더 많이 하는 편이었죠. 큰 투자 제안을 받아 행복한 마
음으로 작업실에 돌아왔는데 아무도 깨어나지 않았어요."

딸랑— 뭔가 구르는 소리가 나서 아래를 내려다보니 발아래 두었던 빈 녹차 캔이 멀찍이 굴러가고 있었다. 세령은 살짝 손을 뻗으려다 그만두었다. 손이 닿지 않을 만큼 멀리 가버렸기 때문이다. 대신 그는 자신의 팔꿈치를 감싸며 중얼거렸다.

"그런데도 제로월드는 서비스됐군요."

"그들이 원했으니까요."

김 팀장의 대답은 한순간의 끊김도 없이 나왔다. 그녀는 기억을 더듬는 표정으로 말을 이었다.

"식물인간이라, 의사도 그렇게 말했었죠. 하지만 이런 경우는 처음 일어난 일일 테니까, 의사도 정확한 정의를 내리지는 못했던 것 같아요. 그냥 비슷한 현상의 이름을 갖다 붙였을 뿐."

김 팀장은 한숨을 뱉었다. 답답해하는 얼굴로 말을 이었다.

"그때의 나는 그저 막막했어요. 뭘 어떻게 해야 할지, 과연 이 상태로 앞으로 의미있는 일이라는 게 있기나 할지 도저히 생각을 이어갈 수가 없었죠. 그러다 어느 순간, 팀원들이 더 이상 깨어나지 못하더라도 생각을 할 수만 있다면 제로월드에 접속할 수 있을지도 모른다는 생각이 들었어요. 자료를 찾아보니 식물인간과 혼동되기 쉬운 상태로 '감금증후군' 이라는 게 있더군요. 의식은 살아 있지만 몸을 움직일 수가 없어, 몸에 갇힌 듯한 상태."

김 팀장은 후, 숨을 뱉고는 말을 이었다.

"온몸을 움직일 수 없지만 눈만 깜박일 수 있었던 사람들의 이야기를 들은 적 있죠? 의식은 멀쩡해서 눈꺼풀 깜박이는 걸로 의사소통을 해 책까지 쓴 사람들의 이야기 말이에요. 그런 걸 감금증후군이라고 부르는 모양이더군요. 다만 우리 팀원들이 그런 상태인지 아니면 정말 의식조차 죽어버린 식물인간 상태인지 의사도 분간하지 못한다 했어요. 그들은 눈꺼풀조차 깜박이지 못했으니까요. 하지만 무조건 시도해 볼 수밖에 없었어요. 그들과 마지막 대화라도 나눠보고 싶었죠. 그래서 강제접속 장치가 달린 다이버 헬멧을 만들었어요."

김 팀장은 잠시 말을 끊었다. 그리고 한결 가벼워진 어조로 말을 이었다.

"그 뒤는 짐작하는 대로예요. 접속은 성공했고, 그들은 제로월드를 완성하는 데에 남은 생을 전부 바치기로 결정했죠. 그 결정에 한 톨의 고뇌나 고통조차 없었다고 말하진 않겠어요. 하지만 결정은 생각보다도 빠르게, 그리고 확실히 내려졌어요. 세계는 점점 더 발전해 갔고, 살아남은 사람들은 그 샘플을 들고 투자자를 찾아내 병원비를 댔죠. 가족에게는 가스가 새서 일어난 일이라고 해뒀어요. 가족들은 제로월드에 접속해 그들과 대화할 수 있게 되었다는 것만으로도 고마워하더군요."

"그건 속이는 게 아닙니까?"

“그렇겠죠. 하지만 다른 대안이 있나요?”

“애초에 무식한 짓이잖습니까. 천 배의 시간이라니.”

“아무것도 희생하지 않고는 아무것도 얻을 수 없어요.”

“그래서 그 희생은 어쩔 수 없으니 남은 사람들은 신나게 앞으로 나아가겠다고요?”

“신날 것 같아요?”

김 팀장이 세령을 돌아보며 물었다. 세령은 시선을 피하지 않은 채 물었다.

“그 이후 같은 종류의 사고가 전혀 일어나지 않았습니까?”

“없었어요. 제로월드의 안전장치가 지금과 같은 체계를 갖추게 된 건 수많은 실험과 자문을 거친 결과물이에요. ‘안전하다’라고 검증받은 범위 내에서 우리는 12배속, 하루 12시간까지도 제공할 수 있어요. 그쪽이 수익도 더 좋았겠죠. 하지만 우리는 안전한 범위 내에서 또 여유분을 두어 4배속, 하루 여덟 시간가량으로 확 줄여서 출시한 거예요. 세상에 백 퍼센트의 안전은 없겠지만, 적어도 이건 자동차를 타는 것보다 안전하다고 보장할 수 있어요.”

“정말 한 번도 그런 사고가 일어나지 않았습니까?”

“항상 이렇게 남의 가장 아픈 곳을 아무렇지도 않게 쑤셔대나요?”

김 팀장이 세령을 노려보았지만 세령은 그 시선을 피하지 않았다. 그대로 받아쳤다.

“그 확실히 안전하다는 범위 내에 오렐드의 시계도 들어 있습니까? 반드시 필요하지도 않는 이런 아이템으로 시간을 뒤흔들어놓고서 안전을 제일 중시한다는 말을 하면, 내가 순순히 믿을 수 있을 거라 생각했습니까?"

"베르엘베르의 증언, 우리 개발자들의 이야기를 신화처럼 돌려 말했던… 그 대화는 우리가 입력한 게 아니에요."

"아니겠죠. 애초에 베르의 일족이라는 게, 제로월드를 부수고 싶어한 개발자들이 만들어낸 거 아닙니까?"

"그런 일도 있었죠. 하지만 그런 이야기를 퀘스트 속에 집어넣어 일반 유저들에게 들려주고 싶은 마음은 전혀 없어요. 설령 신화처럼 각색됐다 해도."

"그럼 뭡니까? 난 봤는데요?"

"제로월드는 해킹이 참 어려운 게임이에요. 설사 파고들어 온다 해도 데이터량이 워낙 많아서 뭐가 뭔지 알아보는 데만도 어마어마한 시간이 걸리죠. 하지만 역사상 한 번, 확실한 해킹에 성공한 사람이 있어요."

세령은 질문하려다가 그만두었다. 어쩌면 이것이 그가 듣고 싶었던 핵심일지도 모른다는 생각이 들었기 때문이다. 차분한 듯 지친 듯 살짝 찌푸린 얼굴로 김 팀장은 말을 이었다.

"그 해킹이 가능했던 건, 그가 제로월드에 대해 굉장히 많이 아는 사람이었기 때문이죠. 예전에 우리 팀원이었던 사람이었어요. 그 사고… 팀원 대부분이 식물인간이 되었던 그 사고가 있기 며칠 전에 팀을 나간 사람이었죠. 사고를 예측한 건 아니고, 집안 사정이었어요. 당시 우리는 무지막지하게 일을 했지만 완성한 게 없어놔서 돈을 거의 못 벌었거든요."

김 팀장은 후, 숨을 뱉고는 말을 이었다.

"그 사람은 아버지가 사업에 실패해서 가족을 먹여 살려야 하는데 돈을 벌 수 없는 일에 계속 매달려 있을 수가 없다고 했죠. 도저히 말릴 수가 없는 이유였어요. 그 후 그 사고가 있었고… 우리는 생활이 너무나 바빠 서로를 잊고 지냈어요. 그를 다시 만난 건 제로월드가 정식 서비스를 시작하고도 한참이 지난 뒤, 보통 사람들처럼 게임에 접속해 있는 그를 우연히 만났죠. 그는 다른 팀원들의 안부를 물었고 우리는 그 대부분의 질문에 대답할 수가 없었어요."

"솔직히 얘기하지 그랬어요?"

세령의 말에 김 팀장은 묘한 표정을 지었다.

"내가 지금 이 이야기를 순순히 털어놓고 있는 이유가 뭔 줄 알아요?"

"지금 이걸 순순히 털어놓는다고 생각하는 겁니까?"

"잘못했다고 생각했기 때문이에요, 그때 그러지 않았던 것을."

세령은 눈살을 찌푸렸다.

"무슨 일이 있었던 겁니까?"

"우리의 어설픈 변명을 의심한 그는 제로월드를 해킹해 개발자의 영역에까지 들어갔어요."

"개발자의 영역이 뭡니까?"

"제로월드 내의 숨겨진 장소예요. 그곳에선 제로월드를 만들 수 있죠."

"시간이 1000배로 흐르는 곳이었겠군요."

"그렇진 않아요. 제로월드가 완성되고 정식 서비스에 들어간 이후로 그렇게까지 치열하게 뭔가를 만들어낼 만한 일은 없었으니까. 현재 그곳에서도 시간의 흐름은 정상적으로 돌아가고 있죠. 다만 그 사람은 개발자의 영역에까지 들어가고, 그곳에서 있었던 일을 조사하는 과정에서 해킹을 우리에게 들키지 않기 위한 방법으로 '시간'을 이용했어요. 그게 문제였죠."

"들키지 않을 방법이라고요?"

"우리는 제로월드의 어떤 곳도 들여다볼 수 있고, 어떤 대화도 들을 수 있어요. 하지만 그는 자신의 시간만을 순간적으로 빠르게 흐르게 함으로써 자신의 행동을 숨긴 거죠."

"시간 흐름이 이상해진 걸 몰랐단 말입니까?"

"그는 1초도 안 되는 시간 동안 굉장히 많은 일을 했어요. 우리가 제로월드에 생긴 이상을 감지한 순간, 이미 모든 것은 끝나 있었던 거예요. 그 짧은 순간이 그에게는 며칠이었을 테니까."

"그리고 그 사람도 식물인간이 된 겁니까?"

김 팀장은 하려던 말을 멈췄다. 그리고 세령을 보며 물었다.

"파이어베어와 무슨 관계죠?"

이 질문이 이렇게 바로 던져질 줄 몰랐던 세령은 당황했다.

당황한 기색을 드러내지 않으려 애쓰느라 괜히 등에 눌려 있던 쿠션을 빼내며 대답했다.

"게임상에서는 내가 있던 길드의 길드장이었죠. 그 이상 뭐냐고 물으면 나도 질문할 수밖에요. 그 사람 본명이 뭡니까?"

"진짜 몰라요?"

"무슨 말이든 다 들을 수 있다면서요? 그럼 우리 귓속말로 그도 다 봤을 거 아닙니까?"

그렇게 받아치고 나서 세령은 매우 불편해졌다. 그러고 보니 제로월드 내에서의 행동은 결코 개인적인 것이 아니었다. 아무리 몰래 하는 말이라도 누군가 볼 수 있는 것이다. 김 팀장은 무슨 생각을 하는지 모를 얼굴을 하고 있었다.

"설마 했는데 정말 뭔가 다른 정보를 쥐고 있었던 건 아니었나 보네요. 정말로 그거 다 추측이었단 말이에요? 어떻게 베르엘베르의 그 엉터리 신화 하나 가지고 그 잡다한 걸 다 유추해낼 수가 있죠?"

"자기가 못한다고 남도 못한다고 생각하면 곤란하죠."

"하아, 내가 왜 그때 충고 안 듣고 이 사람에게 거울의 길 퀘스트를 맡겼을까. 파이어베어와 관계있는 것도 그렇고, 여러모로 찜찜하니까 생중계가 됐든 말든 퀘스트가 엉망이 되든 말든 이테리아 대륙 절반쯤 날려먹을 각오하고 그냥 끊어버리는 건데."

"뭔가 대단히 찜찜한 소리가 중간에 끼어 있습니다만?"

"난 태도를 확실히 하는 사람을 좋아해요. 일단 세령 씨가 친구 하나 없고 세상 물정에 어두운데다가 속여도 속는지도 모르는 바람직한 속성의 인간이 아니라는 사실 하나는 확인했네요. 그래서 이 정도의 얘기까지 들었으니 앞으로 어쩔 거죠?"

"애기 아직 안 끝났거든요? 내 질문은 어디다 찜 쪄 먹고 태도 타령입니까?"

"임재헌이에요, 파이어베어의 본명은."

"…어……."

"누군지 알아요?"

"고등학교 친구인데……."

"친구인데, 뭐가 잘못됐어요?"

"정말 그 이름 맞습니까? 완전히 다른 사람인데요?"

"맞아요. 거의 같이 살다시피한 사이니까 잘못 알 수가 없죠."

세령은 놀라서 김 팀장을 돌아보았다. 그녀는 그제야 오해할 만한 부분이 있다는 걸 깨닫고 급히 해명했다.

"그만큼 일이 많았다는 소리예요. 철야를 밥 먹듯이 하고 작업실 구석에서 대충 자는 사람도 많았으니까."

"물론 한동안 연락 안 했으니까 그동안 사람이 달라질 수도 있긴 한데… 내가 알던 그놈과는 완전히 다른데요. 재헌이는 얌전한 성격이었거든요. 하지만 파이어베어는 쾌활한 사람인데. 혹시 사진이라도 있습니까?"

"그런 걸 가지고 다닐 리가 없잖아요?"

김 팀장은 일단 받아치고는 고개를 끄덕였다.

"그렇다면 맞아요. 재헌 씨는 얌전한 사람이었어요. 그러고 보니 제로월드에서의 재헌 씨는 성격이 완전히 달랐죠. 원래 온라인에서 좀 더 쾌활한 사람이긴 했지만, 좀 뜨악할 정도였거든요."

"진짭니까?"

세령은 찜찜한 얼굴로 물었다. 김 팀장은 다시 고개를 끄덕였다.

"맞아요. 아는 사이가 확실하네요."

세령은 여전히 복잡한 표정으로 생각에 잠겼다. 다시 한 번 떠올려 봐도, 그의 기억 안에 남아 있는 임재헌이라는 사람은 말수 적고 사려 깊은 성격이었다.

세령은 그를 고등학교 1, 2학년 때 같은 반으로 만났다. 첫해에는 그런 음침한 녀석도 있었지 라는 느낌으로, 재헌과 친해질 날이 있으리라고 생각하지도 않았다.

그랬는데, 2학년 가을 즈음에 우연히 옆자리에 앉게 된 이후로 자연스레 친해졌다. 의외로 말이 통했던 것이다.

재헌은 여러 사람과 섞여 있을 때는 입을 다물지만, 단 둘이 나누는 안정된 대화 속에서는 상당히 매력적인 사람이었다. 아는 것도 많고, 세상을 보는 눈도 진지했다. 이야기를 계속하다 보면 세령 자신이 어린애 같다는 느낌을 받아서 오히려 불편해질 때도 있었다.

그래서였는지 아니면 재헌이나 세령이나 친구를 일부러 찾

아다니는 성격이 아니어서 그랬는지, 반이 갈라지고 나서는
왕래가 확 줄었다. 졸업 후에는 더 줄어서 그렇게 몇 개월에
한 번 안부인사 같은 대화만을 나누는 상태로 꽤 많은 세월이
흘렀다.

파이어베어는 재헌과 반대의 성격을 가진 사람이었다. 그는
누구에게나 먼저 다가가서 인사를 하고, 오래 교류가 없으면
안부를 묻고, 항상 쾌활하게 떠들고 다녔다.

그러다 보니 섬세함이 다소 부족한 느낌을 주었지만, 실수
를 해도 밉지 않은 순수함이 그의 장점이었다. 제로월드 내에
서 인간관계가 귀찮았던 랜드로서조차 그의 안부 인사는 편한
마음으로 받을 수 있었다.

그래서 한 번은 턱을 괸 채 쪽지를 확인하며 어떻게 이렇
게 아무에게나 물처럼 스며들 수가 있지 하고 감탄했던 것이
다.

그런 두 인물이 한 사람이라고 한다면, 세령은 잘못 안 거라
고밖에는 반응할 수 없었다. 상식적으로 도무지 납득이 되지
않았던 것이다.

"그 기분, 나도 이해해요. 동감이었거든요. 뭐, 결과적으로
보면 같은 사람이라고 생각할 수 있을 만큼 생각의 방식이 같
았다라는 결론을 내릴 수도 있는 것 같긴 하지만……."

"끝까지 캐묻지 않고 스스로 찾아내려 한 거 말입니까."

"그건 불행한 사고였어요."

"참 깔끔하게 정리하시네요."

"비아냥거리지 좀 말아요! 우리는 이 모든 것을 기분 좋게 진행하고 있는 줄 알아요?"

"어쨌거나 영광은 누리고 있죠."

"영광이라… 구질구질한 영광 말이죠. 그렇게 단순했으면 좋겠네요."

"그래서, 파이어베어는 대체 뭘 하고 있는 겁니까?"

"같은 거죠. 베르 일족을 만들어냈던 사람들처럼, 제로월드를 없애려고 하고 있어요."

"그거 해킹 수준이 아니라 완전히 장악당한 거 아닙니까? 누군지도 알고, 뭘 하는지도 아는데 왜 막질 못해요? 그냥 강제로 접속 종료 시켜 버리면 끝나는 거 아닙니까?"

"내 얘길 끝까지 들었으면 좋겠네요. 재헌 씨가 개발자의 영역까지 들어갔다는 사실을 알게 된 우리는 일단 월드 내에서 재헌 씨를 만났어요. 그리고 과거에 있었던 일에 대해 심하게 추궁당했죠. 한발 늦게 사실을 털어놓을 수밖에 없었지만, 그는 이미 우리에게 화가 나 있었어요."

"당연히 화날 만하죠."

"우리는 우리 나름대로, 더 캐묻지 그랬느냐는 식으로 반응했어요. 어쨌거나 몰래 서랍을 뒤진 거나 마찬가지의 행동이었으니까요. 먼저 거짓말을 한 건 우리였지만. 그 싸움에 가까운 대화 중에 우리는 무서운 사실을 깨닫게 된 거예요. 재헌 씨가 이미 굉장한 시간 동안 시간을 빠르게 돌려 행동했다는 걸. 재헌 씨에게 어디 있냐고 물어도 대답하지 않더군요. 재헌 씨는 모든 진실을 깨달은 순간, 자신 또한 같은 운명이 되었다는 사실까지 깨달아 버린 거예요. 급해진 우리는 개인 정보를 뒤졌죠. 주소치로 찾아가 간신히 실제로 만난 재헌 씨는 옛날 그 사고 때와 마찬가지로… 깨어나지 않았어요."

김 팀장은 말을 그대로 더 이으려다가 잠시 멈췄다. 관자놀이를 누르며 세령에게 말했다.

"저기, 물 좀 줄래요?"

세령은 일어났다. 거실 한가운데에 굴러다니고 있던 빈 녹차 캔을 주워 쓰레기통에 넣고 부엌으로 걸어 들어가 냉장고 문을 열었다. 거실 쪽에서 김 팀장의 질문이 들렸다.

"오늘 뭐 좀 먹었어요?"

"방금 일어났습니다. 누가 문을 제대로 두드려 준 덕분에."

"그럼 밥이나 먹죠. 중국집 전화번호 있어요?"

"밥은 집에 가서 드시죠?"

"언제 내가 먹는대요? 잔말 말고 전화번호나 내놔요. 내가 살 테니까."

번거로운 여자 같으니. 세령은 속으로 투덜거리며, 가져간 물과, 냉장고에서 떼어온 병따개를 건넸다. 빨간 병따개에는 몇 가지 음식의 목록과 중화요리점 전화번호가 찍혀 있었다.

단숨에 물을 비운 김 팀장이 물었다.

"뭐 먹을래요?"

"짜장하죠."

"그럼 세트 1."

김 팀장은 병따개를 세령에게 건네주었다. 세령은 한순간 자신에게 전화 걸라고 하는 줄 알고 긴장했으나 김 팀장은 곧 자신의 핸드폰을 꾹꾹 누르기 시작했다.

세령은 힐끗 바깥을 보았다. 가을에 들어선 햇볕은 한낮인데도 힘이 없었다. 하늘은 차가운 색이었다. 옆집 사람들이 통로에 나왔는지 현관 쪽에서 수런거리는 소리가 들렸다.

"불행인지 다행인지, 그때 재헌 씨의 가족들은 외출하고 없었어요."

김 팀장의 이야기는 갑자기 다시 이어졌다.

"우리는 일단 재헌 씨를 우리가 잘 아는 병원으로 옮기고 재헌 씨와 다시 대화를 시도했죠. 재헌 씨는 제대로 대화하려 하지 않았지만, 반복된 질문으로 제대로 된 말을 할 수가 있었어요. 결국 이 모든 것은 재헌 씨 또한 의도하지 않은 결과였죠. 재헌 씨는 가족의 생계를 걱정하고 있었어요. 로터스를 나갔을 때의 이유가 그거였고, 여전히 그는 가족에 얽매여 있었죠. 그래서 우리가 제안했어요. 제로월드에 살면서, 제로월드를 관리해 주는 대신 월급을 주겠다고."

"해킹했던 사람한테 잘도 세상을 통째로 맡기셨군요."

"친구 맞아요?"

김 팀장이 세령을 째려보았다. 세령은 가볍게 대꾸했다.

"친구라는 단어가 저 녀석은 언제나 올바르게 행동할 거야라고 생각한다는 의미는 아니죠."

"글쎄요. 나는 그래도, 재헌 씨가 제로월드에 대한 최소한의
애정은 있을 거라고 생각했어요."

김 팀장이 쓸쓸한 표정으로 창 쪽을 보았다. 세령은 뒤늦게
말을 이었다.

"적어도 그놈이라면, 이해하기 어려운 행동을 했을 경우라
도 뭔가 이유가 있었을 거라고 생각하게 만드는 녀석이긴 했
지만……."

"그만큼 화가 났던 걸까요."

"모르겠습니다. 하지만 적어도, 지금의 행동은 뭔가 이상해
요. 재헌이는 정말 식물인간이 될 겁니까? 회복 가능성은 없어
요?"

"제로라고 말할 수는 없지만… 지금까지 그런 상태가 됐던
여덟 명 중 한 명도 회복하지 못했어요."

"그럼 대체 왜 재헌이는 제로월드를 없애려고 하는 거죠?"

김 팀장은 한순간 망설이는 얼굴을 했다.

"우리도 확실히 아는 건 없어요. 단지, 재헌 씨가 다른 누군
가와 계약을 맺었을지도 모르겠다는 짐작을 할 뿐이죠."

"자세히 말해보시죠."

"왜 재헌 씨를 막지 못하느냐고 물었죠. 재헌 씨는 한동안
운영자로서의 역할을 성실히 수행했어요. 원래 재헌 씨는 초
기 로터스의 핵심 멤버였죠. 제로월드의 전반적인 디자인, 특
히 제로딘 쪽을 구상했던 게 재헌 씨예요. 우리는 재헌 씨가
제로딘을 수정해, 공개할 수 있는 수준까지 만들어주길 기대

했어요. 실제로 재헌 씨는 기대 이상의 성과를 보여줬어요. 그동안 좀처럼 정리하지 못했던 펠로서스와 가이퓨트의 문제들을 1년 만에 깔끔히 처리하는 것은 물론, 펠로서스로 갈 수 있는 퀘스트를 거의 다 만들어냈죠. 그래요, 거울의 문 퀘스트는 거의 재헌 씨가 만든 거예요. 완성된 거울의 문 퀘스트를 우리가 점검하려던 날, 재헌 씨는 갑자기 조용히 지내고 싶다는 말을 남기더니 어디론가 사라져 버렸어요. 제로월드에 접속해 있다는 사실은 알았지만 위치를 추적할 수가 없었죠. 우리는 놀라서 병원으로 찾아갔지만 이미 재헌 씨는 병원까지 옮긴 뒤였어요."

"식물인간이 스스로 병원을 옮겨요? 그게 가능합니까?"

"가족에게 물어봤지만 대답하지 않더군요. 우리는 다른 누군가가 관여하고 있다는 사실을 짐작했지만, 끝내 알아내지 못했어요. 그리고 재헌 씨가 만들었던 많은 부분들이 수정할 수 없을 만큼 암호화되어 있다는 사실을 깨달았어요."

"그래서 퀘스트가 그 지경이었던 겁니까?"

"우리가 할 수 있는 일이란 거울의 문 퀘스트의 너무 어려운 부분을 조금씩 조정하는 정도뿐이었어요. 생각 같아서는 랜드로서에게 강력한 장비 잔뜩 때려 부어서 죽여도 죽지 않는 몸으로 만들고 안심하고 싶지만 그럴 여유가 없네요. 재헌 씨, 파이어베어는 여전히 제로월드 안에서 우리가 수정 작업하는 것을 방해하고 있어요. 그걸 상대하는 것만으로도 다른 여유가 없네요. 남은 건 랜드로서가 잘해주길 바라는 수밖에."

"나도 한 번 죽으면 퀘스트 끝이거든요? 너무 안이한 거 아닙니까?"

"안이하지 않은 방법이 있다면, 나도 알고 싶네요."

"대체 왜 여럿이서 한 사람을 못 막아요?"

"재헌 씨는 지금도 시간을 조정하고 있어요. 우리 쪽 사람 수가 더 많다고 해서 유리한 게 아니죠. 그리고… 아니, 이건 개인적인 문제니까 제쳐두고, 지금의 최선은 랜드로서가 깔끔하게 퀘스트에 성공해 주는 거예요. 그것만으로 모든 문제가 해결되는 건 아니지만 적어도 굉장히 유리한 고지를 점령하고 나아갈 수는 있죠."

김 팀장은 천천히 눈을 감았다 떴다. 세령을 향해 희미한 웃음을 던졌다.

"그러니까 랜드로서님, 그쪽도 그렇게 최선을 다해줬으면 해요. 실패하지 않을 수는 없겠죠. 그건 어쩔 수 없는 일이에요. 하지만 실패할 가능성이 있다고 해서 지금 눈앞에 할 수 있는 일을 시도해 보지 않는 건 웃기는 일이잖아요? 세령 씨의 경우엔 별로 잃을 것도 없어요. 오렐드의 시계를 사용하지 않으면 피곤해서 늦잠 자는 일조차 없어질 거예요. 그냥 게임인 거죠. 다만 지금까지 해왔던 것처럼 최선을 다해주기만 하면 돼요."

"내가 다 때려 치우겠다고 말하면 어쩔 겁니까?"

"그럴 생각이 든다면 미리 말해줘요. 다른 대책에 집중해야 하니까."

　의외로 김 팀장은 전혀 동요하지 않았다. 창 쪽을 보며 말을
이었다.

　"어쩔 수 없네요. 나에게는 세령 씨를 협박해서라도 강제할
만한 힘이 없어요. 단지 이렇게 달려와서 다 털어놓고 인간적
인 감성에 호소하는 수밖에요."

　"그 말, 진심입니까?"

　세령의 질문에 김 팀장은 이쪽을 돌아보았다.

　"제로월드는 내 인생이에요."

　세령은 그녀의 차분한 얼굴을 마주하는 게 불편하게 여겨졌
다. 시선을 다른 쪽으로 돌리며 질문을 던졌다.

　"그럼 달리 묻죠. 요즘 자금 사정 어렵습니까?"

　김 팀장은 세령의 질문이 무슨 의미인지 잠시 생각하는 듯
했다.

　"보수를 늘려 달란 소린가요?"

　"뭐, 그럼 고맙지만 일단 그건 나중 얘기로 치고."

　세령은 등받이에 기댔던 등을 떼었다. 한결 세운 자세로 고
쳐 앉으며 말을 이었다.

　"결국 이건 제로월드를 아예 접느냐 마느냐의 문제까지도
갈 수 있는 퀘스트였다는 건데, 나와 계약한 게 아무리 퀘스
트 초입이었다지만 이만큼의 문제가 발생하지 않으리라고 낙
관하고 있었던 건 아니겠죠. 분명 어느 정도의 예상은 했을
겁니다. 그래서 굳이 날 불러 문서화된 계약서를 쓰게 했던

거고."

"내일 사과박스라도 들고 오길 바라요?"

"왜요, 비타민 보충하라고?"

"원하는 게 있으면 정확히 말해요. 어느 정도까지는 들어줄 수 있으니까."

"사과박스라……. 그 안에 돈이 들어 있다면, 그건 문서화되지 않은, 거래 내역이 없는 돈이겠군요."

세령의 중얼거림에 김 팀장은 기가 막히다는 표정을 지었다.

"어이없네요. 우리가 무슨 정치자금 관리하는 줄 알아요? 검은 돈 따위 필요도 없네요. 제로월드가 한 해 내는 수익이 얼만지나 알아요?"

"하지만 회사 돈은 멋대로 쓸 수 없는 거죠. 사과박스, 그 안에 돈이 들어 있다면 그건 검은 돈이 아니라 아마도 김 팀장님이나 다른 누군가의 개인 자산을 털어낸 것일 테고. 왜 명백한 회사 일인데 회사 돈도, 심지어는 문서화된 돈조차 쓸 수 없는 걸까요?"

김 팀장은 골치가 아픈 듯 이마를 짚었다. 그르렁거리듯 중얼거렸다.

"좀, 뭘 주든 간에, 닥치고 받으면 안 되겠어요?"

"어차피 엔타이어 측에서도 수익이 어마어마한 제로월드를 잃어버리긴 싫을 테니 사정을 설명한다면 상당한 자금을 사용할 수 있겠죠. 하지만 그럴 수 없는 건, 설명할 수 없기 때문일 거라 생각합니다. 엔타이어는 제로월드의 초기 개발자들이 어떻게 되었는지, 그리고 재헌이의 일까지도 전혀 모르고 있을 거라고 생각합니다. 짐작이지만."

김 팀장은 대답이 없었다. 세령이 말을 이었다.

"나는 엔타이어 그룹과 로터스 팀의 관계는 잘 모르지만, 지금까지의 얘기를 들어보면 처음부터 한솥밥 먹은 식구는 아니라는 건 확실하군요. 내가 찾아갔을 때도 로터스 팀이 있는 층은 홀로 격리되어 있다는 느낌이었죠. 엔타이어 그룹은 처음에 제로월드를 만들어낸 로터스 팀에 투자하는 입장이었겠죠? 하지만 제로월드가 주는 수익이 어마어마하다는 걸 알았으니 단지 투자를 하기보다는 로터스를 통째로 삼키고 싶어할 것 같은데요."

"고려하지… 않고 싶네요."

김 팀장은 팔짱을 낀 채 중얼거렸다.

"하지만 고려하지 않을 수 없는 얘기죠. 엔타이어 측에서 전혀 모른다는 예상은 틀렸어요. 재헌 씨가 병원을 옮기고 잠적한 뒤 그 일이 터져 나왔거든요. 기자들이 우리 옛 팀원들을 취재하고 다닌다는 걸 알게 됐어요. 아마 재헌 씨가 제보했을 거라고 생각해요. 우리는 급히 엔타이어 그룹에 알렸고, 초기 개발자들이 뇌손상을 입었다는 기사가 일반에 공개되기 직전에 막을 수 있었어요. 그러면서 엔타이어 측에서도 자연스레 알게 된 거죠. 덕분에 우린 제로월드의 운영권을 거의 빼앗길 뻔했고요."

"기사를 막았다고요?"

"대기업의 힘이란 엄청나죠. 설사 여러 가지 사실이 기자들에게 알려진다고 해도 대부분의 사람들은 그런 일이 있었다는 사실조차 모른 채 지나가게 될 거예요. 그만큼의 돈과 노력을 쏟아부어 지킬 만큼 수익을 내니까요. 제로월드는."

"사람이 몇이나 식물인간이 됐는데도 말입니까?"

"그건 전부 '사고'였어요. 시간을 빨리 돌리는 것의 위험성을 모른 채 시간을 빠르게 돌렸다가 스스로를 망가뜨린 거죠. 전부 다 본인의 선택이었고, 불행한 사고였기에 형사사건으로 분류되지도 않았어요. 재헌 씨의 경우는 좀 다르지만 비슷하죠. 그는 우리가 만들어놓은 안전장치를 해킹으로 부수고 스스로를 위험에 빠뜨렸어요. 경찰이 개입해 누굴 벌해야 할지 수사할 종류의 일이 아니죠. 단지 과거에 이런 사고가 있었다라는 사실을 기사화하는 걸 막는 일에 불과해요. 대기업들은 상습적으로 하는 일이죠. 벌받을 일은 아니지만, 이미지를 위해서랄까."

"굉장히 부도덕하게 들리는 건 압니까?"

"세상을 변화시킬 만한 프로그램을 만든 개발자 중에서, 그 대가를 공정히 받고 있는 사람이 얼마나 될 것 같아요?"

김 팀장이 질문을 던졌다. 세령이 물었다.

"왜요, 월급 얼마 못 받습니까?"

"많은 뛰어난 개발자들은 훌륭한 성과를 내놓고, 그 결과물을 대기업 등에 빼앗긴 채 쓸쓸히 사라져 갔죠. 억만장자가 된

유명한 개발자들은 개발에만 힘쓴 게 아니라 그것을 지키고자 하는 싸움에서도 처절하게 싸워서 승리한 사람들이에요. 그 과정은 빼앗으려는 쪽이나 지키려는 쪽이나 결코 도덕적이지 않았죠."

김 팀장은 팔짱을 끼었다.

"누가 봐도 깨끗한 상태로 모든 것을 이뤄내는 거, 그것참 좋게 들리네요. 그런데 그런 일이 모두에게 가능하지는 않아요. 우리는 제로월드를 완성하고 싶었고, 그것만 끝내면 해피엔딩일 거라 믿었지만 현실은 결코 그렇지 않았어요. 많은 문제가 생겼고 더 이상 온전히 깨끗하지 못하게 되었죠. 하지만 그렇다고 해서 그저 멈춰 서서 울고 싶지는 않았어요. 우리는 노력할 거예요, 더 많은 잘못을 가급적이면 저지르지 않도록. 하지만 뭔가를 또 잘못한다고 해서 모든 것을 다 때려 치우거나 하지는 않을 거예요."

"그러니까, 파이어베어는 대체 왜 제로월드를 없애려고 하는 겁니까?"

"알고 있겠지만, 제로월드가 나온 뒤 경쟁 업체의 상황은 처참해요. 그들이 내놓는 건 아무것도 성공하지 못했죠."

김 팀장은 생각에 잠긴 얼굴로 말을 이었다.

"우리가 편법에 가까운 방식으로 제로월드를 완성시킨 것은 사실이지만, 기술은 계속 발전하고 있어요. 더 많은 시간이 지나면 결국 그런 방법을 사용하지 않고도 비슷한 수준의 가상현실을 만들어낼 수 있겠죠. 하지만 경쟁업체들은 그때까지

견디기 힘들다고 생각할 거예요. 제로월드를 음해하려는 시도
는 지금껏 상당히 많이 있었죠."

"경쟁업체와 재헌이가 계약을 맺고 제로월드를 없애려 한
다 이겁니까?"

김 팀장은 시선을 내리깔았다. 착잡한 그 표정은 마치 눈을
감는 듯 보였다.

"그런 거라 생각해요, 짐작이지만."

"그래서 재헌이가 얻는 게 뭐랍니까? 돈?"

"재헌 씨가 로터스를 그만둔 것은 가족 부양 문제 때문이었
죠. 그건 여전히 전혀 해결되지 않았어요. 아니, 오히려 악화
됐죠. 유일하게 정기적인 수입원이 있던 재헌 씨는 일을 하지
못하게 됐고, 병원비까지 지속적으로 들게 됐어요. 우리가 재
헌 씨에게 제로월드의 일을 맡겼던 건 그런 의미가 컸어요. 우
리도 갑자기 큰돈을 마련해 줄 능력은 없지만, 월급이나마 줄
까 해서."

"경쟁 업체가 의심된다면, 어디가 그런 일을 사주했을지 대
충 좁혀지지 않습니까?"

"의심 가는 곳은 몇 군데 있어요. 하지만 그중에 어딘지 짐
작할 수 있는 단서가 하나도 없어요. 재헌 씨를 안다면, 재헌
씨가 얼마나 꼼꼼한 성격인지 알 거예요. 단서를 줄 만한 행동
은 아무리 사소한 것이라도 하지 않아요. 심지어는 가족에게
안부 인사조차 하지 않죠."

티라미슈를 떠올린 랜드로서는 눈을 좁혔다. 김 팀장이 한

숨을 뱉으며 말을 이었다.

"그래요, 랜드로서를 따라다니는 드루이드 '티라미슈'는 재헌 씨 동생이죠. 어릴 때 몇 번 본 적이 있어요. 재헌 씨가 잠적한 뒤로 티라미슈는 매일 하루에 세 번씩 파이어베어에게 꼬박꼬박 귓속말을 넣었어요. 처음 한 달간은 화를 냈다가 애원했다가 울부짖었다가 하루에 몇백 개도 보냈지만 이제는 안정된 건지 포기한 건지 거의 일기 같은 수준이에요. 그날 무슨 일이 있었고, 어떻게 지내고, 잘 지내라는 하루 세 번 인사 같은 거. 재헌 씨는 한 번도 답을 하지 않아요. 기다려달라는, 내용없는 한마디만 해줘도 지금보단 나을 텐데."

"그래서, 없앨 수 있다고 생각합니까? 파이어베어가, 제로월드를."

"아뇨."

김 팀장의 대답은 생각보다 빨리 나왔다. 그녀는 무릎 위에 손을 얹으며 말을 이었다.

"지금 생각하는 최선은 랜드로서가 거울의 문 퀘스트를 성공해 주는 거예요. 대마족병기를 가동시키는 것까지만 성공해도 마물의 상당수를 효율적으로 물리칠 수가 있죠. 하지만 실패한다 해도 재헌 씨가 원하는 것처럼 제로월드 전체가 망가지거나 하지는 않을 거예요. 랜드로서님이 퀘스트에 실패한 순간 우리는 이테리아 대륙의 점령당한 지역을 통째로 삭제해 버릴 거니까."

"그게 이테리아 대륙의 절반쯤 날려 버린다는 얘깁니까? 그래도 돼요?"

"잃는 게 대단히 크겠죠. 다시는 복구하지 못할지도 몰라요. 하지만 제로월드 전체를 마물만 득실거리는 상태로 만들 수는 없으니까."

김 팀장은 말을 가볍게 끊고는 생긋 웃어 보였다.

"그러니까, 퀘스트에 성공해 주면 돼요. 그러면 그런 무서운 일은 일어나지 않지요."

"그렇게 되면, 로터스는 제로월드에 대한 권한을 거의 잃는 겁니까?"

김 팀장의 가볍던 표정이 일그러졌다. 미간을 누르며 중얼거렸다.

"윤세령 씨, 당신, 정말 듣기 싫은 소리만 콕콕 찝어서 잘하는 거 알아요?"

"진짜 물러 터졌습니다, 당신들. 나 같으면 해킹한 사람 다시 기용은 절대 안 할 거고, 그 사람하고 관계된 듯한 나한테 퀘스트를 맡기지도 않을 거고, 그 동생이 같이 다니게 놔두지도 않을 겁니다. 애초에 이거 지뢰밭이잖아요? 문제 요소가 생길 만한 거리를 몇 개를 달고 다니는 겁니까?"

"랜드로서님이 퀘스트에 성공만 해주면, 문제 요소는 거의 없는 거나 다름없게 되죠."

"나도 자신없거든요? 무슨 일이 일어날지 모르는 퀘스트라니, 열나게 뛰어다니다가 어이없는 곳에서 픽 죽을 수도 있는 거 아닙니까?"

"제로월드는 생각보다 훨씬 꽉 짜인 세계예요. 권한을 가지고 있어도 큰일을 갑자기 일으키지 못해요. 뭔가를 만들어내는 것도 화려하게 부수는 것도 충분한 시간이 필요하죠. 우리는 최선을 다해 재헌 씨를 막고, 혹시 여력이 된다면 눈에 띄지 않게 세령 씨를 도울 거예요."

김 팀장은 세령을 보았다. 세령이 말없이 있는 걸 다른 의미로 생각했는지 목소리의 음색을 조금 바꿔 말을 이었다.

"성공 보수로 1억을 드리죠. 그게 지금은 내가 줄 수 있는 최선이에요."

"그걸론 사과 박스 절반도 안 찹니다."

"솔직히 세령 씨는 손해 볼 것도 없잖아요? 그냥 게임을 진행하다가 실패하면 계약금만 챙기고, 성공하면 공돈 생기는 걸 텐데요?"

김 팀장은 후 숨을 뱉더니 나직한 말을 이었다.

"설령, 실패한대도 손이 닿지 않았다 생각하고 원망 않겠어요. 애초에 워낙 어렵고 종잡을 수 없는 퀘스트였으니까요."

그리고 그녀는 눈썹을 살짝 올리며 좀 더 분명한 어조로 말을 이었다.

"하지만 지금 들은 사실을 이용하거나 밖에 새어나가게 한다면, 그때는 내가 어떤 수를 써서라도 세령 씨를 끝장내고 말겠어요. 제로월드가 내 손을 떠난다면 어차피 내게 남는 건 아무것도 없을 테니까."

"그래서, 재미있습니까?"

"…예?"

김 팀장이 무슨 소릴 하냐는 얼굴을 했다. 세령이 말을 이었다.

"아무래도 난 그런 기분 도저히 모르겠습니다. 1000배의 시간을 들여 게임을 만들고, 식물인간이 되어서도 완성하고, 얼마 벌지도 못한 자기 돈 털어 넣어 운영권을 지키려고 하고……. 그렇게 아득바득 살아서 지금 행복합니까?"

"세령 씨, 세상에 단점이 없는 사람은 없어요."

김 팀장은 쓴웃음을 지으며 말을 이었다.

"꿈도 마찬가지죠. 뭔가를 만들거나 이룬다는 건, 결코 좋은 날만 있을 수 없어요. 하지만 단점이 가끔은 사람을 풍부하게 해주듯, 안 좋았던 것조차도 그 꿈의 얼굴이죠. 좋은 부분만 찾아먹으려고 해서는, 그건 진짜가 아니에요."

"후회하진 않습니까?"

"어떻게 후회하지 않을 수가 있죠?"

생각과는 다른 대답에 세령은 입을 다물었다. 김 팀장은 엷게 웃는 얼굴로 말을 이었다.

"후회해요. 지금 아는 사실을 미리 알았더라면, 시간을 1000배로 돌리지 않았을 거고, 재헌 씨에게도 제대로 털어놓았을 거고, 이렇게 내 불안감을 못 이기고 이 집에 달려와 불안한 줄타기를 하지는 않았을 거예요."

김 팀장은 생각에 잠긴 얼굴로 팔짱을 끼었다.

"그랬다면, 그 모든 일들이 다 없었다면 우리는 이 자리까지 오지 못했겠죠. 하지만 지나간 일들을 후회한다고 해서 지금 눈앞에 있는 것들을 부정할 생각도 없어요. 제로월드는 내게서 많은 것을 빼앗아갔지만 그래도 소중하고, 가능하다면 손이 닿는 모든 것들을 다치지 않게 끌고 가고 싶어요. 아마 놓치는 것도 있겠죠. 하지만 그렇다고 아무것도 하지 않은 채 울고만 있을 생각은 전혀 없어요. 할 수 있는 일이 있다면 마지막의 마지막까지, 어떻게든 해봐야죠."

세령 또한 생각에 잠겨 대화는 한순간 끊겼다. 김 팀장이 입을 열려는 찰나, 세령이 손을 가볍게 들며 질문을 던졌다.

"한 가지만 더 묻죠. 어제 내가 사미르를 만나러 갈 때, 왕성 앞에 구덩이를 파놓은 건 로터스에서 한 일입니까?"

"왕성 앞에 구덩이라고요? 아, 랜드로서가 넘어질 뻔했었죠. 아뇨, 우리가 한 건 아니에요. 그 장소는 아마 50cm의 깊이까지는 현실의 땅을 파는 것처럼 누구나 팔 수 있게 되어 있을 거예요. 하루 지나면 자동으로 복구되지만. 그건 왜 묻죠? 누가 한 건지 조사해 볼까요?"

"안개 때문에 알아볼 수나 있겠습니까?"

"화면으로 안 보이면 코드 상태로 분석하면 되니까요. 랜드로서가 휘청한 시점에서 24시간 동안 그 좌표에서 일어났던 일을 분석한다면… 두 달쯤 걸리긴 하겠지만요."

"그거 진짜 효율없는 작업이네요."

"그렇다고 업무를 포기할 수는 없으니까 오래 걸리는 거지,

그거 찾는데만 시간 들이면 3일이면 가능할 거예요. 처음에는 월드를 제작하는 것도 일일이 코드를 다 짜서 했지만 지금은 상당히 노하우가 늘어서 제로월드 내에서 직접 작업할 수 있어요. 머릿속에서 상상한 것을 그대로 입력할 수 있는 거죠. 현 상태의 기술로는 오차가 엄청나서 일단 그렇게 틀을 짠 뒤에 또 어마어마하게 수정해야 하지만."

"됐습니다. 그냥 어떤 놈이 이런 곳을 파놨지 하는 생각을 했을 뿐이니까."

그때 초인종이 울렸다.

도착한 음식을 함께 먹고, 김 팀장은 사무실로 돌아갔다.

세령은 집 안에서 잠시 더 쉬다가, 티라미슈를 만나러 나갈 준비를 했다.

날씨를 가늠하기 위해 베란다로 나가자 바람 새는 소리가 시끄러웠다. 창틈으로 얇게 비어져 나와 잠깐 세령에게 쏟아진 바깥의 바람이 덜 마른 머리카락을 한결 차갑게 했다.

그는 창을 눌러 닫으며 무심코 아래를 내려다보았다. 3층까지 키가 자란 발밑의 나무들은 메마른 녹색 잎을 온몸에 두르고 있었다. 껍질이 조각조각 벗겨져 나간 갈색의 굵은 줄기 위에도 촉촉한 생기는 느껴지지 않았다.

긴 겉옷을 팔에 꿰며 그는 문을 나섰다. 바로 맞은편 옆집의 회색 문 아래 동그란 우유 투입구 위에 돌돌 말린 신문의 무더기가 꽃다발처럼 가득 꽂혀 있는 게 보였다.

그는 엘리베이터 버튼에 손을 뻗었다가 돌아서 계단으로 내려갔다. 계단 안의 햇볕은 부옇게 번져 있었다. 그 안으로 발을 내려딛자 짙은 담배 냄새가 났다. 깨끗하게 정돈된 계단 바닥에 채 식지 않은 꽁초 십여 개가 흩어져 있었다.

그는 무심한 얼굴로 계단참을 빙글 돌아 아래로 걸어 내려갔다.

한 층 내려가자 햇볕은 조금 더 또렷해졌고 공기는 조금 더 서늘해졌다. 더 내려가자 확실히 신선해진 햇볕과 차가운 공기, 그리고 곧 아파트 현관이 이어졌다.

역까지는 10분가량 걸어야 했다. 광고판을 피해 좁은 인도를 걷는 세령의 옆으로 먼지 쓴 버스가 유난스런 엔진음을 내며 앞서 나갔다.

역 앞 카페는 없어져 있었다. 텅 빈 유리 위에 '점포 임대'라는 스카치테이프가 덜렁거리는 것을 보면서 세령은 자신이 왜 이걸 까먹고 있었나에 대해 생각했다. 그러고 보니 한 세 달 전부터 이 카페는 이 꼴이었던 것 같다.

세령은 전화를 하려다 그만두었다. 티라미슈가 먼저 도착했다면 이걸 보고 놀라서 전화해 왔을 것이다.

'핸드폰이 있으니까 느긋해지는구만.'

그는 카페 앞의 세 단짜리 계단에 걸터앉아 지하철역 출구에서 쏟아져 나오는 사람들의 무리를 바라보았다.

한순간 애들 떠드는 소리가 난다 싶더니, 지하철 계단을 뛰어 올라온 한 무리의 중학생들이 우르르 그의 앞을 지나쳐 달려갔다.

세령은 무심코 그들이 달려간 방향을 돌아보았다. 위아래 회색빛 교복을 똑같이 입은 중학생 녀석들은 서로에게 욕설을 해대며 낄낄거리고 있었다.

'열다섯이라.'

세령은 티라미슈의 나이를 생각했다. 자신이 그 나이 때에는 어땠었는지 전혀 기억이 나지 않았다.

'대충 저렇게 놀았던 것 같은데.'

문득 앞쪽에서 자박. 자박. 규칙적인 발소리가 났다. 세령은 앞을 보았다. 방금 지나간 녀석들과 똑같은 회색빛 교복을 입은 소년이 이쪽으로 걸어오고 있었다.

매우 가벼워 보이는 소년이었다. 적당한 길이의 짧은 흑발에 전반적으로 차분한 얼굴이다. 좀 다른 느낌이 들었지만 저 얼굴에 생글 웃음 지으면 티라미슈와 거의 비슷한 얼굴일 거라고 생각했다.

세령은 그대로 말없이 소년이 다가오길 기다렸다.

소년은 세령의 앞에서 멈춰 섰다. 관찰하는 듯이 세령을 내려다보더니 아무렇지도 않게 질문을 던졌다.

"여기서 뭐 해요?"

"설마 했는데 정말로 거기 있었을 줄이야."

티라미슈가 말한 '역 앞 카페'는 옆 건물에 있었다. 애초에 티라미슈는 옆 건물의 카페를 말했던 모양인데, 세령이 없어진 카페 자리로 착각한 것이다.

대뜸 '밥 사줘요' 라는 말부터 꺼낸 티라미슈는 메뉴를 보지도 않고 해물 스파게티를 골랐다. 세령에게 메뉴판을 넘겨주며 말했다.

"거기 없어진지 세 달도 넘었잖아요. 어떻게 매일 출근하는 길에 있는 걸 헷갈려요?"

"카페 따위에 관심없어."

유리벽 너머의 밖은 노을이 내리느라 온통 불그레했다. 뭔가를 기다리는 듯 세 명의 아저씨가 카페 근처의 전봇대 앞에 모여서서 담배를 피우며 이쪽을 흘낏거리고 있었다.

"재헌이는, 대체 뭘 하려는 거냐?"

주문을 받아간 점원이 멀어졌을 때쯤, 세령이 말을 꺼냈다. 주스를 마시던 티라미슈가 의외라는 표정을 지었다.

"우리 형 이름, 알아냈네요? 난 말해주기 전엔 모를 줄 알았는데."

"그런 생각 했으면서 나한테 아무것도 모른다고 타박했나?"

"랜드 형이 혼자 모르고 있는 게 한두 가지여야 말이죠."

티라미슈는 아무렇지 않게 대꾸하고는 턱을 괴었다.

"사실 무작정 만나자고는 했는데 나는 아무것도 몰라요. 우리 형이란 인간은 뭐, 랜드 형이라면 알겠지만 온라인에서와 오프라인에서의 성격이 엄청나게 달라서, 쾌활하고 꾸밈이 없을 것 같은 게임에서의 인상하고는 정반대로 실제로는 엄청나게 조용한 사람이거든요. 뭐, 어떤 행동을 해도 나중에 알고 보면 생각 많이 하고 움직인 거라 동생 입장에서는 믿고 기댈 수 있는 사람이긴 했어요. 어, 나 왜 과거형으로 말했지. 아무튼 이번에도 뭔가 생각이 있을 거라고는 생각해요. 그런데 좀……."

티라미슈는 곤란하다는 표정을 지으며 말을 어물쩍 맺었다. 세령이 물었다.

"그, 교통사고란 건 대체 어떻게 된 거야?"

"여기, 바로 이 길 앞에서 뺑소니차에 치었다고 했어요. 2년 전, 여름이었죠. 학교 갔다 왔는데 집에 아무도 없더라고요. 냉장고에 붙어 있는 쪽지를 보고 병원엘 찾아갔는데 겉보기에 형이 멀쩡하더라고요. 별로 붕대 둘둘 감고 있는 것도 아니고, 그냥 자고 있는 것처럼 숨소리도 괜찮고. 그래서 엄마가 펑펑 우는 게 놀라서일 거라고 생각했어요."

티라미슈는 숨을 뱉으며 여전히 가벼운 어조로 말을 이었다.

"그리고 2년이 지나도록 형은 그대로죠. 그때도 지금도, 어쩌면 형이 일어날지도 모른다고 생각해요. 하지만 모르겠어요. 계속해서 그런 기대를 가지고 사는 게 과연 좋은 일인지."

"제로월드에는 어떻게 접속하고 있는 거야?"

"우리 형이 원래 게임 만드는 취미가 있었어요. 취직하기 전에 한참 빠져 지냈죠. 사고 나고 나서, 어떻게 알았는지 형 옛날 친구들이란 사람들이 찾아왔어요. 그리고 겉보기엔 식물인

간이어도 의식이 깨어 있는 경우가 있다면서 제로월드에 접속
할 수 있는 장비를 주더라고요. 난 안 믿었어요. 그런데 정말
접속해 보니까 자주 가던 장소에 형이 있더라고요."

　세령은 눈을 약간 좁혔다. 티라미슈는 눈을 찡그리며 말을
계속 이었다.

　"진짜 이상해요. 이쪽이 현실인데, 내가 알던 형은 게임 속
에만 있어요. 어느 순간 현실에서도 아무렇지 않게 일어나 밥
달라고 할 것 같은데, 2년 동안 아침마다 하는 그 생각은 이루
어지는 법이 없어요. 그리고 이제는 형이 무슨 생각을 하는지
도저히 모르겠어요. 형이 나한테 연락도 안 하고 잠적한 지는
한참 됐어요. 아무리 말을 걸어도 대답은 돌아오지 않아요. 뭔
가 하고 있는 것 같긴 한데 그건 다 짐작이고 내가 아는 건 아
무것도 없네요."

　"전혀 짐작가는 것도 없어?"

　"있다면 그쪽을 죽어라 팠겠죠."

　티라미슈는 짐짓 옆을 보며 말을 이었다.

　"별로 형이 놀아주지 않는다고 해서 뭐라고 하는 건 아니에
요. 그냥, 지금 뭘 하고 있는지 자세히 알려주지 않아도 괜찮
으니까 잘 지내고 있다던가 언제까지만 기다려달라던가 하는
말이라도 해줬으면 좋겠다는 거예요. 나는 그냥 형 비슷한 것
만 보여도 무작정 쫓아가요. 붙잡을 수 있는 사람은 형이 아
니고, 많은 경우 붙잡지도 못해요. 형과 나는 열두 살 차이죠.
그 차이는 내가 아무리 달려가도 메울 수 없어요. 형은 항상

내가 형이 하는 일들을 이해할 수 없다고 생각하죠. 그 행동에 나를 위한 마음이 아무리 많이 섞여 있다 해도, 내가 원하는 건 그게 아니라 대답이에요. 괜찮다는 대답. 조금만 더 기다려달라는 대답. 하다못해 귀찮게 하지 말라는 대답. 그런 거.”

티라미슈의 목소리가 잠겨들 듯이 멈췄다. 마침 스파게티가 나왔다. 세령이 시킨 홍차는 티포트째로 나와서 양이 굉장히 많았다. 그는 하얀 빈 잔에 각설탕을 세 개 넣었다.

딸랑—

카페의 문이 열리며 세 사람의 남자가 카페 안에 들어왔다. 아까 전봇대 앞에 모여 서 있던 아저씨들이다.

그들이 세령의 뒷자리에 앉자 그들의 옷에 묻어 있던 찬바람과 희석된 담배 냄새가 동시에 풍겨왔다. 점원 아가씨가 그들에게 말하는 소리가 들렸다.

“저, 손님, 죄송합니다만 흡연석으로 자리를 옮겨 드려도 될까요?”

“아, 담배 안 필게요.”

걸진 남자 음성의 대답과 함께 치익 하고 담배를 눌러 끄는 듯한 소리가 났다. 세령의 홍차 안에 설탕은 옆구리부터 녹아들어가고 있었다. 그는 티스푼으로 홍차를 휘저으며 물었다.

“그거, 맛은 괜찮나?”

“맛있어요. 형은 뭐 안 먹어요?”

"저녁 먹은 지 얼마 안 됐어."

"벌써요? 퇴근한지 얼마나 됐다고?"

"어쩌다 보니 그렇게 됐어."

세령은 대충 대꾸하고는 말했다.

"그거 먹고, 나가자."

"어딜 가려고요?"

그 질문에 세령은 말문이 막혔다. 집 근처지만 다시 들어갈
만한 마땅한 장소 따위 그는 알지 못했다. 잠시 고민하다가 마
음에 들지 않는 답변을 꺼낼 수밖에 없었다.

"우리 집."

"집에 가서 뭐 하게요?"

"사람 많은 데는 안정이 안 돼서 싫어."

티라미슈는 이상하다고 생각하는 것 같았으나 더 따지지 않
았다. 포크로 새우를 까려다 실패하고 그냥 껍질째로 씹어 먹
는다. 그리고 엉뚱한 것에 투덜거렸다.

"왜 이런 데 새우는 껍질을 안 벗기고 끓이는 걸까요?"

"내가 아냐?"

"껍질째 먹으면 맛없는데."

다시 나온 바깥은 한결 차가워져 있었다. 덜 내린 어둠에 아
스팔트가 얼룩진 것처럼 보였다.

세령은 티라미슈와 나란히 걸어 집으로 돌아왔다.

집 안 모든 것들은 있던 그대로 그저 어둠만 내린 채 잠들어
있었다. 보일러 끄는 걸 잊어서 훈훈한 기운이 가득했다. 세령

은 버릇처럼 거실을 가로질러 바로 안방으로 들어가려다가 멈춰 서서 거실 불을 켰다. 티라미슈는 신기한 듯 주변을 두리번거리고 있었다.

"의외로 깨끗하네요?"

"녹차 마실래?"

세령이 냉장고에서 녹차 캔을 꺼내 건넸다. 티라미슈는 희한하다는 얼굴을 했다.

"캔 녹차, 사다 마시는 사람 처음 봐요."

"네 주변에 없는 거지."

세령은 소파에 털썩 앉았다. 따지 않은 캔을 옆에 두며 티라미슈도 멀찍이 앉았다.

"일부러 사서 마실 만한 장점이 없잖아요?"

"단 거 싫어."

티라미슈는 흐음 소리를 내었다. 그리고 물었다.

"정말로 우리 형하고 따로 연락한 적 없었어요?"

"없다고 했었잖아."

"그런데 왜 내가 죽었을 때, 우리 형을 불렀어요?"

"그냥… 그전부터 좀 유령 같은 놈이라는 생각이 들어서. 영문 모를 일이 일어나니까 바로 뱉어버린 거지. 딱히 제대로 생각한 건 아니었어."

티라미슈는 생각에 잠긴 표정을 지었다. 세령이 물었다.

"문병이나 한 번 갈게. 병원 어디야?"

티라미슈는 대답하려고 입을 벙긋했다가 다른 질문을 던져

왔다.

"랜드 형은, 우리 형을 어떻게 생각해요?"

"어떻게 생각하냐니……."

"솔직히 좀 황당하잖아요, 지금 상황."

"맞아. 이게 대체 뭐 하는 짓이냐?"

세령은 눈살을 찌푸리며 소파에 머리를 기댔다. 녹차를 한 모금 마시고는 덧붙였다.

"재헌이가 하는 일에는 생각이 있다고 그랬지. 나도 동감이야. 음침한 것 같았지만 사실은 생각이 깊은 놈이었지. 나도 그다지 말재주가 있는 편은 아니라서 서로 마구 떠들거나 해 본 적은 없지만 가까이 있지 않을 때에도 항상 특별하다는 생각은 가지고 있었어."

그렇게 말하고는 세령은 참 간지러운 말을 뱉어버렸다고 생각했다. 눈살을 찌푸리며 질문을 던졌다.

"그래서, 너 정말 협력 안 할 거냐? 무슨 생각 하는지 전혀 알려주지도 않는 놈 말에 정말 따를 거야?"

"할게요. 어제 생각해 봤는데, 랜드 형 말이 맞는 것 같아요."

티라미슈가 의외로 선선히 대답해 세령은 이어 할 말을 잊었다. 티라미슈의 말이 이어졌다.

"형이 하는 일에 조금이라도 방해가 되고 싶지 않다고 생각했는데… 방해가 될 정도로 내가 눈에 띈다면 형이 말이라도 한마디 던져 주겠죠. 무작정 따라다니는 것보다는 그게 낫다

싶기도 해요. 어쨌거나, 하지 말라는 한마디만 던져 주면 난 뭐든 그만둘 테니까."

세령은 뭐라 한마디 하려다 그만두었다. 자신이 나설 일이 아니라는 생각이 들었기 때문이다. 티라미슈가 물었다.

"그런데, 거울의 문 퀘스트 이대로 계속할 거예요?"

"그만둘 이유도 없잖아?"

"좀 찝찝하지 않아요? 흘러가는 게."

"실패한다고 큰 문제 생기는 것도 아니니까. 그리고 상황 돌아가는 것도 계속 보고 싶고."

"잉그리타 때문이 아니라요?"

세령은 바로 대답하지 않았다. 하지만 티라미슈가 다른 말을 꺼내지 않았기 때문에 대답할 수밖에 없었다.

"어느 정도는, 그래."

"잉그리타는 뭔가 이상해요."

티라미슈의 말에 세령은 등을 들어 그쪽을 보았다. 티라미슈는 소파 한쪽에 얌전한 자세로 앉아 있었다.

"그냥 NPC라고 생각하기엔 아는 것도 너무 많고. 물론 그냥 NPC라고 생각하지만, 그런 거 있잖아요. 도를 넘었다라는 느낌?"

"더 열심히 만들었나 보지. 메인 퀘스트에 관여하는 NPC니까."

"그런 정도일까요……."

"집이나 병원에 모르는 사람이 찾아온 적 있어?"

"예?"

"파이어베어의 행동은 이상해. 제로월드를 망가뜨리고 싶어하는 것 같은데, 그렇게 되면 자기가 말하고 움직일 수 있는 장소도 없어지는 거잖아. 어떻게 그걸 포기할 수가 있지?"

"그걸 나도 알고 싶어요."

티라미슈는 한숨을 쉬었다. 세령이 물었다.

"정말로, 짐작 가는 거라도 없어? 재헌이는 네가 가장 잘 알 거 아냐."

"우리하고 말하는 게 싫은 걸까요."

"우리라면, 너하고 나?"

"아뇨."

티라미슈는 고개를 가로저었다. 세령은 괜한 찝찝함을 느꼈다.

"우리, 가족이요."

"이런 말 하긴 뭣하지만, 우리 부모님은 정말 능력이 없어요. 내가 기억 못할 정도로 어릴 때는 아버지가 사업을 하면서 제법 살았던 것도 같지만, 그것도 할아버지 유산을 탕진해 가는 과정일 뿐이었죠. 형은 언제나 초조해 보였어요. 남들은 놀면서 지낼 나이에 감당할 것이 너무 많았죠. 게임 만드는 일도, 나는 잘 모르지만 그대로 계속했으면 성공했을 거라고 생각해요. 하지만 형은 그만둘 수밖에 없었죠."

티라미슈는 베란다의 빨래들을 보며 말했다.

"형이 사고를 당하고 깨어날 기약도 없이 누워 있을 때, 엄마는 항상 형의 침대 옆에서 울었어요. 형에 대한 걱정도 컸지만 앞으로 어떻게 살아야 할지 모르겠다는 한탄이 더 많았죠. 형은 잠들어 있는 것처럼 보였지만… 제로월드에 접속할 수 있는 상태라면 의식이 있다면서요. 주변에서 일어나는 소리 다 듣고 있다고. 그 한탄을 다 듣고 있으면서도 대답조차 하지 못한 채로 형은 대체 무슨 생각을 하고 있었을까요."

티라미슈는 잠시 숨을 참는 것처럼 말을 멈췄다. 약간 잠긴 음성으로 말을 잇는다.

"나는 형을 지탱해 주고 싶었어요. 언제까지나 형과 한편이라고 생각했어요. 그런데 지금 생각해 보면, 나도 그냥 집요하게 형에게 대답을 요구하는 부모님과 전혀 다를 게 없다는 기분이 드네요. 내가 원한 건 그냥 잘 지낸다는 대답 하나뿐이었는데. 형은 다른 의미로 받아들이고 있었을지도 모르죠."

티라미슈는 세운 무릎 위에 고개를 얹었다. 무표정한 얼굴이 되어 말을 잇는다.

"이제 더는 형에게 말 걸지 않을 거예요. 나는 내 의지대로 행동할 거고, 혹시 그게 방해가 된다면 그만두라는 말 한마디만 하라고, 그런 귓속말을 작별인사처럼 보내놨어요. 그리고 난, 말없이 계속 기다릴 거예요. 형이 다시 나에게 말 걸어줄 때까지."

그리고 티라미슈는 잠시 생각에 잠긴 듯, 멈춰 있다가 자리에서 일어났다.

"이만 갈게요. 밥 잘 먹었어요."

세령도 따라 일어났다. 티라미슈는 따지도 않고 만지작거리던 녹차 캔을 들고 잠시 고민하더니 막 일어난 세령에게 건네주었다. 그리고 재채기를 했다.

"에췻!"

덕분에 녹차캔은 손을 벗어나 바닥에 세차게 던져졌다.

팍!

바닥에 충돌한 순간, 캔이 터지며 녹찻물이 튀었다. 티라미슈가 당황해 허리를 굽혔다.

"무, 무슨 캔이 이렇게 약하대요?"

캔을 집어 들었지만 이미 터진 캔은 들어 올릴수록 더 많은 녹찻물을 쿨쿨 흘릴 뿐이었다. 이걸 어떻게 해야 하나 결정하지 못하고 두리번거리고 있는데, 등에 두툼한 것이 털썩 놓여졌다.

"에?"

뒤돌아보자 그것은 검정색 외투였다. 조금 전까지 밖에서 세령이 입고 있던 옷이다. 곧 세령의 손이 티라미슈에게서 녹차캔을 빼앗아갔다.

"그거 입어."

그리고 세령은 녹차를 쿨쿨 흘리는 캔을 그냥 쓰레기통에 넣었다. 티라미슈가 당황해 외쳤다.

"그거! 새고 있다고요."

"안에서 마르겠지."

"쓰레기 버릴 때 뚝뚝 흐를걸요."

"괜찮아. 녹차니까."

"쓰레기랑 섞인 이상 이미 깨끗한 액체는 아니라고요."

"괜찮아. 이미 늦었으니까."

더 말하려던 티라미슈는 할 말을 잃었다. 할 수 없다는 듯 중얼거렸다.

"하긴, 이미 늦었긴 하죠."

세령은 방에 들어가 자신이 입을 외투를 하나 더 꺼내왔다. 신발을 신던 티라미슈가 만류했다.

"괜찮아요. 길 알아요."

티라미슈가 문을 열었다. 문틈으로 바깥의 찬바람이 훅 밀려들어 왔다. 그 안에는 찬바람의 단맛과 제법 또렷한 담배 냄새가 섞여 있었다. 세령은 성큼 발을 디뎠다.

"지하철역까지."

"진짜로 길 아는데요."

복도는 어두웠다. 위에서부터 엘레베이터가 하얀빛을 뿜으며 밀려 내려왔다. 문이 열리자 주변이 환해졌다. 엘리베이터를 타며 세령은 자연스레 통로 쪽을 돌아보았다. 그곳은 어둡고, 무엇이 있는지 보이지 않았다.

"별로 차이 안 날 줄 알았는데, 의외로 크네요."

티라미슈가 축 늘어진 소매를 들어 보였다. 세령은 팔짱을 꼈다.

"당연하지. 나이 차가 몇인데."

"나이 차이 따지기엔 랜드 형 나이가 너무 많네요. 스무 살 넘으면 키 안 크잖아요?"

"누가 그래? 난 스물다섯까진 컸어."

"어? 그래요? 희한하네. 스무 살부터는 성장 끝나고 노화가 진행된다던데요?"

"늦게까지 컸으니 노화도 늦겠지."

세령의 대답에 티라미슈가 눈을 가늘게 떴다.

"별로 그런 얼굴은 아닌데요."

"자기 나이로 보이는 얼굴이 제일 좋은 거야, 인마."

"난 좀 나이 들어 보였으면 좋겠는데요."

세령은 티라미슈를 돌아보았다. 열다섯 살. 티라미슈 역시 자기 나이에 모자라지도 남지도 않는 얼굴이었다. 세령은 무심코, 떠들며 지나가던 중학생들의 무리를 떠올렸다.

"나이 들어 보여서 뭐 하게?"

"덜 무시당할 거 아녜요?"

"나이 먹으면 무시당할 일 없을 거 같냐? 나중엔 또, 나이 많다고 무시당하겠지."

"하긴, 형이 우리 형이랑 동갑이라 형이지 그 나이면 아저씨라고도 불리죠."

"너, 지나치게 깐죽거리다간 무시가 아니라 맞는다?"

"괜찮아요. 항상 하는 말이지만 사람 봐가면서 깐죽거리거든요."

"죽을래?"

“그래도 내가 스무 살 때쯤에는 이 옷 맞겠죠?”

티라미슈가 늘어진 소매를 다시 들어 보였다. 세령이 그 소매를 콱 잡아 대충대충 걷어 올렸다.

“됐냐?”

“이렇게 맞게 말고요.”

“대체 뭐가 불만이야?”

“세월이 너무 느려요.”

“그건 네가 십대라서 그래. 그거 좋은 거다.”

“정말로 나이 먹을수록 시간이 빨리 가요?”

“어, 무서울 정도로. 더 무서운 게 뭔 줄 알아?”

세령이 티라미슈를 돌아보았다. 티라미슈는 고개를 갸웃한다.

“늙는 거요?”

“지금도 무섭게 빠른데, 삼십대, 사십대가 되면 더 빨라진다는 거.”

티라미슈의 얼굴이 도무지 알 수 없다는 표정으로 변했다.

“시간 속도는 만날 똑같은데요?”

“집중력을 잃어가는 걸까, 산다는 거에.”

“랜드 형은 빨리 나이 먹고 싶은 때 없었어요? 내 나이 때에.”

“없었어.”

“거짓말.”

“진짜 없었어. 아무 생각 없었거든.”

“어… 그 말은 설득력있네요.”

세령은 인상을 쓰며 티라미슈를 돌아보았다.

“넌 그런 것만 잘 믿냐?”

티라미슈는 헤헤 웃었다.

“재밌잖아요?”

“넌 생각이 너무 많아.”

웃던 티라미슈가 다시 의아한 표정이 되었다.

“별로 많지도 않은데요?”

“안 귀엽단 소리야.”

“귀여워 보이고 싶지도 않거든요?”

“조급하게 생각하지 않아도 시간은 가. 붙잡을 수 없을 정도로 빨리.”

“전혀 빠른 것 같지 않은데요.”

“그런 기분으로 살다가 어느 순간 정신 차려 보면 한참 지나가 있지.”

“경험담이에요?”

“느낄 수 있는 것도, 바꿀 수 있는 것도 눈앞의 일뿐이야. 먼 앞을 바라본다고 해서 딱히 잘난 것도 아니고 더 나갈 수 있는 것도 아니지. 조바심, 그런 건 알겠는데 너무 앞만 보고 살다 보면 나중엔 뒤만 보면서 살게 된다. 후회가 쌓여서.”

티라미슈는 아무 대답도 하지 않았다. 세령이 덧붙였다.

“경험담이야.”

“뭘 그렇게 후회하는데요?”

"지금의 나이 그대로 보이는 거, 그게 제일 좋은 거야."

"랜드 형이 친절하니까 안 어울리네요."

그 말에 세령은 좀 불편해졌다. 팔짱을 끼며 중얼거렸다.

"…동감이야."

"농담이에요. 사실 형은 대부분 친절해요."

"농담에 농담을 붙이는 거냐?"

"아뇨, 대부분 자신이 친절하다는 자각이 없을 뿐이죠."

"무슨 소릴 하는 거야?"

"그냥, 농담에 농담과 농담을 붙이는 거죠."

티라미슈는 저 앞을 보았다. 지하철 입구가 가까워져 있었다.

막 입구 쪽으로 걸어가려다 티라미슈는 문득 생각난 듯 말했다.

"내 이름은 임재민이에요."

"그래? 나는 윤세령."

"알아요."

티라미슈는 웃었다. 그리고 덧붙였다.

"들어가서 접속할게요. 여덟 시 반으로 해요. 레이니 누나한테도 그렇게 연락해 둘 테니까."

"그래, 들어가."

세령은 돌아섰다. 멀리서 혹은 가까이에서 흘러가는 자동차 소리와 사람 떠드는 소리, 음악 소리들이 왠지 어수선하게 느껴졌다.

그는 한동안 같은 리듬으로 걷다가 뒤돌아보았다. 뒤에서 걸어오던 야구 점퍼 입은 남자가 세령을 추월해 걸어갔다. 그가 스치는 순간 연한 담배 냄새가 났다. 세령은 길을 거슬러 걸었다. 몇 걸음 걸어가다가 그만두고는 다시 돌아서 집으로 향했다.

무엇을 하는지 잘 모르겠다고 생각했다. 어차피 지금 확실한 것은 아무것도 없었다. 왠지 모를 열기가 드는데, 날씨가 추워서인지 피부는 차가웠다.

'좀, 빨리 추워지지 않았나?'

그는 예년 기온이라는 단어를 떠올렸다. 한겨울에 비하면 포근할 정도의 날씨는, 지금의 얇은 겉옷 차림으로는 한겨울에 가깝게 써늘한 느낌이 들었다. 새삼 티라미슈에게 옷을 입혀 보낸 것을 잘했다고 생각했다.

그는 그대로 빠른 걸음으로 집에 돌아왔다.

불을 켜놓고 나간 탓에 집은 환했다. 마치 조금 전까지 누가 있었던 것처럼 집 안이 흐트러져 있었지만 그것은 나가기 전에 치우지 않았기 때문이다.

그는 문을 잠그고 들어가 거실을 정리했다. 방에 들어서자 바닥의 말라붙은 핏자국이 가장 먼저 눈에 들어왔다.

한순간 '아직도'라고 생각했지만 세령 자신이 닦지 않았으니 남아 있는 건 당연한 일이었다.

그는 바닥을 닦고 방 안도 정리했다. 사실 별로 치울 건 없었다. 이불까지 개키고 나니 벽시계는 여덟 시 23분을 가리키고 있었다.

'여덟 시 반에 보자고 했었지.'

세령은 자리에 앉아서 컴퓨터를 켜려다 이미 켜져 있다는 사실을 깨달았다. 이게 언제부터 켜져 있었나 고민하다가 정말 한참 전, 어젯밤부터였다는 걸 알았다. 정신없이 잠들었다 일어나 김 팀장을 보내고 티라미슈를 보내고 간신히 고요함을 되찾은 것이 지금이니까.

그는 의자에 앉은 채 턱을 괴었다가, 괜히 창 쪽을 보았다가 했다. 이쯤하면 됐겠지 싶어 시계를 다시 보니 여덟 시 25분을 가리키고 있었다.

애매한 여유.

그는 일단 컴퓨터의 '다시 시작'을 눌렀다. 컴퓨터가 꺼졌다 켜지는 잠시 동안 그는 내내 턱을 괸 채 생각에 잠겨 있었다.

Chapter 24

재회

검마전기
그라인더

언제나 가장 먼저 다가오는 감각은 후각이다.

오래된 건물의 벽에서 풍겨오는 돌 냄새, 멀리 음식점에서 풍겨오는 고기 굽는 냄새, 스쳐 가는 사람들의 향수 냄새, 그리고 어디선가 흘러오는 흙냄새와… 그 모든 것들이 어느 것 하나 크게 또렷하지 않고 때로는 거의 구분되지 않을 정도로 뒤섞여 있다.

도시구나.

그리고 온몸의 감각, 이곳에 존재한다는 느낌이 찾아왔다.

랜드로서는 그곳에 서 있었다.

움직일 수 있게 되는 것은 그다음이다.

그는 눈을 떴다.

그는 사람들이 무수히 오가는 거리 한복판에 서 있었다. 지나가던 사람들이 그를 중심으로 좌우로 갈라져 흘러갔다.

그는 잠에서 막 깬 듯 매우 얼떨떨해졌다. 침대에서 끌려 나와 잠이 채 깨지도 못한 채 명동 거리 한복판에 집어 던져진 기분이다. 홀로 멈춰 서 있는 랜드로서 때문에 좌우로 갈라지는 사람들은 신기한 것이라도 본 양 그의 얼굴을 힐끗힐끗 돌아보고 있었다.

'여관이 열려 있지 않았다고……'

그는 누구에게 하는지 모를 변명을 중얼거리며 옆을 보았다. 애매하게 잘린 시간 때문에 뭘 하지도 못하고 생각만 깊어지는 것 같아서 약속한 시간보다 빨리 접속해 버렸다. 이 옆자리에 티라미슈나 레이니가 나타나게 될 것은 2분 정도 후일 것이다.

'일단 길 가운데에서 비켜나자.'

그는 길 가장자리로 비켜나 오래된 건물 외벽 앞에 섰다. 차가운 벽에 등을 기댄 채 조금 전까지 자신이 서 있었던 자리를 보고 있는데, 왠지 점점 분위기가 이상해지는 것을 느꼈다.

원활히 흘러가던 인파가, 그가 한가운데를 벗어나자마자 오히려 더 정체되었던 것이다. 그리고 왜인지 점점, 랜드로서의 앞이 비어가기 시작했다.

'무슨 일이 있나 보지, 관심없어' 라는 상태였던 랜드로서는 점점 신경을 쓰지 않을 수 없게 되었다. 마침내 그 구도는, 서 있는 랜드로서를 두어 발짝 거리에 두고 사람들이 동그랗게 모여 구경하는 듯한 형태가 되었던 것이다. 왠지 평소보다도 더 잘 차려입고 있는 것 같은 사람들이 랜드로서를 구경하며 서로 소곤거리고 있었다.

'진짜… 날 구경하는 거냐? 왜?'

랜드로서는 이 현상의 원인이 자신이라는 의심을 하고 싶지 않았다. 하지만 매우 불길한 느낌이 드니 일단은 이 자리를 피하기로 마음먹었다.

그때 한 사람이 그에게 다가왔다.

"저 혹시, 이번 쿠데타 퀘스트에 참가하셨던 분 아니에요?"

랜드로서는 그 사람을 돌아보았다. 연한 금빛을 곱슬곱슬하게 허리까지 늘어뜨린 가냘픈 아가씨였다. 랜드로서는 그녀의 허벅지에 매어진 화살통을 보고 빠른 속도를 중시하는 종류의 사냥꾼일 거라고 짐작했다.

"아닙니다. 그럼."

랜드로서는 가볍게 대꾸하고 그 자리를 벗어났다. 안 비켜 주려고 하는 인파를 억지로 갈라서 그 속으로 파고들어 갔다. 왠지 모를 우우 하는 야유가 들렸다.

'그건 레트리버의 퀘스트지 내가 한 게 아니라니까? 아니, 그것보다도 이 분위기 대체 뭐야?'

그는 빠르게 걸었다. 스쳐 가는 사람들의 소곤거리는 소리가 들릴 듯 말 듯하다. 그는 귓속말 창을 띄워 레트리버에게 메시지를 보냈다.

—혹시 부품 되찾았습니까?

시간은 조금 이르다. 그는 왕성 쪽으로 접어들었다. 그리고 움찔 놀랐다.

테티스 중앙 왕성이 있는 자리 주변은 광장이라고 불러도 좋을 만한 면적으로, 둥글게 비어 있다. 그 가운데를 은빛의 영광의 길이 가르듯이 지나가고 그 길의 끝에 왕성이 있는 것이다.

그 둥근 빈자리로 데이탄 등이 쿠데타 퀘스트를 실패했을 적에는 많은 구경꾼이 모여서 그 모습을 보고 있었고, 바로 어제는 네레이드의 퀘스트를 위해 아케이드 길드 사람들이 잔뜩 몰려서서 성으로 돌입하려고 했었다.

—아, 일이 잘돼서 빨리 찾았습니다. 그런데 지금 나갈 수가 없어서……. 성으로 오시죠.

레트리버의 귓속말이 돌아왔다. 랜드로서는 멈춰 서며 대꾸했다.

—지금 성 앞이 어떤 꼴인지 알고 하는 말입니까?
—그거 그라인더님 퀘스트 때문에 그렇다던데요?

"아."

레트리버의 말을 듣고서야 랜드로서는 사미르와의 대화를 기억해 냈다.

그는 고개를 들어 저 앞을 보았다.

영광의 길 양편의 둥근 공터, 제법 넓은 그곳에는 양편으로 제복을 갖춰 입은 군대가 정확히 열을 맞춰 서 있었다.

그들은 전부 NPC였다. 왼쪽은 엘프 군대고 오른쪽은 드워프의 군대다. 체형부터 옷차림 분위기까지 완전히 달랐다. 어쨌거나 양쪽 다 꽤나 이국적인 분위기인데다가 군대로서 엄숙성을 지키는 건지 아니면 서로를 노려보고 있는 건지 모를 험악한 표정으로 대열만은 정확히 맞춰 서 있었다.

'뭔지 잘 모르지만 골치가 아프다…….'

랜드로서는 이 구도 한가운데 들어가야 할 것 같은 예감에 매우 귀찮아졌다. 그들은 정확히 영광의 길만을 비워놓고 서 있어서 지금 성에 들어가려면 저 한가운데를 통과해야 했다.

이 독특한 광경을 구경하기 위해 양쪽 대열의 뒤쪽에는 건물 사이사이로 꽤나 많은 사람들이 수런거리며 서 있었다. 그리고 그들 중 일부는 자신들 사이에 끼어 서 있는 랜드로서에게 관심을 보이는 중이었다. 덕분에 랜드로서는 앞으로 가기도 불편하고 그렇다고 멈춰 서 있으면 더욱 곤란한 상황에 빠졌다.

그때 티라미슈의 귓속말이 들어왔다.

―랜드 형, 접속했어요?

나 좀 구해줘, 라는 말을 쓰고 싶은 기분으로 랜드로서가 대꾸했다.

―왕성 쪽으로 와.

랜드로서는 무작정 왼쪽으로 걸었다. 왕성 앞에서 너무 멀어진다 싶어질 때쯤 다시 왼쪽으로 꺾었다. 그리고 또 왼쪽으로 꺾어 걸으면서 그는 자신이 넓지 않은 원을 그리며 빙빙 돌고 있다는 사실을 깨달았다.

조금만 속도를 늦추면 시선이 사방에서 쏟아지는 것 같아 멈출 수가 없었기 때문이다.

레트리버의 귓속말이 눈앞에 떴다.

―리덕스가 마중 나갔습니다. 아무튼 들어오시죠.

랜드로서는 왕성 쪽을 보았다. 언덕에서부터 한 사람이 뛰어내려오는 것이 보였다. 그리고 뒤쪽에서 다소 소란스러운 소리가 나더니 레이니가 사람들을 헤치고 랜드로서의 앞으로 튀어나왔다.

"찾았잖아요. 왜 여기 있어요?"

"멈춰 있으면 자꾸 사람들이 말을 걸어와서 일단 이동했습니다."

대답하면서 랜드로서는 이게 무슨 웃기는 소리냐 싶었다.
하지만 사실인 걸 어쩔 수 없었다. 레이니의 뒤에 티라미슈와
스타킹좋아의 모습도 보였다.

"오셨습니까?"

앞쪽에서 익숙한 목소리가 들렸다. 돌아보니 리덕스가 가볍
게 고개를 숙이고 있었다. 레이니가 활짝 웃었다.

"와, 리덕스님. 반가워요."

"다시 만나뵙게 되어 저도 기쁩니다."

그는 농담이 하나도 섞이지 않은 어조로 인사를 받았다. 돌
아서며 말했다.

"들어오시죠. 사미르님이 기다리고 계십니다."

리덕스는 영광의 길로 들어가 성큼성큼 나아가기 시작했다.
일행은 덕분에 그 길로 들어서지 않을 수가 없었다.

그들이 영광의 길에 제대로 들어선 순간, 양편의 병사들이
일제히 무릎을 꿇었다.

"에?"

레이니가 얼빠진 소리를 냈다. 양편의 병사들은 한쪽 무릎
을 꿇은 채 맹세하는 기사처럼 고개를 숙이고 있었다. 덕분에
낮아진 병사들 너머로 구경꾼들이 너무나 잘 보였다.

그렇다는 건, 구경꾼들에게도 이쪽의 모습이 매우 잘 보인
다는 소리다. 랜드로서는 엄청나게 쪽팔린다고 생각했다.

"아, 그러고 보니 리덕스 씨. 에리카는 잘 있어요?"

화끈거리는 뺨을 손으로 덮으며, 레이니가 리덕스를 향해

물었다. 리덕스가 가볍게 고개를 숙였다.

"예, 덕분에."

"화내지 말아요. 에리카도 거의 죽을 뻔했다고요."

"압니다. 다만……."

들릴 듯 말 듯한 작은 목소리로 리덕스가 말을 이었다.

"그 자리에서 내가 에리카를 감싸면 다른 사람들이 에리카를 욕하게 될 테니까……."

"에……."

레이니는 그 말의 의미를 생각하느라 머리를 열심히 돌리는 표정을 했다. 리덕스의 말이 이어졌다.

"에리카가 옥새를 지키지 못하고 돌아온 상황이었죠, 그때는. 그 상황에서 내가 에리카를 두둔하면 사람들 중에 불만스럽게 여기는 이들이 나올 테지만, 내가 먼저 나서서 심하게 대한다면 사람들은 에리카의 잘못을 탓하기보다는 안쓰럽게 여기게 되겠지요. 그런 생각을 했습니다."

"복잡하네요……."

"더 이상은 복잡하지 않기를 바라야지요."

왕성 안에 들어가고 나서야 사람들의 시선에서 자유로워질 수가 있었다. 티라미슈가 생각났다는 듯이 랜드로서에게 말했다.

"아, 랜드 형. 형 핸드폰 지금 나한테 있어요."

"어?"

"형이 빌려준 외투 주머니에 들어 있더라고요. 나도 집에 와서야 알았네요.”

‘이런…….’

랜드로서는 낭패감을 느꼈다. 티라미슈가 말했다.

“내일 학교 갔다 오는 길에 들러서 옷이랑 같이 돌려줄게요. 급히 전화받을 데 없죠?”

랜드로서는 안의 내용을 보면 안 된다고 말하려다 그랬다간 오히려 호기심을 자극할 수 있을지도 모르겠다는 생각에 평범하게 대답했다.

“그렇긴 한데……. 알람 그거밖에 없는데.”

“보통 몇 시에 일어나요?”

“여덟 시쯤.”

“그럼 내가 깨우러 갈게요. 괜찮죠?”

랜드로서는 더 뭐라 할 말이 없었다. 고개를 끄덕이며 수긍했다.

“알았어.”

레트리버는 2층의 알현실, 그들이 ‘왕’과 싸웠던 방에 있었다. 길쭉한 막대를 든 채 시녀와 문관으로 보이는 NPC들에 둘러싸여 막대를 들어 올렸다 내렸다 하는 중이었다.

“뭐 하는 겁니까?”

랜드로서가 묻자 그는 들고 있던 막대를 눈앞의 시녀에게 안겨주고 반가운 표정으로 달려왔다.

“마침 잘 오셨습니다!”

“레트리버님!”

시녀가 레트리버를 불렀다. 그는 가볍게 손을 들어 보이며 말했다.

"잠시만, 중요한 손님이라서."

그들은 복도로 나왔다. 어제 아케이드 길드 사람들과 섞여서 서 있던 자리인데 깨끗하고 고요해진 채로 보고 있자니 사뭇 다른 느낌이었다. 레트리버가 한숨을 푹 쉬며 말했다.

"대관식 연습해야 된답니다. 똑같은 동작을 벌써 몇 시간째인지……."

"대충 넘기면 안 된답니까?"

"이것도 퀘스트라서, 제대로 끝내지 않으면 몇몇 귀족들의 충성을 받을 수가 없어요. 뭐, 나름 보상도 좋은 편이라 불만은 없지만……. 지겨워 죽겠습니다."

"내일이었죠. 중계 채널에 생중계된다던데요?"

레이니가 말했다. 레트리버는 시무룩한 표정을 지었다.

"CF 찍는 사람들이 왜 몇억씩 받는지 알 것 같은 기분입니다."

"뭐, 이것도 제로월드로서는 일종의 CF일 테니까요. 최대한 화려하고 멋지게 하려고 하지 않겠어요?"

티라미슈가 말했고 랜드로서가 물었다.

"부품은 어디 있습니까?"

"아, 이겁니다."

레트리버가 허공에서 동글납작한 보석 같은 것을 꺼내주었다. 투명한 보라색의 돌이었는데, 안쪽에 은색으로 복잡한 마법 문자 같은 것들이 잔뜩 새겨져 있었다.

"개털간지님이 아직 지하에 있으니까, 그분에게 물으면 조립 방법 같은 건 알 수 있을 겁니다. 그리고, 그전에 사미르가 할 말이 있다더군요."

그들은 그대로 긴 복도를 지나 사미르의 방으로 갔다. 그곳에는 또 다른 손님이 있었다. 성 앞의 엘프 병사들을 이끌고 온 듯 그들과 같은 복장에 깃털 달린 모자를 쓴 엘프 NPC 한 명과 역시 성 앞의 드워프들과 같은 복장에 좀 더 날이 넓은 도끼를 짊어진 드워프 NPC 한 명이었다.

"아, 왔나?"

사미르가 일행을 돌아보았다. 서로에게 서로를 소개시키기 시작했다.

"이쪽은 세티아의 대표로 온 트리스셰탄님, 그리고 이쪽은 다수스의 대표로 온 도후락님. 이미 인사했지만 저쪽은 이번에 란터티스의 새 왕이 되실 레트리버님, 그리고 오른쪽 맨 끝이 새로운 대마족병기의 주인이 되실 랜드로서님."

말이 끝나자마자 엘프와 드워프가 랜드로서를 향해 고개를 깊이 숙였다. 랜드로서는 대충 응하면서 이들의 공손함이 지나치다고 생각했다. 사미르는 껄껄 웃었다.

"아무래도 램팟 대전을 직접 겪어봤던 이들이라, 이렇게 갑자기 소집을 해도 잘 달려오시더군. 산타밸리에 이어 포트랜더가 마물에게 점령당했다는 소식이 방금 들어왔네. 놈들은 숫자가 점점 늘고 있으니까, 이대로라면 이테리아 대륙 전체가 마물에게 점령당하는 건 한 달도 걸리지 않을 거야. 손쓰지 못할 정도로 번지기 전에 놈들의 기를 크게 꺾어놓는 게 좋겠지."

띠링!

랜드로서의 눈앞에 퀘스트 창이 떠올랐다.

[인간 지도자 설득]

거세어진 마물의 무리를 상대할 수 있는 것은 현재로서는 대마족병기밖에 없습니다. 사미르는 당신에게 산타밸리로 침입해 베르엘베르의 탑을 재구동시키길 부탁합니다.

베르엘베르의 탑이 지상으로 다시 올라온다면, 대마족병기를 밖으로 꺼내 마물과 싸우게 할 수 있습니다.

산타밸리에 가득한 마물을 상대하기 위해, 엘프와 드워프의 병사들이 당신을 보조할 것입니다. 그러나 그들에게는 베르의 일족을 유일하게 상대할 수 있는 방책인 신성 마법이 턱없이 부족합니다.

램팟 대전을 직접 겪어본 엘프나 드워프와 달리, 수명이 짧은 인간들은 당시의 일을 기억하는 이들이 남아 있지 않습니다. 그래서 인간의 지도자는 이 탈환작전에 힘을 내어주는 일을 거부했습니다.

산타밸리를 탈환하고 이후 마물과의 전투를 유리하게 전개하려면 신성 마법을 쓸 수 있는 성직자나 성기사의 충원이 시급합니다. 이를 위해 당신은 직접 인간의 지도자를 설득하러 나서기로 결심합니다.

성기사의 나라 란터티스나 성직자의 나라 트리니타냐의 지도자를 설득해 탈환작전에 병력을 보내게 하십시오. 경우에 따라서 그들은 특별한 요구를 할 수도 있습니다.

랜드로서는 옆에 선 레트리버를 돌아보았다.

"성기사 좀 빌려주시죠?"

그러자 레트리버가 놀란 소리를 냈다.

"어?"

눈앞의 허공을 보고 있는 걸 보니, 그의 앞에 퀘스트 창이 뜬 모양이다.

곧 그가 승낙을 눌렀는지 랜드로서의 눈앞에 퀘스트 완료 안내창이 떴다.

"이러면 됩니까?"

사미르에게 묻자 그는 껄껄 웃었다.

"간단해서 좋구만."

"괜히 따라왔다……."

뭔가 골치 아픈 연계 퀘스트가 떴는지 레트리버가 눈앞의 허공을 보며 중얼거렸다. 사미르가 랜드로서에게 물었다.

"출발은 언제로 할 생각인가?"

"오늘하고 내일은 안 됩니다! 그렇게 빨리 다 못 끝내요!"

레트리버가 외쳤고 랜드로서가 대꾸했다.

"그럼 글피로 하죠. 현실시간이니까 여기 날짜로는… 12일 후가 되겠군요."

"12일 후. 시간은 지금과 같은 시각, 오전 열 시. 어떤가?"

"오늘은 평소보다 조금 늦게 온 편이니… 오전 여덟 시로 합시다. 그날은 긴 하루가 될 테니까."

"좋네."

사미르가 고개를 끄덕였다. 그러자 랜드로서의 눈앞에 새 퀘스트 창이 떴다.

[베르엘베르 탑의 재구동]
 당신은 인간, 엘프, 드워프의 병사를 이끌고 산타밸리로 향해야 합니다. 봉인되어 있는 베르엘베르의 탑으로 잠입해, 베르엘베르의 탑을 다시 지상에 드러나게 하십시오.

"그럼, 리덕스. 이분들과 이하 손님들에게 적당한 숙소를 안내해 주게. 지하에 방이 많으니까 좁더라도 당분간은 해결이 될 거야."

사미르가 리덕스를 향해 말하자 리덕스는 엘프와 드워프를 이끌고 그 방을 나갔다. 레트리버도 한숨을 내쉬며 돌아 나갔다.

"잠깐 쉬려다 더 큰일이 생겼군요. 그럼, 먼저 가겠습니다. 무슨 일 있으면 귓속말로 불러요."

그래서 방 안에는 랜드로서 일행과 사미르만이 남았다. 사미르가 소파 한쪽을 가리키며 말했다.

"앉지 그러나?"

"더 할 말이 있다는 뜻입니까?"

"잉그리타를 되찾을 생각이지?"

"물론입니다."

"'피의 산물'은 현재 다수스 대륙에 있다네."

생각지 않은 말에 랜드로서는 사미르를 보았다. 사미르는 낮은 음조로 말을 이었다.

"피와 핵만 남아도 본능은 그대로라는 걸까……. 처음엔 지식으로 짐작했고 나중에는 지인들에게 물어 확인했다네. 다수스 서쪽의 예토 지역이라는 곳에 가본 적이 있나?"

"있긴 합니다만……."

"그럼 게이트를 통해 이동할 수 있겠군. 그곳은 특별한 지역이라네."

랜드로서는 안다고 대답하려다가 이 대화가 이상하다는 것을 알았다.

예토 지역에서는 운영차의 시선이 닿지 않는다는 이야기는 레트리버에게 들었다. 그러니 특별한 지역이라는 사실이 틀린 말은 아니다.

하지만 '운영자의 시선이 닿지 않는다' 는 사실이 NPC에게는 어떻게 특별하게 느껴지는 것일까?

그런 의문을 대체 어떻게 질문해야 하나 랜드로서가 고심하는 사이, 사미르가 자신의 대답을 내놓았다.

"그곳에는 '신들의 정원' 이 숨겨져 있다는 이야기가 있다네."

"신들의… 정원이라고요?"

랜드로서는 눈살을 찌푸리며 그를 보았다. 사미르는 오래된 추억을 떠올리기라도 하듯 부드러운 표정을 지으며 말을 이었다.

"정확한 명칭은 나도 모르네. 어쨌거나 신화적인 이야기이 니까. 이 세계, 제로테인과 제로딘이 처음 만들어질 때에, 이 세계의 창조주들은 그곳에 모여 모든 것을 만들어내었다고 하 지. 이를테면, 모든 것의 근원이 되는 장소라네."

'혹시, 그곳이 '개발자의 영역' 인가?'

랜드로서는 김 팀장에게 들었던 이야기를 떠올렸다. 사미르 의 말은 이어졌다.

"베르의 일족은, 마족의 최상위 서열이자 파괴신의 직계 자 손이라고 하지. 사실 마물이란 존재는 그 자체로는 대단히 위 협적이지 않네. 우리와 종이 달라 싸움이 일어날 뿐, 어찌 보면 맹수나 적군과 크게 다르지 않은 수준이야. 그네들도 그네들 나름대로의 영역을 차지하고 자신들의 법칙을 지키며 살고 싶 어하는 이들이니까, 세상을 아예 통째로 부수고 싶어하거나 하진 않는다네. 마물이 세계의 위협이 된 것은 베르의 일족이 나타난 후부터지. 아니, 정확히 말하자면 파괴신이 활동하기 시작할 때부터일까."

랜드로서는 말없이 들었다. 사미르의 말이 이어졌다.

"베르의 일족은 단지 마족들이 살아가기 위한 영역을 확보 하기 위한 싸움이 아닌, 세계를 통째로 부수기 위한 싸움을 진 행시켰네. 그것이 램팟 대전이지. 마족의 최상위 서열로서, 더 낮은 자들을 힘으로 복종시킨 베르의 일족들은, 마물을 끌고 온 세상의 파괴에 나섰네. 그 파괴 행위는 목적이 없는 듯 보 였지만, 사실은 목적지가 있었어."

"그게 예토 지역입니까?"

"나는 신들의 사정은 모르네. 그것은 어쩌면 크로노신, 시간의 자손인 자네들이 더욱 잘 알지도 모르지. 베르의 일족은 세계를 파괴하고, 창조의 근원조차 모두 파괴하여 이 세계가 영원히 사라지기를 바랐네. 램팟 대전을 치르는 동안, 이 세계는 뼈아픈 상처를 입었지만 세월의 흐름에 따라 많은 것이 새로 태어났고 상처는 아물어갔지. 그것은 창조의 근원이 남아 있었기에 가능한 일이었다고 생각하네. 인정하기 싫은 사실이지만, 우리 세계는 스스로 살아나는 힘이 부족해. 언젠가는 신의 손길이 없이도 모든 것이 새로 태어날 수 있는 날이 올지도 모르지만, 아직은 아니라네."

"잉그… '피의 산물' 이 그 신들의 정원을 파괴하러 갔다는 말입니까?"

"그 장소는 철저히 숨겨져 있네. 우리 중에 그 장소를 실제로 발견한 자는 없었어. 여러 가지 근거와 자료로 그곳에 있다고 짐작할 뿐이지. 과거 온전했던 베르의 일족들도 침입하지 못했던 장소를, 한낱 핏덩이가 침범하여 파괴할 수 있다고 생각하지는 않네. 하지만 사안이 사안인만큼, 신중을 기하고 싶은 게야."

사미르는 말하고는 어깨를 으쓱하며 덧붙였다.

"더불어, 잉그리타도 되찾아야 하고 말이지."

"어떻게 하면 됩니까?"

"피의 산물을 붙잡아 이곳으로 데려와주게."

랜드로서는 예, 라고 하려다가 난감해졌다. 애초에 그놈을 제대로 상대하지 못한 것은 베면 여러 개로 갈라져 버리는 놈의 특성 때문이었다. 죽이는 방법도 난감하지만 붙잡는 방법은 더 난감하다. 뭘로 묶어도 새어나가 버릴 것이다.

"신성 마법을 이용하면 된다네. 아무리 대단한 놈이라 해도 결국은 마물이니까."

"저도 마물입니다만……."

"실수로 말려들지 않게 조심하게. 만에 하나라도 말려들어 간다면 안 꺼내줄 걸세."

"내가 없으면 곤란할 텐데요."

"안 말려들어 가면 될 게 아닌가."

"애초에 신성 마법 쓸 능력도 없습니다만?"

"그런 것도 계산 안 하고 일을 맡길 것 같은가?"

사미르는 품에서 뭔가를 꺼내 랜드로서에게 내밀었다. 그것을 받아 든 랜드로서는 감전된 듯 찌릿한 기운을 느꼈다.

"이게 뭡니까?"

그것은 탁구공만 한 투명한 구체였다. 안에 반짝이는 가루들과 투명한 액체가 차 있었는데, 한가운데 금빛으로 빛나는 마법 문자가 떠 있었다.

찌릿하고 차가운 기운은 그것에서부터 뿜어져 나오고 있었다. 신성 마법의 기운이다. 사미르가 말했다.

"그걸 바닥에 던져 깨면 깨진 장소를 중심으로 마법이 발동되네. 반경 3미터 내의 마물을 봉인하는 힘이 있어. 거기다가

피의 산물을 담아다가 내게 가져다주게. 그러면 잉그리타를
돌려받을 수 있을 게야."

그리고 띠링! 하는 소리와 함께 랜드로서의 눈앞에 퀘스트
창이 떴다.

랜드로서는 마법구를 소지품 창 안에 넣었다. 그러고도 한
동안 손바닥에 차갑고 따끔한 감촉이 남아 있었다. 이 몸으로
신성 도시 같은 데는 가지 말아야지. 랜드로서는 그런 생각을
하며 질문했다.

"전에는 동력장치에 드루이드 마법을 사용하면 잉그리타를
돌려받을 수 있다고 들었습니다만."

"그건 피의 산물이 가까운 데 있을 때의 얘기지."

사미르가 예상대로의 대답을 했다.

"동력장치가 힘을 발휘할 수 있는 영역은 테티스 내로 한정
되어 있는 것으로 알고 있네. 놈이 다수스까지 가버렸는데 거
기다 주문을 써봐야 빨아들일 수 있는 건 아무것도 없을 걸
세."

사미르는 턱을 괴며 말을 이었다.

"피의 산물은 지능이 떨어지는 모양이니 한데 모여 있는 순
간만 잘 포착하면 그다지 어려운 일은 아닐 게야. 부디 빨리
성공해 돌아오길 빌겠네."

"알겠습니다."

랜드로서는 일어났다. 방에서 나가려다 문득 생각난 질문을
했다.

"그, 어젯밤에 우리와 싸웠던 흑기사는 진짜 전대 왕이었습
니까?"

사미르는 별걸 다 묻는다는 표정을 지었다.

"그랬지. 한 치 의심 없이 확신하느냐는 질문에는 대답할 자
신 없지만, 아마도."

"어쩌다 그렇게 된 겁니까?"

"글쎄……. 예전부터 란터티스에는 마물을 깊이 연구하는
사람들이 있었으니까. 오렐드가 그랬듯이. 지나친 지식과 힘
을 추구하다 보면 그것에 먹히는 경우도 있는 법이지."

"그는 연구자가 아니라 왕이었습니다."

사미르는 흠 소리를 내며 소파에 앉았다. 지긋한 표정을 지
으며 묻는다.

"왜 사람들이 새 왕을 기다렸는 줄 아나?"

"무능하고 포악한 왕이라서가 아닙니까?"

"로이엘 알훼스… 이제 전대라는 호칭이 붙어버린 그도, 무
능하단 말을 듣고 싶었겠는가. 자신에게 다른 힘이 있다면 사
람들이 자신을 바라보는 시선이 달라질 거라고 생각하고 있었

겠지."

"한때 대마족병기의 주인이었던 벤틀러처럼 말입니까?"

"엘프와 드워프가 자네에게 바라는 모습은 드라우스라네. 벤틀러가 아니라."

"그때의 연구자는 오렐드였죠."

"무슨 말이 하고 싶은 겐가?"

사미르는 팔걸이에 팔을 걸쳤다. 그것은 무심을 가장하는 듯 보였다. 랜드로서 또한 무심한 척하는 얼굴로 말을 이었다.

"연구자가 필요합니다, 마물을 이용한 연구는. 대마족병기를 만들고, 베르엘베르의 탑을 만들었던 오렐드가 있어서 모든 것이 시작되었듯이, 전대의 왕이 마물이 되는 힘에 손을 뻗으려면 그걸 제공하는 사람이 있어야 한다는 뜻이죠."

"자네가 말한 대로, 그는 왕이 아니었나. 그에게 지식을 제공할 연구자는 얼마든지 있다네."

"그 정도의 마물을 만들어내는 힘이라면, 베르엘베르의 피를 사용했다고 생각합니다."

"그럴지도."

"사미르님이 제게 제공한 시약도 베르엘베르의 피를 이용한 것이었죠."

사미르는 바로 대답하지 않았다. 연한 웃음을 띤 얼굴로 랜드로서를 바라본다.

"그래서?"

"나라를 통째로 뒤흔들지 않고 새 왕을 세우는 방법은 단 하나죠. 영웅을 만드는 것."

"흐음, 계속해 보게."

"전대의 왕이 마물의 힘에 손을 대어 괴물이 되어버린 것을, 영웅이 나타나 물리쳤다라는 구도가 되면 전대 왕에 대한 충성을 끊어냄과 동시에 새 왕에게 대단한 정당성을 부여할 수 있는 좋은 방법이 아니겠습니까?"

"그렇게 되어서 다행이네."

사미르는 부드러운 어조로 대답했다. 랜드로서는 눈살을 살짝 찌푸리며 말했다.

"별로 흥미가 없어 보이시는군요. 이미 다 알고 있는 분처럼."

"자네는 흥미가 꽤 많아 보이는군. 란터티스에 크게 관여되기라도 한 것처럼."

"아뇨, 관심없습니다. 달리 할 일이 많거든요."

"그거 다행이군. 나도 할 일이 많거든."

"그럼 이만. 정말 물러나겠습니다."

랜드로서는 밖으로 나가려 했다. 그때 사미르가 말했다.

"참, 소환의 거울은 사용했나?"

"예?"

랜드로서는 뒤돌아보았다. 사미르가 말했다.

"내가 저번에 줬던 소환의 거울 말일세. 그걸 사용하면 도움이 될 만한 것을 불러낼 수 있을 거야. 아니면, 이미 데리고 있는 놈을 더 강화시킬 수도 있다네."

“그렇군요. 알겠습니다.”

그리고 랜드로서는 일행과 함께 밖으로 나왔다.

레이니가 머리 복잡하다는 표정을 지으며 물었다.

“좀 전의 얘기, 대체 무슨 뜻이에요?”

“왕, 그러니까 전대 왕을 마물로 만든 게 사미르님이란 얘긴 가요?”

티라미슈가 말했고 랜드로서가 대꾸했다.

“대충. 짐작이었는데 맞는 모양이지.”

“그럼 대체 어떻게 되는 거예요?”

“아무것도.”

“아무것도요?”

레이니가 물었고 랜드로서가 대답했다.

“뭔가 뒷얘기가 더 있다면 레트리버에게 가겠죠.”

그 말에 티라미슈는 눈을 흘겼다.

“왠지 서로가 서로에게 퀘스트를 떠넘기는 사이가 된 것 같 은데요.”

“나라면 쿠데타 퀘스트 같은 건 줘도 안 할 거야.”

“한껏 도와놓고 무슨 소리예요?”

“왕 되면 엄청 귀찮을 것 같아.”

“아, 그건 동감.”

눈앞의 문제는 엉뚱한 데 있었다. 성 밖으로 나가기가 복잡 해졌다는 점이었다.

출발 날짜가 결정되자 영광의 길 앞에 서 있던 엘프와 드워프의 병사들은 리덕스를 따라 숙소로 내려가 버렸고, 덕분에 원래대로 비게 된 성 앞에는 구경꾼들이 모여 드글거렸다. 그들은 병사들이 그랬던 것처럼 영광의 길은 밟지 않고 틔워놓는 매너까지 발휘했다.

예토 지역으로 출발하기 위해 성을 나가려던 랜드로서 일행은 저 구경꾼의 무리를 양편에 둔 채 영광의 길을 따라 내려가야 한다는 사실에 심각한 고뇌를 느꼈다. 티라미슈가 중얼거렸다.

"어쩔까요. 새삼 가면 쓰긴 늦었고… 드레스 입을까요?"

"왜 하필 드레스야? 얼굴 가릴 재료는 많구만."

랜드로서가 눈살을 찌푸렸다. 티라미슈는 태연히 받아쳤다.

"드레스가 아니면 어차피 우리라는 거 쉽게 알 거 아녜요?"

"드레스인데도 우리라는 걸 아는 게 더 큰 문제다."

"괜찮아요. 난 안 입을 테니까."

"나도 안 입을 거다."

랜드로서는 레트리버를 찾아 나섰다. 그는 여전히 대관식 연습 중이었다. 랜드로서 때문에 대관식 연습에 더불어 성기 사단 개편까지 빨리 끝내야 한다고 투덜거리는 그의 말을 가볍게 흘려버리고는, 지하 통로를 열어줄 것을 요구했다.

지하는 조용해져 있었다. 아주 멀리서 전해져 오는 듯한 발소리만이 이따금 벽을 울릴 뿐이었다.

비밀 통로의 입구는 닫혀 있었다. 랜드로서는 입구를 여는 버튼을 누르려다 이곳이 딱 좋은 폐쇄된 공간이라는 사실을 깨달았다. 따로 여관이나 조용한 곳에 찾아가지 않아도 되는 것이다.

"막힌 길? 다른 방향으로 가야 하는 거예요?"

"여는 방법 압니다. 그전에, 흑룡 소환!"

눈앞의 허공이 반짝 빛나더니 그 빛 속에서 주먹만 한 파리가 작은 소용돌이를 그리며 날아나왔다.

파리, 흑룡은 점점 더 큰 원을 그리며 날더니 랜드로서의 머리 위에 사뿐 내려앉았다.

"정말이지, 매정하십니다요! 어떻게 며칠 동안 부르지도 않을 수가 있습니까요?"

"딴 데 앉아."

랜드로서는 손을 머리 위로 휘둘러 흑룡을 쳐냈다. 흑룡이 손등에 닿는 가벼운 감촉이 예상외로 찜찜했다. 정말로 손을 휘두르다 파리를 후려친 것 같은 기분이었다.

바닥에 뚝 떨어진 흑룡은 한동안 약 먹은 파리처럼 바닥에 고개를 박은 채 왱왱왱 돌았다. 날갯짓하는 타이밍이 늦은 탓에 제대로 날지 못하고 바닥을 구르게 된 모양이었다.

한동안 그렇게 발광하고 나서야 흑룡은 날갯짓을 멈췄다. 주섬주섬 바닥에 앉으며 바락 외쳤다.

"아, 좀! 말로 하시지 대뜸 폭력입니까!"

그동안 랜드로서는 소환의 거울을 꺼냈다가, 이런 경우에는 어떻게 사용하는지 모른다는 사실을 깨닫고 소환의 서를 꺼내

펼치는 중이었다.

밑에서 왜앵 하는 소리가 나더니 날아올라 온 흑룡이 책 모
서리에 사뿐 앉았다.

"오오, 소환의 거울이군요! 어서, 자, 어서 절 완벽하게 만들
어주시죠!"

"어떻게 사용하는지 알아?"

"그걸 제가 알 리가 있겠습니까!"

예상했던 당당한 대답에 랜드로서는 눈살을 찌푸렸다.

"너, 완전해지면 정말로 제대로 흑룡이 되긴 하는 거냐? 흑
룡은 현명한 거 아냐?"

"지금도 충분히 현명합니다만?"

랜드로서는 완성된 흑룡에 대한 기대감이 대폭 떨어져 내리
는 것을 느꼈다. 흑룡이 두 앞발을 비비며 말했다.

"다만 지금은 몸이 흑파리이다 보니 이 조그마한 뇌에 담을
수 있는 지식의 용량에는 한계가 있기는 하지요. 물론 어떤 육
체에 담기든 간에 저의 고고한 영혼은 그 빛을 조금도 잃지 않
습니다만……"

"솔직히 기대는 전혀 안 되네요."

티라미슈가 중얼거렸고 스타킹좋아는 고개를 갸웃했다.

"진짜 흑룡이 되면 흑룡의 비늘을 공짜로 얻을 수 있는 건가
요?"

"비늘이라뇨! 왜 난데없이 남의 비늘을 뜯을 생각을 합니까
요!"

흑룡이 뒤돌아보며 외치다가 랜드로서가 팔랑 넘긴 페이지에 치었다.

"야!"

랜드로서가 짜증을 내는 것을 뒤로하고 흑룡은 스타킹좋아에게 다가가 따지기 시작했다.

"무릇 비늘이라 함은 생물의 연한 내부를 보호하고자 표면을 뒤덮는 천연 방어체계입니다요. 도무지 비교할 수준은 못 되지만 인간으로 치자면 표피, 즉 거죽이라고 할 수 있는 조직이지요. 생각을 좀 제대로 해보십쇼. 인피 가방을 만든다며 살아 있는 인간 거죽을 일부분만 벗겨내 가져갈 수 있겠습니까?"

"얇아서 싫은데요."

"그렇죠, 인간의 거죽 따위는 얇아서……! 아니, 재료 얘길 하는 게 아니잖습니까요? 물론 우리 흑룡의 비늘이란 세련된 검정색 표면이 매끄럽게 빛나는데다 물성도 매우 뛰어나 칼로 긋는대도 잔금 하나 안 생기는 놀라운 물질이라 가공할 맛이 나긴 하겠죠. 장신구를 만들어도 아름답고, 생활용품을 만든대도 매우 튼튼하며, 갑주를 만든대도 얇고 가벼우면서 단단하다는 꿈의 소재란 말입니다. 아아, 정말이지 우리 종족은 버릴 데가 없습니다요!"

"그거, 잡아먹어달란 소리예요?"

티라미슈가 알 수 없다는 얼굴로 물었다. 흑룡은 이미 자신만의 세계에 빠져들어 있었다.

"비늘은 비늘대로, 뿔은 뿔대로, 이빨은 이빨대로, 뼈에다가 내부 장기까지도 가치없는 것이 하나도 없지요! 죽으면 그 시체가 사라져 버리는 하찮은 인간들로서는 상상도 하지 못할 일입니다만……. 이 몸은 죽어서도 살아서도 어찌나 이리도 훌륭한지! 고귀하지 않을 수가 없단 말입니다. 이 기분을 미천한 인간들이 이해할 수나 있겠습니까?"

"그런데 지금은 파리네요."

"그렇죠, 지금은……! 아니, 무슨 섭섭한 말씀이십니까요? 어디까지나 임시변소, 잠깐 머물러 있다 갈 형태일 뿐인데. 진실을 보세요, 진실을 좀."

흑룡은 고개를 홱 틀며 나름대로 새침함을 표현하더니 왱 날아 랜드로서의 책 위에 올라앉았다.

마침 읽고 있던 부분이 가려진 랜드로서는 책을 털어 흑룡을 치웠다. 흑룡이 랜드로서의 눈앞에서 왱왱 날아다니며 종알거렸다.

"자아 그러니까 위대하신 주인님이시여, 저 어리석은 자들의 깐죽거림을 단번에 입 다물게 만들 수 있도록 어서 제게 힘을 내려달란 말입니다요. 명령만 내리신다면 이 흑룡, 지상 위에 발발 기는 어리석은 놈들을 깨끗이 쓸어버리겠습니다요."

"좀 비켜! 정신 사납다!"

랜드로서가 책을 휘둘러 흑룡을 격추시켰다.

랜드로서가 읽은 부분은 [기존의 소환수를 더욱 본래의 형태에 가깝게 재소환하는 방법] 부분이었다.

대충 내용을 이해한 그는 소환의 거울을 바닥에 놓고 거울 표면에 자신의 피로 마법 문자를 그렸다. 책에 그려진 문자들을 그대로 베끼는 것이었지만 피가 흐르는 손끝을 움직여 정확한 문자를 따라 그리는 것은 쉽지 않은 일이었다.

다 그린 뒤 표면의 피가 마를 때를 기다려 흑룡을 그 위에 앉게 했다. 흑룡의 가느다란 발끝이 혈문자 위에 닿자 문자가 그려진 자리가 희미하게 빛을 뿜기 시작했다.

랜드로서는 책을 한 손으로 든 채 책 쪽을 힐끗거리며 흑룡을 향해 책에 쓰인 주문을 읽었다.

바깥에서 왔든 더 깊은 곳에서 왔든
얼음 속에서 태어났든 불 속에서 피어났든
이름을 가지게 되었든 인정받지 못하고 버려졌든
모든 왜곡된 것은 결국 진실로 흘러갈지니
지금 네 모든 생명과 힘을 내 앞에 바치라.

피리릭!

밧줄 후려치는 듯한 소리가 들렸다. 거울 표면에서 수백 가닥의 흰 실이 뻗어나오더니 마치 물속에서 하느작거리듯 부드럽게 흔들리며 허공에 멈췄다.

멈춘 것은 한순간이었다. 갑자기 모든 가닥들이 흑룡을 향해 내리꽂혔다. 흑룡의 몸 위가 삽시간에 새하얗게 뒤덮였다.

누가 손쓸 틈도 없이 흑룡은 누에고치처럼 하얀 실에 돌돌 감긴 둥그스름한 덩어리가 되어 있었다. 레이니가 얼빠진 목소리를 내뱉었다.

"이게, 완성된 흑룡?"

랜드로서는 손을 뻗어 조심히 고치의 흰 표면을 만졌다. 끈적할 것 같았는데 의외로 고치의 표면은 건조하고 매끄러웠다. 거울에 들러붙어 있지도 않아서 살짝 들어 올릴 수 있었다. 고치 밑의 거울 표면은 산산이 조각나 있었다.

> [백색의 고치]를 획득하였습니다.

'아이템이 됐다?'

랜드로서는 '백색의 고치' 의 상태창을 열어보았다. 소환수가 원래의 모습에 더 가까운 형태의 몸을 만들어내기 위해 잠시 거치는 형태라는 설명이 붙어 있었다.

랜드로서는 흰 실로 덮인 표면을 살짝 벌려 볼까 하다가 그만두고 고치를 소지품 창에 넣었다. 소지품 창 안에서는 물건이 뒤섞이는 일이 없으니 다행이라는 생각이 새삼스레 들었다.

어느새 멀리서 들리던 발소리는 제법 소란스러울 정도로 그 숫자가 늘어나 있었다.

일행은 적당히 얼굴을 가리는 방어구와 후드 달린 망토를 덮어쓰고는 밖으로 나왔다.

마침 지하를 숙소로 이용하려 들어오는 병사들 덕분에 입구가 열려 있었다. 오가는 사람들 사이를 자연스레 빠져나온 일행을 아무도 유심히 보지 않았다.

티라미슈가 중얼거렸다.

"아무래도 이번 퀘스트에서 가장 힘든 건 사람 피하는 일인 것 같아요."

"그러길 바라야지."

"그 대답, 무슨 뜻이에요?"

랜드로서는 무심코 대꾸했던 말이 캐물어지자 당황했다. 별거 아니라는 표정을 지으며 대답했다.

"아직 레벨을 제대로 높이지도 못했는데 마지막으로 가는 기분이 드니까. 터무니없는 퀘스트가 더는 없었으면 좋겠는데."

"그러게요……. 힘든 싸움은 다 대마족병기가 해준다! 그런 거였으면 좋겠는데."

티라미슈가 갸우뚱하며 중얼거렸고 레이니가 말했다.

"생각보다 짧네요. 좀, 아쉽다."

"의외로 길지도 몰라요. 그건 좀 불행한 일이지만."

"뭐가 불행해? 더 길게 놀 수 있잖아?"

레이니가 이해할 수 없다는 듯 물었고 티라미슈가 대답했다.

"길게 노는 거야 뭐……. 이번 퀘스트가 끝나면 다른 걸 하면서 놀 수 있을 테니까 상관없지만, 이 퀘스트는 불편한 조건들이 있으니까요."

"다른 걸 하면서라……."

레이니가 그 말을 되뇌었다. 티라미슈가 물었다.

"그럼, 누나는 이 퀘스트 끝나면 우리랑 안 놀 거였어요?"

"아니, 아니! 그런 뜻은 아니고!"

레이니는 깜짝 놀라 손을 저었다. 곧 할 말이 궁해진 듯 중얼거렸다.

"다음… 이라고."

"뭐, 랜드 형은 또 대부분 혼자 놀 테지만, 그래도 부르면 세 번에 한 번은 오니까요."

"그런 걸 세고 있었냐?"

랜드로서가 기가 막혀서 물었다. 티라미슈가 대꾸했다.

"머리가 좋아서요. 일부러 안 세도 계산이 나오더라니까요?"

"퍽이나."

"이렇게 놀다가, 언젠가는 아무도 제로월드를 안 하는 날이 올까요?"

갑자기 던져진 티라미슈의 질문에 랜드로서는 정확히 답할 말이 없었다.

"그렇겠지."

왠지 옆에 있던 레이니도 시무룩해진 것 같았다. 스타킹좋아가 투덜거리듯 말했다.

"뭘 엄청 먼 애길 가지고들 그래요? 참 이해할 수가 없네."

"먼 얘기겠죠?"

티라미슈가 선뜻 대꾸했다.

"응. 먼 얘기지. 지금도 이렇게 사람 많잖아?"

레이니가 대답했고, 스타킹좋아가 말했다.

"하여간에 별 걱정들을 다 한다니까요. 눈앞의 일이나들 신경 쓰라고요."

그들은 그대로 인파를 헤치고 테티스를 나와 전에 사뒀던 말을 소환했다. 말 또한 '길들인 동물'에 들어가기 때문에 언제든 명령어로 불렀다가 돌려보냈다가 할 수 있었다.

말 위에 오르자 평원에서부터 시원한 바람이 불어왔다. 말을 달려 고원 지대에 있는 게이트로 출발하며 랜드로서는 말하지 않았던 말을 속으로 중얼거렸다.

정말로 먼 얘기일까?

*   *   *

다수스 대륙은 드워프의 대륙이라고도 불린다.

드워프 종족을 선택한 유저들이 처음 시작하는 대륙이기 때문이다.

지형은 대부분 산악지대, 오르기 좋은 산이 아니라 곳곳이 절벽인 날카로운 바위산들이다. 산 꼭대기 나무 드리운 밑에 선물처럼 온천이 패어 있고, 사금이 채취되는 강줄기가 바위산 주변을 휘어 흐르며, 산 중간 중간 수정으로 이루어진 동굴 등이 흔한 '자원의 보고'다.

이 험한 지형 탓에 다수스의 주민은 대부분 생산직이었다.

온갖 재료를 채취할 필요가 있는 생산직 유저에게는 좋은 땅이지만, 그 외의 사람들은 조금만 이동하려 해도 산을 오르고 내려야 하는 이 복잡한 지형을 좋아할 수가 없었기 때문이다.

랜드로서가 전에 예토 지역에 왔던 건 퀘스트 때문이었다. 예토 지역에 나오는 밍크 드라코의 가죽을 모아다 대장장이에게 가져다주는 퀘스트였는데, 그곳에서 우연히 파이어베어를 만나 같이 사냥을 했었다.

그때는 단순한 우연이라고 생각했는데 얘길 들어보니 파이어베어는 평소에도 예토 지역에 자주 찾아왔던 모양이었다.

"파베 형은 여길 좋아했거든요. 난 오는 길이 험해서 별로였지만."

티라미슈가 나무를 붙잡으며 말했다. 끙 하는 소리를 내며 몸을 끌어올린다.

나무 뒤로 펼쳐진 길은 울퉁불퉁한 돌들이 쌓인 오르막이었다. 돌의 크기가 균일하지 않아 다리를 한껏 뻗었다가 얕게 딛었다가 불규칙하게 움직여야 했다.

위로 올라갈수록 일행의 말수는 줄었고 잔돌을 밟는 자박자박 소리만 사방에 울렸다.

짐승의 기척도 없이 너무 막막한 고요라고 생각했는데, 어느 순간부터인가 물소리가 들리기 시작했다.

주변은 흙도 얼마 없는 바위투성이라, 물기없이 건조하기만 했다. 그러나 위로 올라가면 갈수록, 물소리는 또렷해져 갔다. 티라미슈가 앞쪽의 바위를 가리키며 말했다.

"저 바위만 넘으면 숲이 나올 거예요."

레이니는 멍하니 바위를 올려다보았다. 유난히도 하얗게 마른 바위였다. 가장자리가 분필가루 같은 흰 잔돌로 부스러져 내리고 있었다.

바위 너머로 보이는 것은 퍼런 하늘뿐이라, 저 너머에 어떻게 숲이 있을 수 있는 것인지 상상이 가지 않았다. 레이니는 뻗어올린 팔에 힘을 주어 몸을 바위 위로 끌어올렸다.

순간, 저 아래 펼쳐진 숲의 광경이 시야에 들어왔다.

"와."

레이니는 이제야 이곳이 어떤 지형인지 깨달았다.

비죽비죽 솟은 바위산 봉우리들이 병풍처럼 둥글게 펼쳐져 있었다. 봉우리들의 발아래 땅, 즉 바위산으로 둘러싸인 둥그스름한 땅 위에 소복한 녹색으로 숲이 돋아나 있었다.

숲을 높은 곳에서 내려다보는 질감이 꽤 재미있었다. 땅 위에 서면 까마득히 키 클 나무들이 이곳에서는 비죽비죽한 머리꼭대기만 보이며 넓게 펼쳐져 있는 것이다.

규모가 꽤 큰 숲이었다. 멀리 숲이 끝나며 바위 섞인 평야지대로 땅이 이어져 나가는 것이 아득히 보였다.

우이이이이이잉―

높은 곳의 바람이 암벽 사이에서 갈라져 음산한 소리를 내며 숲 꼭대기로 날아내려 간다. 레이니의 단발도 바람에 휩쓸려 뺨 위에 넓게 흩어졌다.

레이니는 머리를 귀 뒤로 넘기며 바람 불어온 쪽을 보았다.

높은 산의 곳곳에 암벽이 끊어져 벼랑을 이루는 자리들 사이사이에서부터 가느다란 폭포들이 줄줄 흘려내리는 광경이 보였다. 올라올 때 들렸던 물소리의 정체는 저것인 모양이다.

각각 멋대로 흐르던 물줄기들은 산기슭에 이를 때쯤에는 한데 모여 작은 강이 되어 숲 속으로 흘러들어 가고 있었다.

그것이 환마의 강. 예토 지역을 관통해 다수스 중부지역까지 흘러가는 강이 시작되는 지점이다.

하지만 그 강은 숲을 빠져나가 평야로 달려나가는 지점에서부터 이름이 바뀌는데 그 땅의 주인, 즉 나라가 바뀌기 때문이다.

덕분에 이 강은 숲 속에 있을 때만 환마의 강, 숲을 빠져나가 석회암을 채취할 수 있는 평야 지역으로 뻗어나갈 적에는 티리아의 강, 그리고 평야를 거의 지나쳐 확 넓어지며 바다에 거의 가까워졌을 때에는 다콘의 강으로 불렸다.

"사실 난 지리 싫어하는데 말이죠."

티라미슈가 팔짱을 끼며 말했다.

"어째서 제로월드의 지명은 이렇게 쉽게 다 외워지는 걸까요?"

"반복 학습이겠지."

랜드로서가 내려가는 길을 가늠하며 대꾸했다. 레이니가 그의 옆에서 내려가는 길을 보더니 손뼉을 짝 쳤다.

"아, 이 정도면 날아 내려갈 수 있을 것 같지 않아요? 어차피 보는 사람도 없고."

그러고 보니 이곳은 산이라지만 대부분 헐벗었고 말라빠진 나무가 장식처럼 한두 개 꽂혀만 있는 지형이었기에 날기에 전혀 거리낄 것이 없었다. 그런 생각을 하자 랜드로서는 놓치고 있던 사실을 깨달았다.

"그냥 올라올 때부터 날아올라 올 걸."

"날개가 있는 인생이란, 안 익숙하네요."

스타킹좋아가 어깨를 으쓱해 보였다. 그 자세 그대로 덧붙였다.

"그러니까 난 그냥 걸어 내려갈 거예요."

여전히 높은 곳은 무서운 모양이었다.

그래서 결국은 모두가 걸어 내려가게 되었다. 사실 시간이 좀 걸린다 뿐이지 현실의 산행처럼 숨차고 힘든 건 없었다. 중간에 스타킹좋아가 나무줄기를 잘못 넘어 된통 넘어진 것만 빼면.

"어휴, 다리가 짧아지니까 이런 험한 길은 힘들다니까요."

스타킹좋아는 나무 무늬가 깊숙이 새겨진 이마를 문지르며 투덜거렸다. 랜드로서가 대꾸했다.

"인큐버스 되기 전에도 드워프였잖아. 키는 비슷해."

"더 작아졌어요! 별 차이 아닐 것 같아도 나는 몸으로 느낀다고요!"

그런가? 하는 생각이 들어 랜드로서는 기억을 되새겨봤지만 역시 큰 차이는 느껴지지 않았다.

암벽을 내려갈수록 높은 돌산의 서늘한 느낌 대신 숲 냄새가 성큼성큼 다가오는 느낌이 들었다. 환마의 강 또한 점점 또렷한 물소리를 바람결에 전해주고 있었다.

랜드로서는 문득, 최근에도 환마의 강과 관계된 어떤 일을 했다는 기분이 들었다. 그는 기억을 더듬어보았지만 정확한 것은 기억나지 않았다.

"마물 탐지!"

아까부터 중얼거리던 티라미슈가 주문을 완성했다. 저 앞, 나무 사이에서 금색의 빛이 번득 빛난 듯 보였다. 그것은 나무들이 바람에 흔들리며 한순간 열렸던 틈으로 언뜻 보였던 신기루와도 같은 빛으로, 그걸 정말 봤다고 생각하기에도 애매한 표지였다.

그러나 마법을 사용한 티라미슈는 눈을 번뜩 떴다. 저 숲 안쪽을 가리키며 외쳤다.

"저 앞! 멀지 않은 곳에 큰 게 하나 있어요!"

일행은 숲 안으로 뛰어들었다. 자박거리던 땅의 질감이 갑자기 푹신한 흙으로 바뀌며 시야가 온통 녹색으로 바뀌었다.

그곳은 온통 녹색으로 뒤덮인 깊은 숲이었다. 너무나 울창해 오히려 무너져 간다는 느낌이 드는 장소다. 키 큰 나무들은 나이를 많이 먹어 나름대로의 형태로 구부러져 있었고 드문드문 쓰러진 나무도 보였다. 쓰러진 나무 줄기 가득 녹색의 이끼가 뒤덮여 있어 매우 오래된 장소를 보는 듯한 기분을 주었다.

철벅!

진흙이 고인 곳을 밟은 탓에 발밑에서 끈적한 소리가 났다.

랜드로서는 낮은 고목을 뛰어넘었다. 저 앞, 빽빽이 겹쳐 있는 듯 보이던 나무줄기들이 다가갈수록 점점 간격을 드러내는 그 중간에 사람의 모습이 서 있는 것이 보였다.

 '사람?

 랜드로서는 한순간 그런 생각을 했고 바로 다음 순간 그 생각을 접었으며 뒤이어 큭 소리를 냈다.

 그 사람은 긴 흑발의 여성이었다. 티라미슈의 마물 탐색 마법의 기운이 남아 그녀가 걷는 자리에 금색 잔상이 남아 있었다.

 달려오는 소리를 들은 듯 그녀는 뒤돌아본다. 긴 흑발이 약간 흐트러지며 드러난 젖은 듯한 흰 얼굴은, 잉그리타였다.

 우직!

 랜드로서는 손에 닿은 가지를 꺾었다. 달려나가는 발을 멈추지 않은 채 그녀를 향해 냅다 던졌다.

 가지가 얼굴에 명중한 순간, 그녀의 얼굴이 산산이 흩어지는 듯 보였다. 터져 나간 듯한 머리 위로 박쥐로 변한 조각들이 날아오른다.

 역시 '피의 산물' 이었다, 잉그리타의 모습을 흉내 낸.

 "꺅! 저게 뭐야!"

 놀란 듯한 레이니의 비명에 대꾸할 틈도 없이 랜드로서는 연이어 마법구를 '그녀' 의 발밑에 던졌다.

 파삭!

 허무하리만치 작은 파열음이 나더니,

땅 위에 금색의 원이 찍힌 듯 나타났다. 빛을 뿜듯이 밝고, 내부에는 온갖 도형과 문자들이 새겨진 마법의 원이었다.

원의 경계가 생각보다 가까워, 랜드로서는 다급히 멈춰 섰다. 그러나 발아래 바닥이 미끄러운 진흙이었다. 발이 앞으로 쫙 미끄러져 나가며 바닥에 생겨난 원의 끝에 닿았다.

파직!

작은 파열음이 귓속에서 튀는 것 같더니, 랜드로서는 원의 중심을 향해 빨려 들어가는 듯한 흡인력을 느꼈다. 그는 다급히 팔에 닿는 것을 끌어안았다. 기울어진 나무줄기였다.

한순간 크게 그려졌던 금빛의 원은 중앙을 향해 확 줄어들었다. 매서운 바람이 원 중심으로 불어 들어가듯 랜드로서의 발이 세차게 휘날렸다.

위로 날아오르던 박쥐 무리들도 안으로 빨려 들어가는 듯 허우적거렸다. 남아 있는 '그녀'의 몸이 비틀리며 점점 더 작아지는 원 안으로 오그라들어 갔다. 원의 가장자리에서 금빛의 번개 같은 것들이 번뜩번뜩 터져 나와 눈이 시렸다.

이제야 흡인력에서 벗어난 랜드로서의 다리가 얌전히 땅 위에 떨어졌다. 그는 나무줄기를 꽉 안은 채 후 한숨을 쉬었다.

마법구가 터졌던 자리에서는 다시 마법구를 만들어 '피의 산물'을 가두는 듯 작은 금빛의 구체가 소용돌이치며 형태를 갖춰가고 있었다.

한발 늦게 달려온 티라미슈가 풀썩 고꾸라졌다. 랜드로서가 그를 돌아보며 말했다.

“생각보다 간단히 끝……..”

랜드로서는 말을 맺지 못했다. 쓰러진 티라미슈가 투명해지며 사라져 갔기 때문이다.

‘죽었어?’

상황을 파악할 틈도 없이 번쩍! 하는 빛과 함께 온 세상이 회색빛으로 정지했다. 랜드로서가 오렐드의 시계를 사용했을 때와 같은 상황이었다. 랜드로서는 다급히 두리번거리며 자신의 색을 유지한 사람을 찾았다. 그러나 랜드로서 자신 외에는 아무것도 움직이지 않았다. 그런데도 어디선가 탁 낯선 발소리가 들렸다.

그리고 번쩍! 하며 세상의 색이 돌아왔다.

쿵!

가장 먼저 들은 것은 레이니가 쓰러지는 소리였다. 그녀 역시 단번에 살해된 듯 투명해져 가며 사라지고 있었다. 스타킹좋아가 비명을 질렀다.

“유령이다! 유령이 있다!”

그리고 스타킹좋아의 몸이 덜컥 흔들리며 허공에 약간 떴다. 아무것도 없는데 뭔가에 꿰뚫린 것처럼 가슴에 구멍이 뻥 뚫렸다. 흘러내린 피가 가슴에 꽂힌 투명한 칼의 형체를 나타내듯 보이지 않는 날을 타고 줄줄 흐르다 바닥에 떨어진다.

랜드로서는 설마 하고 물었다.

“파이어베어?”

그리고 번쩍! 다시 한 번 세상이 회색으로 멈추었다. 랜드로서는 바짝 긴장했다. 삽시간에 동료는 다 죽고 그 혼자밖에 남지 않았다.

암석처럼 멈춘 시간 속에 자박 작은 발소리가 들렸다. 그것은 이 무서울 정도의 고요 속에 유일한 움직임이었다.

자박. 랜드로서는 곧 '그'가 발소리를 숨기지 않고 있다는 사실을 깨달았다. 자박. 아무것도 없는데, 소리는 점점 다가온다. 그는 몸을 낮췄다. 언제든지 검을 빼 들 수 있도록 팔을 늘어뜨렸다.

자박. 두어 걸음 앞. 랜드로서는 거리를 가늠한다.

자박.

'지금이다!'

랜드로서는 검을 뽑으며 뛰어들었다. 허공을 향해 일격을 날린다. 검날에 뭔가가 닿았다는 느낌이 든 순간, 그는 그 자리를 향해 시동어를 외쳤다.

"마력탄!"

콰쾅!

눈앞에 마력탄이 폭발했다. 한순간의 폭발에 시야가 아득해졌다. 검이 긋고 지나간 감촉은 얕았다.

그러나 쿠탕! 보이지 않는 '그'가 뒤로 넘어지는 소리가 났다. 랜드로서는 이래도 되나 싶었으나 에라 모르겠다를 외치며 그가 넘어졌을 자리에 검을 내리꽂았다.

"화이트 노바!"

꽝!

흰 신성 마법의 빛이 랜드로서의 가슴에서 폭발했다. 힘껏 검을 내리찌르던 랜드로서는 뒤로 나가떨어졌다. 어깨가 바르르 떨릴 정도로 찬 기운이 온몸을 때린다. 연이어 그는 뒤편의 나무줄기에 뒤통수를 박았다.

쿵!

멈춘 시간 속의 나무줄기는 돌을 능가하는 단단함으로 랜드로서의 뒤통수에 강렬한 충격을 가했다. 전신마비 안내문이 눈앞에 떴다.

'젠장!'

입 밖으로 나가지도 않는 욕설을 랜드로서가 내뱉었을 때 앞쪽에서 자박 소리가 들렸다. 나무줄기에 머리를 기댄 채 바닥에 주저앉은 자세의 랜드로서는 앞을 보고 있으면서도 아무것도 볼 수 없었고, 아무 대응도 할 수 없었다. 자박. 그 소리는 서두르지 않은 채 다가왔다.

"이런……."

문득 사람의 목소리가 들렸다. 다가오는 발소리보다도 그 평범한 듯한 감탄사에 랜드로서는 더 서늘한 충격을 받았다. 자박. 바로 앞에서 발소리가 들리며 더욱 또렷해진 목소리가 그에게 말을 걸어왔다.

"둘이 대화하려고 했을 뿐이야. 너까지 죽이진 않아."

그리고 거짓말처럼 눈앞에 한 사람의 모습이 나타났다. '그'는 검정색과 은색으로 이루어진 긴 외투를 입은 청년이었다. 덮어썼던 후드를 벗어 선명한 붉은 머리칼을 드러내고 있었다.

그때 마침 랜드로서의 전신마비가 풀렸다. 그러나 일어날 생각을 못한 채 랜드로서는 입을 먼저 열었다.

"파이어베어……."

'피의 산물'은 주먹만 한 구체 안에 갇혀, 다른 모든 사물이 그렇듯 회색빛으로 멈추어 있었다. 세상의 모든 것이 소리없이 정지해 있다.

랜드로서는 소지품 창 안에서 오렐드의 시계가 금빛을 뿜어내고 있는 것을 보았다. 랜드로서가 오렐드의 시계를 사용했을 때, 다른 물건들이 그러했듯 이것도 멈춘 시간에 동조해 금빛을 뿜어내며 소지자를 멈추지 않게 해주는 모양이었다.

"깜짝 놀란다, 분명히 눈에 안 보일 텐데 네가 나를 알아보는 듯이 부를 때면."

파이어베어는 웃고 있었다. 당연한 얘기지만 게임 속에서의 그의 얼굴은 2년 전과 전혀 변함이 없었다. 랜드로서가 물었다.

"지금, 대체 뭘 하고 있는 거냐?"

"이야기가 긴데."

"요약해."

그는 큭 웃었다.

"변함없구나."

"넌 많이 변했다. 임재헌."

"어라?"

그는 눈을 동그랗게 떴다. 정말 의외라는 얼굴이다.

"알고 있었어?"

랜드로서는 대답하지 않았다. 파이어베어가 다시 물었다.

"아님, 누가 말해줬던가?"

"어제 티슈랑 만났다, 오프라인에서."

파이어베어는 쩝 소리를 내었다. 그 입 동작은 착잡한 표정을 감추기 위한 듯 보였다. 그러나 가벼운 어조로 그가 물었다.

"건강하지?"

"그런 질문은 직접 물어."

"티슈 말고 너 말이다. 오랜만에 봤는데 안부인사도 필요없냐?"

파이어베어는 싱글 웃었지만 랜드로서는 그 웃음에 따라가지 않았다. 무표정한 채로 물었다.

"글쎄, 정말 오랜만일까?"

"테티스 지하에 있었던 거? 그건 만났다고 하기 힘드니까."

"그때 티슈를 죽였던 건 역시 너였군."

파이어베어는 조금 불편한 표정을 지었다. 그대로 대답했다.

"맞아. 거기서 그렇게 간단히 '피의 산물'이 처리되면 곤란했으니까."

"왜 곤란한데? 무엇이 잘못되지?"

“다시 말하지만, 꽤 긴 이야기야.”

파이어베어는 팔짱을 끼더니 적당한 높이로 휜 나뭇가지 위에 앉았다. 느슨한 듯 생각에 잠긴 듯 아래로 내리깐 눈을 한 채 말을 잇는다.

“나는 한때 게임을 만드는 일에 빠져 있었어. 놀라지 마라. 어떤 게임이었는 줄 알아?”

“제로월드지.”

“야, 좀 제대로 이야기 좀 해보자. 재미없게 딱딱 단답형 대답은 또 뭐냐? 원래 이런 놈인 건 알지만 그래도 이 정도는 아니었던 것 같은데.”

“그래, 달리 묻자.”

랜드로서는 한숨을 뱉었다. 눈살을 찌푸린 채 말을 이었다.

“내가, 네게 사과해야 할 일이 뭐냐?”

“사과? 난데없이 무슨…….”

“어제 티슈도 만났지만 그전에 김소영 팀장도 만났다, 로터스의.”

파이어베어의 표정이 눈에 띄게 굳는 것이 보였다. 랜드로서는 그대로 말을 이었다.

“대충의 사정은 다 들었다. 그게 어디까지 진실인지는 모르겠지만……. 적어도 시간을 멈춘 채 느긋하게 이야기하자는 말이 정상적이지 않다는 사실은 알겠더라.”

“티슈에게 무슨 이야기를 했지?”

“아무것도.”

“아무것도?”

“설명할 게 있으면 네가 해. 설명할 수 없는 기분은 알겠다만.”

“소영이가, 정말 네게 다 이야기했단 말이냐? 옛날 일까지 전부 다?”

“네게 제대로 설명하지 못한 점을 후회한다고 했으니까.”

랜드로서가 대꾸했다. 파이어베어가 굳은 표정을 지은 동안 말을 이었다.

“다시는 그런 일이 일어나지 않도록, 위험하더라도 내게 털어놓겠다고 했다. 어디까지가 진실이고, 어디까지가 전부인지 나는 모르겠다. 하지만 그 이야기를 바탕으로 그 이후의 이야기를 추측해 볼 수는 있었지. 어디까지가 맞고 틀린지는 잘 모르겠지만······.”

파이어베어는 아무 말도 하지 않았다. 랜드로서가 말을 이었다.

“김 팀장은 네가 제로월드가 망가지길 바라서, 내 퀘스트를 방해한다고 했지. 내가 실패해서 마물들이 제로테인을 점령하게 되길 바란다고.”

“그래, 그랬지.”

“그건 착각이야. 정말 내가 퀘스트를 실패하길 바랐다면, 날 진작에 죽였겠지. 방금 티슈를 죽인 것처럼.”

“지금은 너와 이야기를 해보고 싶어서 남겨뒀을 뿐이야. 알지 모르지만, 이곳은 특수한 지역이야. 이곳에서 일어난 일은 운영진조차 들여다볼 수가 없지. 운영진은 날 찾고 있어. 대화든 귓속말이든 어떤 사건이든… 내가 나타나길 눈 빠지게 찾고 있지. 그런 와중에 티슈나 네게 말 걸 수 없었어. 우연히도 이곳에 오게 되어 간신히 너와 대화할 수 있는 시간을 잡은 거야. 그래서 아직 살려둔 것뿐."

파이어베어는 어깨를 으쓱해 보였다.

"그래, 미안하지만 거울의 길 퀘스트는 여기서 끝이야. 이야기가 끝나면, 내가 널 죽일 테니까."

"'랜드로서'를, 아니면 '윤세령'을?"

랜드로서의 질문에 파이어베어는 움찔했다. 할 말을 찾는 얼굴로 더듬거리며 말했다.

"무슨 말을 하는 거야. 설명 다 들었다면서. 그럼 내가 이곳에서만 움직일 수 있을 뿐, 꼼짝 못하는 처지라는 거 알 텐데?"

"이대로 시간을 멈춘 채… 아니, 빨리 돌린 채 계속 이야기를 하다 보면 나도 똑같은 처지가 되겠지. 이렇게 주변이 멈출 정도의 속도는 예전 개발자들의 1000배보다 훨씬 빨라서 부작용도 빨리 일어나는 모양이니까."

랜드로서의 말에 파이어베어는 아무 대답도 하지 않았다. 랜드로서의 말이 이어졌다.

"생각해 봤다, 제로월드를 없애는 방법에는 어떤 것이 있는지. 물론 제로테인에 마물이 날뛰면 사용자는 급감하겠지. 그게 김 팀장이 생각했던 방법."

랜드로서는 한순간 말을 끊었다.

"또 하나는… 큰 사고가 나는 것. 안전장치가 확립되기 전도 아니고, 해킹을 시도한 것도 아니고, 정상적인 상태로 정상적인 퀘스트를 진행하던 사람이 뇌손상을 입어 식물인간이 되었다, 라는 기사가 나면 제로월드에는 치명적이겠지. 마물이 날뛰는 것보다 더욱더. 예전에 개발자들의 이야기가 기사화되는 걸 엔타이어에서 막은 모양이지만, 이번에 '사고'가 일어난다면 막을 틈도 없이 터뜨릴 수 있도록 준비도 해놨겠지. 애초에 더 심각한 문제이기도 하고."

"그런 생각, 한 적 없어……."

파이어베어가 중얼거렸으나 그 말에는 힘이 없었다. 랜드로서가 말을 이었다.

"그 말을 증명하는 건 간단해. 지금 이 시간에서 날 놔주면 된다."

파이어베어의 어깨가 굳는 것이 눈으로 보이는 것 같았다. 그는 꽤 오랜 시간 아무 말 하지 않은 채 그 자리에 멈춰 있었다. 그 무언의 긍정을 랜드로서는 무표정한 얼굴로 보고 있었다. 한참 만에야 랜드로서는 한숨을 뱉으며 물었다.

"한 가지만 묻자. 내가 뭘 그렇게 잘못한 거냐?"

랜드로서는 자신이 무심한 성격이라는 것 정도는 알고 있다고 생각했다. 모르는 사이에 상대방을 크게 화나게 한 경우가 꽤 있었을 거라고. 그러나 한참 만에 흘러나온 파이어베어의 대답은 그 생각을 뛰어넘는 것이었다.

"가족이 없으니까……."

"뭐?"

랜드로서는 잘못 들었나 생각했다. 그러나 뒤이어진 파이어베어의 말은 같은 단어였다.

"가족이 없으니까, 남겨질 사람도 없을 테니까……."

"그게, 날 고른 이유냐?"

"고른 적 없어. 거울의 길 퀘스트에 돌입하는 '누군가' 가 하필 너였을 뿐이니까."

"그걸 말이라고 하는 거냐!"

랜드로서가 외쳤지만 파이어베어는 대답조차 하지 않았다. 랜드로서가 다시 한 번 외쳤다.

"그게 대체 무슨 말이냐고!"

외침의 여운이 흩어져 가도, 그저 세상은 무서울 정도로 고요할 뿐이다. 랜드로서는 소지품 창을 열었다. 오렐드의 시계를 버리면, 랜드로서 또한 이 시간에서 벗어날 수 있을 거라 생각했다.

그러나 그 순간, 파이어베어에게 무방비로 노출당하게 된다. 그는 랜드로서가 오렐드의 시계를 버릴 것을 예상했을 것이다. 다른 방법으로 랜드로서를 멈춘 시간 안에 머물게 만드는 방법을 생각해 뒀을 것이다.

그렇다 할지라도, 시도해 보는 수밖에 없었다. 랜드로서는 조심히 한 발 물러났다. 그런 랜드로서의 동작을 파이어베어는 말없이 바라보고 있었다.

입술을 아주 조금만 벌려 달싹이지 않으려 애쓰며 자신에게도 느껴지지 않을 정도로 주문을 왼다. 그러면서 랜드로서는 무릎을 조금 낮췄다. 파이어베어가 자리에서 일어났다. 랜드로서는 이쪽으로 한 발 내딛는 파이어베어를 역시 말없이 바라보았다. 그리고 갑자기 그에게 뛰어들었다.

캉!

랜드로서의 검은 파이어베어의 검에 막혔다. 순간, 랜드로서가 그 자리에서 사라졌다. 파이어베어는 놀라 뒤돌아보았다. 저편 강가로 달려가는 랜드로서의 모습이 보였다. 파이어베어는 홱 돌아 따라 뛰었다. 랜드로서의 뛰는 속도는 형편없었다. 앞을 막는 나무를 제칠 때마다 성큼성큼 가까워진다. 그는 다 외운 시동어를 랜드로서의 뒤통수에 외쳤다.

"화이트 노바!"

꽝!

랜드로서는 앞으로 튕겨 나갔다. 솟아오른 나무줄기에 걸려 나뒹굴며 앞으로 떨어졌다.

쾅!

바닥에 떨어지는 소리가 세차게 들렸다.

파이어베어는 나무줄기를 성큼 넘었다. 바닥에 떨어진 랜드로서는 물결이 새겨진 단단한 바닥 위에 쓰러져 있었다. 고개를 들어 엉망으로 긁힌 얼굴로 이쪽을 번뜩 노려본다. 파이어베어는 그를 향해 몸을 낮췄다. 그때, 랜드로서가 시동어를 외쳤다.

"파이어 필라!"

쾅!

불기둥이 솟아올라 파이어베어의 온몸을 치켜올렸다. 잠깐 놀랐으나 그뿐, 뜨거움은 고통이 아니었고 생명력을 위협적으로 깎지도 못하는 이 불길은 귀찮게 위로 불어오르는 바람 같은 것일 뿐이었다. 파이어베어는 손을 뻗었다. 그때, 눈앞에 이글거리던 불이 갑자기 회색빛으로 굳어졌다.

'멈췄다? 아니…… 느려졌어.'

그의 온몸을 둘러싼 불기둥이 회색으로 굳어지는 바람에 그는 꼼짝 못하고 갇힌 꼴이 되고 말았다. 회색빛 불길 사이의 좁은 틈으로 바닥에 쓰러진 랜드로서의 모습이 보였다. 그의 모습 또한, 회색빛으로 굳어져 있었다. 그의 옆에는 막 버려진 오렐드의 시계가 홀로 금빛을 내뿜고 있었다.

랜드로서가 오렐드의 시계를 버리자 그 자신과 그에게 속했던 마법까지도 4배속의 시간으로 돌아가 버린 것이다. 파이어베어는 혀를 찼다. 이 꼴로는 정말 꼼짝도 할 수 없었다.

그러나, 이런 방법은 조금 더 최후의 수단으로 썼어야 했어.

파이어베어는 빠르게 돌렸던 자신의 시간을 되돌렸다. 불꽃이 새빨간 흐름을 찾으며 온 세상의 색이 원래대로 돌아왔다. 그가 성큼 불꽃의 기둥 밖으로 발을 내딛었을 때 랜드로서는 얕은 물가를 가로질러 달리고 있었다. 바닥을 박차더니 길게 펼쳐진 강물을 향해 풍덩 뛰어든다.

"앗!"

파이어베어는 급히 시간을 멈췄으나 랜드로서는 이미 물속에 온몸을 감춘 뒤였다. 달려가는 그의 발밑에 랜드로서가 뛰어들었던 자리에 일어난 왕관 모양의 파문이 굳어진 채 장식물처럼 서 있을 뿐이었다.

그는 몸을 낮춰 물 아래를 보았다. 회색으로 굳어진 상태로도 약간의 투명도를 유지하고 있는 강물 저 아래 랜드로서의 모습이 희미하게 보였다.

손을 뻗어봤자, 만질 수 있을 리가 없었다.

그는 눈살을 찌푸리며 다시 시간을 원래대로 되돌렸다.

온 세상의 색이 원래대로 돌아온다. 단단한 바닥을 딛고 있던 발이 밑으로 쑥 빨려 들어갔다.

풍덩!

물결이 온몸을 쓸어올리며 눈앞이 자잘한 공기방울로 뒤덮였다. 강 중앙은 상당히 깊었다. 키높이를 가뿐히 뛰어넘는 하늘빛 물속에 색색의 잔물고기가 흐르고 있다.

강바닥은 진득한 흙이었다. 드문드문 조약돌과 큰 돌들이 깔려 있고 사이사이에 해초가 너울거리는 너머로 랜드로서가 똑바로 서서 이쪽을 보고 있었다.

―이제 대화를 좀 해볼까?

랜드로서가 보낸 귓속말이 눈앞에 떴다. 파이어베어는 그를 노려보았다.

―이런다고 오래 버틸 수 있을 것 같아?

―모르지. 그러니까 해봐야지.

파이어베어는 앞으로 달려나갔다. 부력 때문에 달려나가는 속도가 현저히 느렸다. 그러나 그것은 랜드로서 쪽도 마찬가지일 것이다. 그는 아예 움직이기를 포기하고 주문을 외는데 집중하고 있었다.

'몸으로는 적당히 쫓다가 광범위한 신성 마법으로 압박해야겠어.'

파이어베어는 긴 주문을 외기 시작했다. 그때 그의 눈앞에 새 귓속말 창이 떴다.

―형이지, 지금? 대체 뭘 하고 있는 거야!

티라미슈였다. 그는 한순간 멈칫했다. 그때 파직 하고 불길한 소리가 저 앞에서 들렸다.

랜드로서가 손끝에서 스파크 같은 빛을 피워올리고 있었다. 그것은 가장 초보적인 전격 마법인 라이트닝 볼트였다. 목표조차 제대로 설정하지 않은 채 엉뚱한 허공으로 쏘아올리고 있다. 그러나 파이어베어는 선득한 공포를 느꼈다.

'이런!'

그는 바닥을 박찼다. 랜드로서의 손을 떠난 흰 빛이 사방팔방으로 가지를 뻗으며 거대한 나무처럼 번져 나가는 무섭도록

빠른 장면이, 느리게 보이는 듯한 착각이 들었다. 이윽고 그의
눈앞이 터질 듯한 빛과 충격으로 가득 찼다.

　파지지지직—!

　세상 모든 광경이 칼날처럼 번뜩이며 마구 뒤흔들리는 그
격한 순간 속에 귓속말 창만이 흔들림없이 눈앞에 떠올랐다.

　—헛소리 지껄이는 놈은 일단 패고 봐야지. 안 그래?

Chapter 25

신들의 황혼

겁마전기
그라인더

'이게 또 무슨 일이야!'

무덤에서 눈을 뜬 티라미슈는 정신이 들자마자 앉은 자리에서 뛰쳐나왔다.

제대로 상황을 파악하기도 전에 죽어버린 그였다. '누군가'가 있다는 건 알았지만 눈으로 보지는 못했다. 그것은 마치 테티스 지하에서 죽었을 때와 같은 상황이었다.

―랜드 형, 괜찮아요?

티라미슈는 앞으로 달려나갔다. 발밑에서 주홍빛 빛덩어리들이 민들레 꽃씨처럼 흩어져 날아간다. 안온한 느낌을 주는 무덤을 막 벗어나 차가운 돌바닥을 디뎌 나간다. 앞에는 긴 벽이 길을 막고 있었다.

티라미슈는 벽을 따라 옆으로 달리려다 퍼뜩 멈춰서 위를 보았다. 벽의 위에는 천장이 이어져 있었다. 티라미슈는 한 발 물러서며 천장을 따라 고개를 쭉 젖혔다.

막힌 공간. 티라미슈는 눈을 찌푸렸다. 이곳은 돌로 된 상자와 같은 장소였다. 긴 벽이 사방을 막고 있고 천장 또한 틈없이 벽에 접합되어 있다. 거칠고 찬 돌벽과 다른 느낌을 주는 장소는 한 구석에 있는 무덤 지역뿐.

그 무덤의 오래된 묘비 사이에서 반투명한 사람의 형체들이 막 일어나고 있었다. 레이니와 스타킹좋아다. 티라미슈는 랜드로서까지 따라 나타나길 기대했으나 그의 모습은 보이지 않았다. 대신 귓속말이 눈앞에 떠올랐다.

—거기 있어. 나중에 데리러 갈게.

이 대답에 티라미슈는 안도와 분노를 동시에 느꼈다. 빠르게 대답을 입력해 보냈다.

—지금 대체 뭘 하고 있는 건데요!

예상했지만, 대답은 돌아오지 않았다. 티라미슈는 벽을 살피며 뛰기 시작했다. 무덤 쪽에서 레이니가 후닥닥 달려오는 소리가 들렸다.

"대체 어떻게 된 거야, 이거?"

"나도 몰라요. 누나, 혹시 예토 지역의 무덤에 대해 들어본 적 있어요?"

"레트리버님이 언급한 거 외에는……. 뭐야, 여기? 진짜 다 막혀 있어?"

"일단 뭔가 눈에 띄는 게 있나 찾아봐요."

"그래."

세 사람, 아니, 세 유령은 벽을 따라 뛰며 뭔가 다른 게 있나 살폈다. 자세히 보니 벽을 이룬 벽돌마다 희미한 글씨로 뭔가가 쓰여 있는 것이 보였다. 그것은 숫자였다. 123, 2532, 734 등 공통점이 없어 보이는 숫자들이 순서없이 섞여 있었다.

"아, 여기 뭔가 있어!"

레이니가 외쳤다. 티라미슈는 중얼거리던 숫자를 멈추고는 그쪽으로 뛰어갔다.

레이니가 선 자리에는 다른 벽돌들보다 훨씬 큰, 어떻게 보면 문과 같아 보이는 큼직한 돌이 박혀 있었다. 그 위에는 숫자 대신 새를 상징하는 듯한 문양이 큼직하게 박혀 있었고, 그 위에 시문 같은 글귀가 새겨져 있었다.

나는 오롯하여 나 자신 외의 누구에게도 마음을 나누지 않고
나와 같은 자들을 길 위에 남기며 무수히 앞으로 뻗어나왔다
사람들은 언제 우리와 같은 이가 나타나는지 예측하고 싶어하나

여태 이어진 생각들은 진실에 미치지 못하였도다
진실을 파내는 자 세상 모든 영광을 손에 쥘 터이니
나와 같은 자들에게 손길을 건네라

"무덤에 웬 퀴즈?"
레이니가 황당한 표정을 지었다.
그냥 나갈 수 있는 길은 없었다. 티라미슈는 레트리버에게
귓속말을 보냈다.

—레트리버님, 예토 지역의 무덤에 대해 자세히 설명 좀 해
주세요.

그러자 곧장 시스템 메시지가 떴다.

"또야?"
티라미슈는 이렇게 닫힌 무덤을 왜 만들었을까 하다가 시스
템 메시지가 말하는 '지역' 이라는 단어가 이 무덤만을 지칭하
는 건 아니라는 사실을 떠올렸다. 조금 전 랜드로서에게 보낸
귓속말은 제대로 전달이 됐으니까. 아마도 이 무덤을 포함한
'예토 지역' 전체를 뜻하는 말일 것이다.

'특수한 지역이라더니……'

"아, 빛난다."

그때 레이니의 목소리가 들렸다. 그녀의 앞에 있는 벽돌이 파랗게 빛나고 있었다. 그녀는 그 옆의 벽돌을 콕 찔렀다. 그러자 옆의 벽돌도 빛나기 시작했다.

"그림이라도 만드는 걸까요?"

스타킹좋아의 의문을 들으며 레이니는 그 옆의 벽돌도 콕 찔렀다. 그러자 켜져 있던 두 개의 벽돌에 서려 있던 빛이 전부 사라졌다.

"어? 다 꺼졌다."

레이니는 세 번째 벽돌을 다시 찔러보았으나 불이 켜지지 않았다. 두 번째 벽돌을 건드리자 두 번째 벽돌에 다시 불이 켜졌다. 다시 세 번째 벽돌을 건드리자 두 번째 벽돌에 켜져 있던 불까지 사라졌다.

"건드릴 때 빛나는 건 정해져 있는 것 같네요. 중간에 엉뚱한 걸 건드리면 다 꺼지는 것 같고."

"이 중에 빛나는 걸 다 골라내야 한다고? 엉뚱한 걸 건드리지 않고?"

레이니가 주변의 벽을 쭉 둘러보았다. 숫자가 있는 벽돌은 키 높이의 한 줄에만 있었지만 이곳이 제법 넓었기에 그 숫자는 꽤 되었다. 다 찍어보고 다니면 언젠가는 될 테지만 시간이 꽤 걸릴 것이다.

"뭔가 법칙이 있겠죠. 숫자도 쓰여 있고, 저 문에 쓰여 있는 글자도 힌트일 거고."

"일단 좀 고민해 보자."

레이니가 건드렸을 때 빛났던 벽돌에 쓰인 숫자는 109, 11이었다. 레이니는 뭔가 알 수 없는 말을 중얼거리며 벽돌들에 쓰인 숫자들을 살펴보기 시작했다. 티라미슈는 다시 한 번 랜드로서에게 귓속말을 보냈다.

—랜드 형, 무슨 일이에요? 말해봐요.

대답은 돌아오지 않았다. 티라미슈는 다시 귓속말을 보냈다.

—혹시 우리 형이랑 같이 있어요?

역시 대답은 없다. 티라미슈는 이번엔 파이어베어에게 귓속말을 보내보았다.

—형이지, 지금? 대체 뭘 하고 있는 거야!

그리고 티라미슈는 눈앞에 귓속말이 뜰 것을 예상이라도 하듯 눈앞의 허공을 노려보았다. 그러나 역시, 대답은 돌아오지 않았다.

항상 이런 식이다. 아무리 많은 말을 보내도 한 번도 대답은 돌아오지 않는다. 매번 대답이 돌아오지 않을 줄 알면서도 계속해서 보낼 수밖에 없다. 언젠가는 답이 올 것을 기대하면서……. 하지만 이것조차, 영원할 수는 없을 터였다. 계속해서, 무슨 일인가가 일어나고 있는데 티라미슈는 그에 대해 아무것도 알아볼 수가 없었다.

'랜드 형은 분명히 뭔가를 알고 있어.'

티라미슈는 랜드로서에게 귓속말을 보내려다가 문득, 자신에게 랜드로서의 핸드폰이 있다는 사실을 떠올렸다. 레이니는 생각하다 끝내 안 풀린 듯 손에 닿는 것을 무조건 눌러보고 되는 것과 안 되는 것을 구별하고 있었다.

"누나, 여길 부탁해요. 난 좀 나갔다 올게요."

"어? 무슨 일 있어?"

"그게……."

레이니의 얼굴을 앞에 두고 티라미슈는 설명할 말을 찾을 수가 없었다. 곧 레이니가 생글 웃으며 말했다.

"다녀와. 무슨 일 있으면 전화로 연락할게."

"아, 예. 다녀올게요!"

티라미슈는 접속 종료 했다. 다행히 접속 종료는 제대로 되었다.

예토 지역에 여러 차례 왔으면서도 무덤이 어떤 구조인지 전혀 몰랐었다니. 그는 자신의 얕음에 한숨을 뱉었다가 여기와서 죽을 일이 전혀 없었기 때문이라는 사실을 새삼 깨달았다.

이곳에는 위험한 마물이나 짐승이 거의 없기도 하지만, 목적을 가지고 온 적이 없기 때문이다. 언제나 가장 안전한 길을 걸어 환마의 강을 보러 갔다.

특별한 이유가 있어서는 아니었다. 파이어베어는 이곳을 좋아했다. 이끼로 뒤덮인 신비한 숲 가운데를 가르듯 흐르는 하늘빛의 환마의 강은 아름다웠다.

그러나 이런 아름다움은 제로월드의 어디에나 있는 것이었다. 현실에선 존재할 수도 없는 눈부신 광경들이 세계 곳곳에 많이 있었다.

파이어베어는 그런 장소들 여러 곳에서 많은 사람들과 즐거운 시간을 보냈지만 그 소란스러움이 가라앉고 난 뒤 생각할 거리가 생기거나 하면 꼭 이곳을 찾았다. 티라미슈는 올 때 바위산을 넘어야 하는 이곳을 귀찮아했지만 파이어베어와 연락이 끊긴 후, 몇 번이고 혼자 오게 되었다.

혹시라도 이곳에 거짓말처럼 파이어베어가 앉아 있을 것 같아서.

그런 기분을 느낀 적도 있었다. 홀로 걸어 들어와 물가에 앉은 채 달빛에 반짝이는 물속을 보고 있을 때면, 누군가 옆에 와 앉는 것만 같은 불가사의한 인기척.

그것은 티라미슈 자신이 바라는 환상일 뿐이라는 사실을 잘 알고 있었다. 옆에 누가 있는 것 같아도, 돌아보면 아무도 없다. 아무도 없는 것을 확인한 순간 가슴을 두근거리게 하는 인기척조차 사라져 버린다.

그래서 티라미슈는 가끔, 옆에 와 앉는 듯한 인기척을 느끼면서도 어쩌면… 이라는 생각을 되뇌며 돌아보지 않고 그대로 앉아 있곤 했다. 그렇게, 착각이라는 것을 확인하지 않은 채 있으면 그동안은 허무하더라도 같이 있다는 느낌이 들었으니까.

그렇게 내려다보는 환마의 강 중앙의 바닥에는 오래된 석판이 가라앉아 있었다. 동그란 형태의 그것은 시계 모양을 하고 있었다.

애초에 그냥 조각으로 만들어진 것인지 움직이지는 않는다. 그마저도 오래되어 주변에 해초가 자라고 물이끼가 갈라진 틈 위에 소복이 자랐다. 환마의 강물은 매우 맑아, 그 석판 있는 자리 가까이 서면 맑은 물 흐름 아래로 시계 모양의 석판이 그대로 내려다보였다.

어쩌면 파이어베어가 바라보고 있었던 건 환마의 강 자체가 아니라 저 시계 모양 석판이 아닐까, 티라미슈는 가끔 그런 생각을 했다.

그 사고 이후에 파이어베어의 시간은 멈춰 버렸다. 그는 게임에서만 존재하는 유령 같은 존재가 되었고 바삐 돌아가는 세상의 모든 일은 그와 상관없는 일이 되었다. 그가 시계를 바라보며 무슨 생각을 했는지, 티라미슈는 알 길이 없었다. 그러나 알고 싶다고, 조금이라도 알고 싶다고 간절히 생각하고 있었다.

분한 것은, 그렇게 애써서 계속해서 알고 싶어하던 것을 랜드로서는 이미 알아챈 것 같다는 점이다.

벽 너머로 들리던 숲의 소리가 사라졌다. 티라미슈는 '임재민' 이 되어 다이버 헬멧을 벗었다. 산만하지만 익숙한 집 안의 풍경이 눈 안에 들어왔다. 재민은 옷장으로 달려가 걸어뒀던 세령의 옷을 꺼냈다.

주머니 안에는 차가운 핸드폰이 들어 있었다. 최근 통화목록을 보자 목록 대부분이 부재중 전화였다.

'하, 랜드 형답다.'

재민은 고개를 저었다.

'김 팀장' 이라는 이름이 반복적으로 찍혀 있었지만 재민으로서는 그게 누군지 알 수 없었다. 아마 세령의 회사 사람일 거라고 생각했다.

'아무것도 없으리라는 사실은 알고 있었어. 하지만.'

재민은 문자메시지함을 열었다. 그리고 눈에 띄는 문자를 발견했다.

멀쩡한 것 같으니 갈게요. 오렐드의 시계는 더 이상 쓰지 말아요.

발신자는 '김 팀장' 이었다. 재민은 급히 다른 문자메시지를 뒤졌지만 그 외의 눈에 띄는 내용은 없었다. 남은 문자의 대부분이 광고나 단순 의사소통뿐으로, 참 담백하게 산다는 느낌을 주었다.

오렐드의 시계라면 시간을 멈추는 것과 관계된 일일 것이다. 왜 쓰지 말라고 했는지, 재민은 가늠할 수가 없었다. 애초에 그런 것이 어떻게 존재하는지도 이해가 가지 않았다.

'지금 대체 무슨 일이 일어나고 있는 거지?

다 게임 속의 일이다. 그런데 대단히 불길한 느낌이 들었다. 재민은 덮으려던 핸드폰을 다시 조작해 카메라 앨범을 보았다. 사진은 한 장도 없었다. 다른 메뉴로 나가려다 실수로 촬영 버튼을 눌렀다.

찰칵!

아무것도 없는 방바닥이 찍혔다. 그리고 '저장 공간이 부족합니다' 라는 메시지와 함께 메모리 관리 메뉴가 나왔다.

'사진도 없는데 무슨… 어? 음성 녹음?

파일 목록 중 '음성 녹음' 이라는 항목에 유난히 높은 숫자가 달려 있었다. 재민은 핸드폰을 조작해 음성 녹음 메뉴로 들어갔다. 녹음된 파일 목록에는 오늘 날짜가 이름으로 매겨진 단 하나의 파일만이 들어 있었다.

'오늘 이렇게 긴 녹음할 일이 있었어?

실수로 잘못 눌러 엉뚱한 소리가 녹음되는 걸 몰랐겠지. 재민은 그렇게 생각하면서도 불안한 기분에 가슴이 뛰는 것을 느꼈다. 재생 버튼을 누르자 부스럭거리는 소리가 잠시 들리고, 사람의 목소리가 들렸다.

"오렐드의 시계 원리가 뭡니까?"

세령의 목소리다. 여자 목소리가 그에 응수했다.

"계약서 내용 기억하죠?"

재민은 급히 서랍을 뒤져 핸드폰용 이어폰을 찾았다. 기종이 달랐지만 다행히 이어폰은 맞았다.

핸드폰에 녹음되어 있던 것은 아마도 오늘 낮에 이루어졌을, 긴 대화였다.

한마디 한마디 긴장해서 듣던 재민은 중간에 갑자기 음악이 울려 소스라치게 놀랐다. 꺼졌던 핸드폰 액정에 불이 들어오며 '전화왔습니다' 라는 글자가 떠올랐다. 그 밑에 쓰인 발신자 이름은 '김 팀장' 이었다.

'그 사람이다.'

세령과 대화하던 그 여자다. 재민은 한순간 망설이다가 전화를 받았다.

"여보세요."

"나왔……! 아? 윤세령 씨 핸드폰 아닌가요?"

"맞는데요. 세령 형이 핸드폰을 두고 가서."

"그쪽은 누구시죠?"

"아는 동생이에요."

전화 너머의 상대방은 선뜻 말을 못하고 한순간 침묵했다. 재민은 질문하고 싶은 것이 엄청나게 많았으나 꾹 참았다. 곧 상대방이 말했다.

"혹시 지금 세령 씨 근처에 있어요?"

"아뇨. 한 20분 거리쯤."

“부탁 하나 할게요. 어떤 방식으로든, 세령 씨와 연락이 되면 ‘거기서 당장 나와’ 라는 말 좀 전해주세요.”

“무슨 일인데요?”

“개인적인 일이라서요……. 그쪽 이름은 뭐죠?”

재민은 한순간 망설였으나 숨길 이유도 없었다. 듣는다고 저쪽이 알 리도 없고.

“임재민이에요.”

“그럼, 재민 씨, 잠깐, 혹시 재헌 씨 동생이에요?”

재민은 움찔했으나 내색하지 않으려 애쓰며 대답했다.

“맞아요.”

상대방은 또 한순간 침묵했다. 재민이 질문을 던지려는 순간 숨을 뱉는 듯한 목소리가 돌아왔다.

“잘 들어요, 재민 씨. 지금 내가 자세한 설명을 할 틈이 없는데, 재헌 씨를 어떻게든 말려야 해요.”

“형이 대체 뭘 하고 있는 건데요?”

“재헌 씨는 어떤 회사와 거래를 했어요, 제로월드를 망가뜨리면 그 대가로 돈을 받기로. 그 목적을 이루기 위해 세령 씨를 이용하려고 하고 있어요.”

“이용한다고요?”

“자세한 얘길 할 순 없지만, 나중에 세령 씨에게 큰 문제가 생길 수 있어요.”

“형처럼, 재헌 형처럼 될 거라고요?”

상대는 조금 놀란 듯했다. 약간 높아진 어조로 물었다.

“재헌 씨에게 무슨 얘길 들었어요?”

“세령 형도 이런 얘기, 다 알아요? 다 알고 저러는 거예요?”

“정확한 얘긴 안 했어요. 우리도 그 정도까지 할 줄은 몰랐으니까…….”

그리고 그녀는 말을 하다가 이제야 깨달았다는 듯이 덧붙였다.

“하지만 세령 씨는 다 짐작하고 있었을 거예요. 재민 씨, 지금 재헌 씨가 입원해 있는 병원이 어디죠?”

“예토 지역에, 무덤 문제 답이 뭐죠?”

“소수(素數)예요. 1과 자신 외의 숫자로 나뉘지 않는 숫자들.”

“그쪽에선 왜 못 막아요? 접속 다 끊어버리거나 폭탄이라도 쏟아부으면 어떻게든 될 거 아녜요?”

“예토 지역은 개입이 어려워요. 어쨌거나 지금 봉쇄를 풀려고 애쓰고 있는데, 한 시간은 필요해요.”

“그럼 제로월드에서는 네 시간이잖아요!”

“제로월드의 데이터는 그만큼 복잡해요. 보기에는 물건 몇 개 옮기는 수준의 수정도, 간단히 되지 않아요. 게다가 거긴 재헌 씨가 파놓은 함정이에요. 지금껏 모습을 드러내지 않은 것도 그 최후의 수단을 위해서겠죠. 그러니, 재민 씨. 부탁해요. 재헌 씨가 있는 병원을 가르쳐 줘요.”

“가르쳐 주면 뭘 할 건데요?”

상대는 바로 대답하지 않았다. 곧 결심한 듯 답했다.

“막아야죠.”

“내가 가르쳐 줄 거라 생각해요?”

“재헌 씨는 잘못 생각하고 있어요. 이 일이 성공해도, 재헌 씨부터 후회할 거예요.”

“그걸 어떻게 알아요? 형이 무슨 생각을 할지?”

“나는 재헌 씨의 오랜 친구예요. 재헌 씨가 나쁜 사람이 아니라는 것 정도는 알아요.”

재민은 무슨 말을 해야 할지 말문이 막히고 말았다. 할 말이 너무 많아서, 어떻게 해야 할지 혼란스러웠다.

그때 수화기 뒤쪽에서 다급한 목소리가 들렸다. 알아들을 수 없는 소리가 잠깐 지나간 뒤, 역시 다급해진 듯한 김 팀장의 목소리가 들렸다.

“잠깐, 급한 전화가 와서, 재민 씨, 다시 전화할게요!”

“아, 잠깐, 잠깐만요!”

재민은 급히 붙들었으나 전화는 이미 끊어진 후였다. 그리고 멈췄던 녹음 내용이 다시 귓속으로 흘러들어 오기 시작했다.

*　　　*　　　*

랜드로서는 뜻 모를 초조감을 느끼고 있었다.

상황은 그가 압도하고 있었다. 파이어베어는 어느 순간 후드를 덮어써 자신의 모습을 눈앞에서 감췄다. 그러나 이곳은

물속이라 보이지 않게 된다고 해서 정말 보지 못하게 되는 것
은 아니었다.

왼쪽에서 물살이 움직인다.

꽝!

굉장한 충격이 온몸을 때렸다. 발이 허공에 뜬다. 랜드로서
는 돌아볼 틈도 없이 시동어를 외쳤다.

"라이트닝 볼트!"

파직!

사방팔방으로 뻗어나가는 번개 줄기가 물속 전체를 뒤흔들
었다. 곳곳이 하얗게 점멸하는 풍경은 비현실적으로 보였다.
랜드로서는 옆구리를 누르며 몸을 바로 세웠다. 연거푸 맞은
한기에 뼛속까지 시렸다.

'상성이 나빠.'

마물인 랜드로서와 성기사인 파이어베어. 신성 마법에 연거
푸 두들겨 맞는 건 다른 걸로 맞는 것보다 더 기분이 나빴다.

그래서 이제야, 왜 거울의 문 퀘스트의 시작 부분에서 자신
이 레벨 1의 마물이 되어야 했는지 알 것 같다는 기분이 들었
다. 성기사인 파이어베어가 상대하기 가장 쉬운 상대가 된 것
이다.

'처음부터… 다 계산하고 있었던 거냐.'

랜드로서는 생명력 회복 물약을 마시며 번뜩이는 주변 풍
경을 바라보았다. 흰 스파크가 한곳에 뭉쳐 있는 것을 보니 저
기 파이어베어가 있는 모양이다. 그는 다가갈까 하다가 그만

두었다.

물—전격 조합은 물속인 이곳에선 광역 마법이나 다름없었다. 어느 방향을 공격해야 할지 생각할 필요도 없었다. 그런데 아까부터 파이어베어는 자꾸 옆으로 혹은 뒤로 혹은 갑자기 정면에서 신성 마법을 날려왔다.

라이트닝 볼트는 주문도 짧아 한 방 맞아도 바로 반격하면 그만이었다. 랜드로서는 사실 어느 정도 두들기고 나면 거리를 유지한 상태에서 다시 대화를 나눌 수 있으리라고 생각했다.

그러나 파이어베어는 대부분의 귓속말에 대답조차 않은 채 집요하게 공격을 시도하고 있다.

안 되는 걸 알면서도 계속해서 시도하는 것인지 아니면 뭔가 꿍꿍이가 있는 건지 랜드로서는 영 찝찝했다.

—이제 좀 포기하지그래? 이미 시간도 꽤 끌었는데.

역시 대답이 돌아오지 않는다. 랜드로서는 후 숨을 쉬고는 주변을 돌아보았다. 슬슬 라이트닝 볼트의 기운이 가라앉고 있었다. 아마도 파이어베어가 있을 자리, 스파크가 뭉쳐 있는 자리를 랜드로서는 정면으로 바라보며 한 발 물러났다. 적당한 거리를 유지하는 게 좋다고 생각했다. 순간, 하나의 생각이 떠올랐다.

'저, '파이어베어' 라고 생각되는 덩어리는 사실 위장이 아닐까?

쓸데없는 의심이었다. 스파크가 뭉치는 자리를 일부러 만들어낼 수도 없을 테고, 지금까지 계속 랜드로서가 느껴왔던 '파이어베어가 있는 자리'는 틀리지 않았다.

'틀리지 않았다는 점이 파이어베어가 의도한 점이 아닐까?

계속 맞아주다가 어느 순간 갑자기 다가와 기습한다. 그런 계획을 짜고 있을지도 모른다. 랜드로서는 쓸데없는 의심이라고 생각하면서도 힐끗 주변을 돌아보았다.

그는 처음 있던 곳보다 더 깊은 곳에 와 있었다. 파이어베어가 하도 포기하지 않고 신성 마법을 날려댄 탓에 흘러온 것이다. 주변의 흙바닥에 랜드로서가 딛었던 자리들이 발자국이 되어 연기가 피어나듯 부옇게 번져 있었다.

'많이도 밀려왔군. 너무 얕은 곳으로 밀려나지 않게 조심해야⋯⋯. 밀려?

랜드로서는 생각하다가 한순간 깨달았다. 눈앞에 있는 자신의 발자국, 그것들이 하나의 흐름을 만들고 있었다. 랜드로서는 이곳저곳으로 밀려났다고 생각했지만 그렇지 않았다. 계속, 한 방향으로 밀려나고 있었다.

'날 어디론가 유도하고 있어?

랜드로서는 퍼뜩 뒤를 돌아보았다. 라이트닝 볼트의 기운이 남아 있는 동안 확인할 생각이었다. 그러나 뒤에 있는 것을 본 순간 그는 그 자세 그대로 움찔 멈췄다.

뒤쪽의 바닥에 커다란 원판이 놓여 있었다. 오래된 암석 같이 색깔은 거무튀튀하고, 가장자리 갈라진 자리마다 이끼가 자라 있다. 표면에 일정 간격으로 로마 숫자가 새겨져 있고 두 개의 바늘이 있는 것이 시계 모양의 부조 같았다. 전에도 본 적이 있었던 것 같고 아직 알지 못하는 퀘스트의 일부일지도 모른다. 그러나 랜드로서는 잊고 있던 문장을 떠올리고 있었다.

“이곳에서 시간이 멈출 것이다.”

앞에서 무슨 소리가 났다. 랜드로서는 자신이 한순간 집중력을 잃었단 사실을 깨닫고 급히 앞을 보았다.
꽝!
폭발이 일어나며 시야가 새하얗게 물들었다 새카맣게 가라앉았다. 그것은 길게 느껴졌지만 사실은 짧은 순간이었고 바닥에 부딪치면서 다시 정신이 들었다. 랜드로서는 시동어를 외쳤다.
“라이트닝 볼트!”
파츠츠츠츠츠츠츳—!
스파크가 마구 튀어오르며 시야 전체를 뒤덮는다. 지금까지 몇 번이고 반복돼 온 상황이다.
그리고 그대로 모든 것이 회색빛으로 정지했다.
‘시간이 멈췄어?
랜드로서는 움찔했다. 그리고 자신이 시계 모양 원판 위에 앉아 있다는 사실을 뒤늦게 깨달았다. 모든 것이 회색으로 변한 이 풍경 속에 이것만이 자기 색을 유지하고 있었다.

채칵.

시계바늘이 움직이는 듯한 소리가 났다.

그리고 세상의 풍경이 완전히 바뀌었다.

랜드로서는 한순간 얼떨떨했고 그 상태 그대로 벌떡 일어나 달렸다. 주변이 따스한 풀밭이 되었다는 사실은 그래서 달리는 동안에야 제대로 인식했다. 발에 밟힌 풀들이 생생한 소리를 낸다.

주변은 사랑스러운 풀밭 혹은 정원. 너무나 동화처럼 아기자기해 현실감이 떨어지는 장소다. 랜드로서는 정신없이 달렸다. 저 앞에 보이는 온실 안에 구르듯 뛰어들어 가 제대로 서지도 못한 채 허덕허덕 손을 뻗어 문을 닫아 잠근 후에야 털썩 주저앉으며 제정신을 찾았다.

'여긴, 대체 어디지?

온실의 외벽은 유리 같이 투명했다. 제로월드의 건물이니 저래봬도 상당히 튼튼할 것이다. 랜드로서는 외벽에 얼굴을 바짝 댄 채 바깥의 풍경을 살폈다.

바닥에는 보드라운 풀이 낮게 깔려 있고 조그마한 클로버 꽃과 이름 모를 노란 꽃들이 자잘하게 섞인 사랑스러운 정원. 무늬 있는 타일을 촘촘히 깔아 만든 길이 여러 갈래로 박혀 있는 것이 보였다. 저 안쪽에는 무대처럼 둥글고 넓은 돌이 깔려

있는 장소가 있었는데, 커다란 원탁 주변으로 열두 개의 의자
가 놓여 있었다.

　'정원…… 신들의 정원?'

　랜드로서는 생각에 잠겼다. 이곳은 아무래도 '정상적으로'
들어올 수 있는 장소가 아닌 듯했다.

　그는 소지품에서 '이실레티리아의 부적'을 꺼내 상태창을
열었다.

[이실레티리아의 부적(유니크)]
이실레티리아는 환마의 강을 앞에 두고 말했다.
"이곳에서 시간이 멈출 것이다."

마력 +200
방어력 +100
땅 계열 친화력 +200
레벨 제한: 200 이상

　이것은, 티라미슈가 인큐버스가 된 랜드로서와 처음 합류하
면서 인질이라며 맡긴 아이템이다. 그때는 이 아이템의 독특
한 설명이 단지 숨겨진 다른 퀘스트로 갈 수 있는 암시일 거라
고만 생각했었다.

　그때는 '시간을 멈춘다'라는 게 가능해지리라고는 생각하
지 않았으니까.

　'일단 좀 살펴보자.'

최대한 많은 것을 살펴보기로 마음먹었다. 이곳은 아기자기 했지만 그 규모가 꽤 넓은 듯했다.

왼쪽에 마치 숲처럼 나무들이 모여 있는 장소로 시선을 돌 리는데, 한쪽에서 달려오는 파이어베어의 모습이 보였다.

‘어?

물러나려던 랜드로서는 놀라서 움찔 멈췄다.

파이어베어의 모습이 유령처럼 반투명했기 때문이다. 뒤쪽 의 풍경이 그의 몸을 통해 비쳐 보일 정도다.

랜드로서는 왜 저렇지 했다가, 파이어베어가 후드를 쓰고 있는 상태라는 걸 알았다.

지금까지의 경험으로 보면 파이어베어가 후드를 덮어쓰면 눈앞에서 사라졌었다. 지금의 그는 사라지지 않고, 원래는 보 이지 않아야 한다는 사실만을 알리듯 반투명하다.

랜드로서는 이 장소가 특수한 장소임을 다시 한 번 확신했 다. 그리고 유리벽 쪽에서 급히 물러났다.

파이어베어는 시간을 조종할 수 있지만 시간의 흐름을 다르 게 하면 그 순간 동안에는 랜드로서에게 손댈 수 없다. 오렐드 의 시계를 버린 랜드로서는 그 시간대에 동조할 수 없기 때문 이다. 랜드로서를 그 ‘멈춘 듯 빠른’ 시간대에 끌고 들어가려 면 랜드로서에게 오렐드의 시계를 다시 가지게 하거나 비슷한 종류의 다른 아이템을 채워야 할 것이다.

랜드로서는 파이어베어가 그 정도는 생각해 뒀을 거라고 생 각했다. 애초에 오렐드의 시계를 만든 것부터가 그일 테니. 착용하면 쉽게 벗을 수 없는 아이템이라던가 그런 것을 준비해 두고 랜드로서에게 채우려고 애쓰는 중일 것이다. 다만 랜드로서가 열심히 잡히지 않고 도망 다니고 있을 뿐이고.

랜드로서는 온실 깊숙이 들어가며 이제야 온실 안의 풍경을 보았다. 가장자리에 여러 칸으로 나뉜 선반들이 있고 선반의 칸마다 화분에 심어진 가지각색의 식물들이 잘 다듬어진 채 놓여 있었다. 꽃이 많아서 주변이 온통 알록달록했다.

그리고 가장 안쪽에는 마치 정글처럼 식물들이 우거진 장소가 있었다. 커다란 장미가 잔뜩 피어 있는 장미넝쿨이 벽처럼 늘어진 자리 앞에 책상과 의자가 놓여 있다.

의자의 모양은 독특했다. 등받이가 넓고 머리를 기대는 자리 위쪽에 헬멧 비슷한 것이 달려 있었다. 자리에 앉아 저 헬멧 비슷한 것을 끌어내리면 얼굴을 덮을 수 있을 것 같은 형태다. 의자 손잡이 위에도 버튼 같은 것들이 여러 개 박혀 있었다.

'접속장치? 제로월드 내에?'

제로월드 내에서 다시 가상현실에 접속한다는 게 어떤 의미인지, 랜드로서는 고개를 갸웃했다. 제로월드에 있다는 사실 자체가 이미 가상현실에 접속하고 있다는 의미인데, 이미 가상현실에서의 몸으로 활동하고 있으면서 또 다른 몸으로 활동한다는 것은……

'아.'

랜드로서는 베르엘베르의 이야기를 떠올렸다. 창조주들 중에는 이 세계의 주민처럼 활동해 보기 위해 그 몸을 만들고 거기 깃들어 생활한 사람들이 있었다고…….

개발자의 몸이라면 아마 랜드로서의 몸과 크게 다르지 않은 '크로노신'의 몸에 개발자로서의 권한을 가진 것일 터였다. 죽어도 부활할 수 있는.

'이 세계 주민으로서라면, NPC와 같은 몸인 건가?

베르엘베르는 오렐드에게 말했었다, 죽으면, 창조주로서의 몸으로 돌아갈 수 있다고. 그렇다는 것은 그들이 이 세계 주민으로서 활동하기 위해 만든 몸은 한 번 죽으면 사라져 버리는 형태일 것이다.

보통의 NPC들은 인공지능으로 움직이지만, 그것은 사람이 접속할 수 있는 형태의 NPC의 몸일 것이다.

'어?

랜드로서는 이 표현을 들은 적이 있다는 사실을 깨달았다. 그때 뒤에서 쾅! 하는 소리가 났다. 주변의 벽이 들썩 흔들리는 소리가 났다. 쾅!

'파이어베어가 날 발견했나?

랜드로서는 소리 나는 쪽으로 가보려다가 문득, 책상 위에 놓여 있는 책자를 발견했다. 차마, '나중에'라고 생각할 수 없었던 그는 그것을 품에 안고 소리 나는 쪽으로 달려갔다.

역시 파이어베어였다. 반투명해 유령처럼도 보이는 그가 두터운 방망이로 온실 벽을 때리고 있었다. 유리 같아 보이는 투명한 벽은 방망이로 후려쳐도 꿈쩍도 하지 않았다.

제로월드의 건물들에는 내구도가 설정되어 있어서 그 내구도를 충분히 깎지 않는 한 전혀 타격을 입지 않는다.

그렇다는 것은 결국 그 내구도를 전부 깎으면 파괴할 수 있다는 의미였다.

방망이를 휘두르는 파이어베어는 무표정하려고 애쓰는 굳은 얼굴이었다. 랜드로서는 두리번거렸으나 다른 방책이란 없었다. 파이어베어가 굳이 이 벽을 부수려고 하는 것은, 시간을 멈춘 상태로는 아무 문도 열 수 없고 아무것도 부술 수 없기 때문이다.

시간을 멈춘 채로는 온실 안에 있는 랜드로서에게 절대로 다가갈 수 없다. 그러나 일단 벽을 부수고 통과할 수 있는 공간을 만들게 되면, 그때는 거리가 아무리 떨어져 있어도 랜드로서에게 다가올 수 있을 터였다.

그때 다가와서 스스로 벗지 못하는 아이템이라도 랜드로서에게 채워 버리면 랜드로서는 멈춘 시간 속에 갇히게 될 것이다. 그렇게 되면, 끝이다. 그 안에선 아무리 많은 시간이 흘러도 현실에서는 1초도 흐르지 않을 테니. 밖에서 누가 어떤 조치를 취한대도 이미 늦은 후일 것이다.

'젠장! 여긴 연못 같은 거 없나?

랜드로서는 유리 너머로 바깥을 살폈지만 정말로 연못을 발견한 순간, 저기 가는 것은 불가능하다는 사실을 깨달았다.

한순간이라도 랜드로서와 파이어베어 사이의 벽이 없어지는 순간, 파이어베어는 시간을 멈춰 버릴 것이다. 연못은 단숨에 도달하기에는 너무나 멀었다.

  랜드로서는 침을 삼켰다. 계속해서, 도망칠 시도는 할 것이다. 앉아서 당할 생각은 죽어도 없었다. 그러나, 대비를 해둬야 한다는 생각이 들었다.

  ―랜드 형? 어디 갔어요? 어떻게 된 거예요?

  그때 티라미슈의 귓속말이 들어왔다. 랜드로서가 답을 보냈다.

  ―부탁 하나 하자.
  ―뭔데요? 지금 대체 뭐 하는 거예요!
  ―내 핸드폰, 부숴 버려. 아무도 내용 보지 못하게. 너도 보지 마라. 개인적이고 창피한 내용이니까. 부탁한다.
  ―싫어요. 왜 남의 핸드폰을 내가 부숴요? 부수고 싶으면 직접 받아가서 하던가요!

  '왜 그래야 하는지' 랜드로서는 설명할 수가 없었다. 그저 강하게 말하는 수밖에.

  ―부탁해.

  그러자 돌아온 대답은 랜드로서의 예상과 아주 다른 것이었다.

　─다, 알고 있었어요?

　이런. 랜드로서는 낮게 중얼거렸다.

　─봤어?

　티라미슈의 대답은 돌아오지 않았다. 무슨 말을 할까 하다
가 할 수 있는 말은 하나밖에 없다는 생각이 들었다.

　─미안.
　─미안하다면 다예요! 둘 다, 꼴보기 싫어요!

　랜드로서는 한숨을 쉬었다. 아마 티라미슈는 파이어베어에
게도 꽤나 귓속말을 보내는 중일 것이다. 그걸 다 무시하는 저
놈도 대단하다고 생각했다.

　─버텨요! 어떤 수를 써서든! 형 잘못되면 난 평생 미워할
거예요!

　그럴 거야.
　랜드로서는 생각한 대답을 보내지 않았다. 그리고 주변을

더 열심히 살피기 시작했다.

재민은 고민하다가 일단 제로월드에 다시 접속했다. 무덤을 둘러싸고 있는 벽에 드문드문 빛의 띠가 떠 있었다. 이미 꽤 많은 수의 벽돌에 불이 들어와 있었다.

"레이니 누나? 풀었어요?"

티라미슈는 성큼 레이니가 선 자리로 다가갔다. 레이니가 뒤돌아보았다.

"아, 일일이 다 눌러봤어. 켜지는 거하고 안 켜지는 게 정해져 있는데다가 누르는 순서는 상관없어서 여러 번 해보면 풀리더라고."

그리고 레이니는 고민하는 표정을 했다.

"근데 이 부분이 기억이 안 난단 말야. 이 세 개 중에 켜지는 건 하나뿐이었는데……. 뭐였더라?"

레이니는 중얼거리고는 가볍게 결론지었다.

"모르겠다. 찍어보고 안 되면 처음부터 다시 누르지."

막 '36'에 손을 뻗으려는 레이니를 티라미슈가 급히 막았다.

"소수래요. 1과 자기 자신 외에는 안 나눠지는 숫자."

그러자 옆에서 스타킹좋아가 발돋움을 해 499를 눌렀다. 열심히 나누기를 하고 있던 레이니와 티라미슈는 깜짝 놀랐다. 곧 숫자가 쓰인 모든 벽돌이 번쩍 빛나더니 쿠르르릉! 소리를 내며 글자가 쓰여 있던 돌이 아래로 내려가며 통로가 열렸다.

파지지지지직—!

저쪽에서 전기가 튀는 듯한 소리가 들렸다. 세 사람은 무덤을 나오자마자 숲을 가로질러 달렸다. 나무의 밀도가 낮아지는 자리에 오자 확 트인 환마의 강 위에 눈부신 빛이 튀어오르는 것이 보였다. 그것은 강렬한 백색의 스파크였다.

—랜드 형, 듣고 있어요?

'당장 거기서 나와요!'를 덧붙이려던 티라미슈는 얼른 빼고 귓속말을 보냈다. 이미 랜드로서가 자력으로 빠져나올 수 있는 상황이 아니라는 생각이 들었기 때문이다.

파이어베어는 시간을 조종하고, 레벨 낮아진 랜드로서보다도 강하다. 어쩌면 강물 속이라는 장소는 랜드로서가 그를 상대할 수 있는 유일한 곳이라는 생각이 들었다. 저기서 나온다면 랜드로서는 더욱 곤란해질지도 모르는 일이다.

대신 티라미슈는 파이어베어에게 귓속말을 보냈다.

—방금 김 팀장님이라는 사람하고 통화했어, 형.

변함없이 대답은 돌아오지 않는다. 티라미슈는 귓속말을 보냈다.

—그동안 나한테 한마디도 안 했던 게 그런 이유였어? 떳떳

하지 못하기 때문에?

　대답이 돌아오지 않는 말은, 제대로 전해지는지조차 알 수 없다. 그러나 티라미슈는 계속해서 귓속말을 보냈다.

　―그만해. 지금 대체 뭐 하는 거야? 이게 잘하는 짓이라고 생각해?

　셋 중 가장 빠른 레이니가 강가에 한 발을 디뎠다. 그때 강 표면에서부터 다시 한 번 날카로운 스파크가 튀어올랐다. 레이니의 온몸에도 스파크가 번졌다.
　"꺄악!"
　"누나!"
　티라미슈는 그쪽으로 가려다 멈췄다. 레이니는 온몸에서 흰 연기를 뿜으며 급히 발을 오므렸다. 저 물속에서 버틸 수 있는 건 은자의 반지를 가진 랜드로서나 가능한 일이었다.
　"아후, 죽을 뻔했네……."
　티라미슈의 옆까지 물러나며 레이니가 중얼거렸다. 생명력이 꽤 소모된 모양이다. 티라미슈는 입술을 깨물며 강 쪽을 보았다. 파이어베어를 향해 다시 귓속말을 보냈다.

　―형, 제발. 그러지 마. 내가 오해하고 있는 거라고 해주라. 제발 그만해.

맑은 환마의 강물 아래로 랜드로서의 모습이 언뜻 보였다.
다른 사람의 모습은 보이지 않았지만 누군가와 싸우고 있다는
것 정도는 짐작할 수 있었다.
티라미슈는 더 나아갈 수 없는 강 쪽을 막막한 기분으로 바
라보았다. 그때 거짓말처럼 눈앞에 귓속말 창이 떴다.

─미안해.

파이어베어의 귓속말이었다. 티라미슈는 눈을 크게 떴다.
다급히 답장을 보냈다.

─보고 있었지? 다 듣고 있었지? 그런데 한마디도 대답 안
하고! 어떻게 이럴 수가 있어!

티라미슈는 하나 보내놓고는 연속적으로 다음 귓속말을 보
냈다.

─당장 멈춰! 이런 짓 해서 뭐가 좋아지는 건데! 그만하라
고!

그때였다.
갑자기 환마의 강 중앙에서 빛이 뿜어져 나왔다.

그것은 지금까지 번뜩이던 흰색 스파크와는 다른, 금색의 빛기둥이었다. 놀랐던 티라미슈는 곧이어 저 빛이 뿜어져 나온 장소가 시계모양 석판이 가라앉아 있는 자리라는 사실을 깨달았다. 빛기둥의 크기 또한, 시계모양 석판의 크기와 비슷해 보인다.

곧, 빛기둥은 사르륵 녹아내리듯 사라졌다. 그리고 강 표면은 더없이 고요해졌다. 맑은 물 아래로 비춰 보이던 랜드로서의 모습 또한 사라지고 없었다.

"어? 랜드님?"

레이니가 놀란 소리를 내며 강으로 뛰어들어 갔다. 그녀는 곧 전격 마법에 휩쓸렸던 기억을 떠올렸는지 움찔했으나 아무 일도 일어나지 않았다.

전격 마법의 효과 또한 사라진 모양이다. 그 사실을 확신한 그녀는 물속으로 빠르게 뛰어들어 갔다. 티라미슈 또한 급히 그 뒤를 따랐다.

풍덩!

강물 속의 풍경이 시야 가득 들어왔다. 유난히 밝은 하늘색의 물을 배경으로 해초들이 사방에 너울거리며 흘러가고 있었다. 분명 조금 전까지 있었던 랜드로서의 모습은 어디에도 없었다.

티라미슈는 랜드로서에게 귓속말을 보냈다.

―랜드 형? 어디 갔어요? 어떻게 된 거예요?

다시 나가서 김 팀장과 통화를 해야 하나 하고 있는데 답이
돌아왔다.

　—부탁 하나 하자.
　—뭔데요? 지금 대체 뭐 하는 거예요!

어떤 상황인지도 모른 채, 티라미슈는 다급해졌다. 랜드로
서의 귓속말이 다시 왔다.

　—내 핸드폰, 부숴 버려. 아무도 내용 보지 못하게. 너도 보
지 마라. 개인적이고 창피한 내용이니까. 부탁한다.
　—싫어요. 왜 남의 핸드폰을 내가 부숴요? 부수고 싶으면 직
접 받아가서 하던가요!
　—부탁해.

랜드로서의 짧은 대답에 티라미슈는 왈칵 눈물이 나려고 했
다. 저 앞에는 바닥에 가라앉은 시계 석판이 있었다. 그 위에
손을 뻗자 물속인데도 기묘하게 따뜻한 느낌이 났다. 그러나
아무 변화도 일어나지 않았다. 티라미슈는 이를 악물어 눈물
을 참으며 한 가지 질문을 던졌다.

　—다, 알고 있었어요?

대답을 기대하지 않았는데, 랜드로서에게서 짧은 질문이 왔다.

—봤어?

그리고 티라미슈가 대답을 보내기도 전에 랜드로서의 귓속말이 다시 눈앞에 떴다.

—미안.
—미안하다면 다예요! 둘 다, 꼴보기 싫어요!

티라미슈는 바닥을 박찼다. 가능한 한 가장 빠른 속도로 강밖으로 나갔다. 마른 땅을 딛으며 랜드로서에게 귓속말을 보냈다.

—버텨요! 어떤 수를 써서든! 형 잘못되면 난 평생 미워할 거예요!

그리고 그대로 접속 종료하려다가 티라미슈는 움찔 멈췄다. 파이어베어를 향해 마지막 귓속말을 보냈다.

—형, 내가 이렇게 빌게. 그만하자. 응? 대체 왜 이렇게까지

하는지 모르겠어.

그리고 티라미슈는 이럴 시간이 없다는 걸 알면서도 한순간 아무것도 못한 채 파이어베어의 대답을 기다렸다. 결국 포기하고 접속 종료 명령을 내린 순간, 흐려져가는 제로월드의 풍경 앞에 막 도착한 귓속말 창이 눈앞에 떴다.

—다 널 위한 일이야.

그리고 대답할 틈도 없이 접속은 끊겼다.

*　　　*　　　*

우웅!
현실에서 가장 먼저 들은 소리는 핸드폰의 진동 소리였다. 다이버 헬멧을 벗고 달려가 세령의 핸드폰을 열어보니 김 팀장의 부재중 전화 두 통과 문자 하나가 와 있었다.

부탁해요, 재민 씨. 재헌 씨는 책임감이 강해서 한순간 잘못 생각한 것뿐이에요. 시간이 지나면 분명 후회할 거예요. 책망하지 않을 테니까, 제발 병원 좀 가르쳐 줘요. 달리 설득할 방법이 있다면 부탁하고요.

재민은 핸드폰 두 개를 챙긴 채 밖으로 나갔다. 거실에서 TV를 보던 아버지가 놀란 얼굴로 물었다.

"어디 가니?"

"편의점요!"

재민은 대충 대답하고 뛰어나갔다. 아버지가 일어나 다가오는 소리가 들렸다.

"이 시간에? 뭘 사려고?"

"다녀올게요!"

재민은 그냥 뛰어나갔다. 뒤에서 아버지의 외침이 들렸다.

"빨리 들어와! 차 조심하고!"

재민은 길에 나가자마자 달려오는 택시를 잡았다. 세령의 아파트를 목적지로 말하고는 세령의 핸드폰에 녹음되어 있는 대화를 마저 들었다.

지하철역으로 하나 거리인 세령의 집은 차로 가니 더욱 가까워서, 10분도 되지 않아 도착했다.

아파트 현관으로 뛰어올라 가며, 재민은 이렇게 행동하는 게 정말 맞을까 생각했다. 경찰에 신고하거나 하는 게 나을지도 모른다. 그러나 신고한다고 생각하니 할 말이 아무것도 없었다. 이 긴 내용을 납득시키기도 어렵고, 설령 믿어준다 해도 그렇게 설득하는 사이 모든 일이 끝나 버릴 것이다. 그렇다고 해서 재헌이 있는 병원을 말해 버리는 것도 선뜻 할 수 없었다. 뭘 하려고 그걸 묻는지는 짐작하니까.

어쩌면 이 모든 것이 그 김 팀장이라는 여자와 세령이 한 오해고, 사실은 그다지 호들갑 떨 일도 아니라고, 그런 방향으로 생각을 전개해 봤다.

하지만 조금 전 예토 지역에서 눈앞에 떠올랐던 파이어베어의 '미안해' 한마디를 보자 목 안이 왈칵 뜨거워져 왔다.

위에서 술 먹고 싸움이라도 났는지 소란스런 소리가 났다. 엘리베이터는 20층에 멈춰 있었다.

가만히 서서 엘리베이터를 기다리자니 점점 견딜 수 없는 기분이 되었다. 차라리 뛰는 게 낫겠다 싶어 재민은 계단을 뛰어올랐다.

계단 통로에서는 담배 냄새가 났다. 세령의 집은 3층이었다. 1층 계단을 돌아 막 2층으로 올라서는데 더 위쪽에서 시끄러운 소리가 났다.

"집에 있는 거 압니다! 왜들 이러십니까!"

젊은 남자의, 낯선 목소리였다. 재민은 달리던 발을 급히 멈췄다. 몸을 낮춘 채 2층 계단을 돌아 3층 쪽을 올려다보자 서로 대치하고 있는 남자들의 모습이 보였다.

"당신 같은 사람, 모른다니까? 포기하고 돌아가."

"직접 보고 얘기해야겠습니다! 비켜주세요!"

두 사람의 덩치 좋은 남자가 세령의 집 문 앞에 서 있고 양복 차림의 한 남자가 그 두 사람을 뚫고 들어가려고 애쓰는 광경이었다.

그리고 3층의 계단이 끝나는 자리 앞에 땅딸막한 남자 한 명이 서서 담배를 피우며 그 광경을 지켜보고 있었다. 연기를 내

뿜으며 말한다.

"거, 너무 소란 피우지 맙시다. 왜 이 밤에 남의 집에 들어가야겠다고 난리쇼?"

"당신들 대체 누구야!"

막힌 남자가 버럭 소리를 질렀다. 담배 피는 남자는 큭 웃었다.

"그거 알면 뭐 하게. 신고하게?"

남자는 담뱃재를 터느라 약간 옆을 보았다. 순간, 계단 아래 있던 재민은 소스라치게 놀랐다. 거의 눈이 마주칠 뻔했던 것이다. 다행히 남자는 재민을 보지 못한 듯 다시 담배를 물며 앞쪽을 보았다.

재민은 턱이 떨리는 것을 느끼며 조심히 계단을 아래로 디뎠다. 그때 위에서 퍽! 하는 소리가 들렸다.

어떤 소리인지 그 의미를 알 길은 없었다. 아랫단을 내딛는 재민의 발이 점점 빨라졌다. 어느샌가 정신없이 아파트 현관을 뛰어나와 길 쪽으로 향하고 있었다.

노란 등을 단 택시가 재민의 눈앞을 쉭 지나쳐 갔다. 재민은 반사적으로 손을 들었다.

"아저씨!"

놓쳤다고 생각했다. 그러나 택시는 재민을 꽤 지나쳐 간 후에야 멈춰섰다. 이쪽으로 슬슬 굴러오는 택시를 재민은 급히 달려가 잡아탔다.

"ㅇㅇ병원 가주세요."

택시는 넓은 길을 향해 미끄러져 나갔다. 등받이에 기댄 채 숨을 고르며, 재민은 아까 봤던 광경을 생각했다.

세령의 집에 들어가려고 애썼던 사람이 누구인지, 그리고 그걸 막아서는 세 사람은 누구인지, 재민은 전혀 알지 못했다. 다만, 재민이 했던 생각과 똑같은 생각을 한 사람들이 있구나 하는 점을 짐작했을 뿐이었다.

특수 지역에 있을 때나 전투 등의 상황에서는 접속 종료를 할 수 없다. 그러나 다이버 헬멧에는 안전장치 중 하나로 '강제 종료' 버튼이 있었다.

외부에서 그 버튼을 누르면 어떤 상황이든 접속이 종료된다. 물론 전투 등의 상황에서 빠져나가기 위해 일부러 사용하는 경우를 방지하기 위해 강제 종료 발생 시 여러 가지 패널티를 주고 있지만, 그런 걸 따질 상황이 아니었다.

재민은 그냥 세령의 집 두꺼비집을 내려버릴 걸 그랬나 하고 생각했지만 다시 생각해 보니 그것 또한 세령의 집 안에 들어가야만 가능한 일이었다.

가족이라도 있다면 부탁하기 쉬울 텐데 세령은 혼자 산다. 그리고 정체불명의 남자들이 그 집에 들어가지 못하도록 막아선 상태다. 아마도 세령의 집에 들어가려 애쓰던 남자는 김 팀장이 보낸 사람일 거라는 생각이 들었다.

재민은 얼굴을 감쌌다. 그, 세령의 집에 들어서지 못하게 막는 사람들과 재헌이 밀접한 관계가 있으리라는 짐작을 떨쳐버릴 수가 없었기 때문이다.

이렇게까지 해서, 대체 뭘 얻는 건데?

널 위한 일이야.

재헌의 대답이 머릿속에 떠올랐다. 차가 커브를 트는지 몸이 왼쪽으로 쏠렸다. 재민은 창밖을 보았다. 휘황찬란하게 불켜진 쇼핑몰 건물이 빛의 잔상을 남기며 옆으로 흘러가고 있었다.

*　　　*　　　*

시간이 얼마나 지났을까?

랜드로서는 문득 그런 생각을 했다.

온실의 내구도는 생각보다 훨씬 높았다. 파이어베어는 지겨운 줄도 모른 채 한 지점을 계속 때려대고 있다. 랜드로서는 계속 빠져나갈 방법을 생각하느라 정신적으로 지치고 있었다.

생각하려고, 계속 생각해 내려고 애쓰고 있는데 생각하면 할수록 다른 방법이 없다라는 결론만 자꾸 뚜렷해져 가는 것이 마음에 안 들었다. 결국 바깥에서 도움이 오기를 기다리는 수밖에 없다는 사실 또한 마음에 안 들었다.

'그러니까! 이만큼 버티면 됐잖아! 일 빨리들 처리 못하지!'

우직!

앞에서 갈라지는 소리가 났다. 투명한 벽에 금이 가 있었다. 쾅! 파이어베어가 그 자리를 다시 후려치자 거미줄 같은 방사형의 균열이 점점 더 크게 퍼져 나가기 시작했다.

‘젠장!’

랜드로서는 급히 뒤돌아 뛰기 시작했다. 부질없는 짓인지 알지만 최대한 이 자리에서 멀어져야겠다고 생각했다.

그는 식물이 우거진 자리로 달려갔다. 그 안으로 파고들어가 최대한 많은 식물로 자신을 덮었다. 시간이 멈췄을 때, 이 넝쿨들이 절대 부술 수 없는 방패로 자신을 가려줄 수 있도록.

그리고 그런 채로 우직! 우드득! 점점 벽이 부서져 가는 소리를 들으며 웅크리고 있었다. 넝쿨들 사이의 좁은 틈으로 책상이 보였다.

문득 책상 위에 있던 노트를 가지고 왔던 생각이 났다.

그는 ‘이 상황에서’ 라는 생각을 하면서도 그걸 소지품에서 꺼내 펼쳤다.

그것은 한 인물의 설정 노트였다. 사진 같은 그림들이 손으로 쓴 듯한 글씨로 다닥다닥 부연설명된 채 노트를 채우고 있었다.

랜드로서는 눈살을 찌푸린 채, 그 그림 속의 얼굴에서 시선을 떼지 못했다.

노트에 설정된 인물은 잉그리타였다.

서걱!

공기를 베는 듯한 소리가 났다. 눈앞의 녹색이 잘리며 잘려나간 풀들이 무수히 쏟아져 무릎 위 잉그리타의 얼굴을 뒤덮었다.

랜드로서는 턱이 굳는 것을 느끼며 앞을 보았다. 서걱! 넝쿨이 다시 한 번 잘려 나가며 더 벌어진 틈으로 사람의 눈이 보였다.

　랜드로서는 마법을 날리려다 멈췄다. 이대로 더 틈이 벌어지면 파이어베어는 시간을 멈출 것이다. 지금은 무엇으로든 몸을 덮으며 최대한 숨는 것이 최선이었다.

　랜드로서는 뒤로 물러나고 싶었지만 물러날 자리가 없었다. 옆에 있는 넝쿨을 잡아당겨 간신히 벌어진 자리를 메우며 중얼거렸다.

　"제길……."

＊　　　＊　　　＊

　택시는 병원 앞 주차장으로 들어가 멈췄다. 재민은 택시비를 지불하고 차에서 내렸다.

　우우웅!

　품속의 핸드폰이 진동했다. 재민은 버릇처럼 자신의 핸드폰을 꺼내다가 울린 것이 세령의 핸드폰 쪽이라는 것을 깨달았다.

　불 꺼진 병원 로비는 어두웠고 유리로 된 정문은 잠겨 있었다. 세령의 핸드폰을 꺼내자 김 팀장에게서 전화가 오고 있었다.

　"성공했어요?"

　전화를 받자마자 물었다. 전화 속의 상대가 애원했다.

재민 씨, 부탁해요.

　

"막는 데 성공하면 전화해 줘요."

재민은 전화를 끊었다. 그리고 다른 문 쪽으로 몸을 돌렸다.

업무 시간이 끝난 정문은 잠겨 있었지만 건물 왼쪽 끝의 문
은 열려 있었다. 재민은 어두운 복도를 달려 계단을 올랐다.
숨이 차오른 재민의 움직임은 점점 느려졌다. 5층까지 올라가,
눈에 익은 복도를 따라 쭉 걸어 들어간다. 저 앞에 재헌의 병
실 문이 보였다. 그 문 앞에는 두 명의 사람이 단단히 서서 문
을 막고 있었다.

재민은 숨을 가다듬었다. 그리고 문을 막은 사람들 앞까지
태연히 걸어갔다. 그들은 말없이 재민을 보고 있었다. 재민이
물었다.

"누구세요?"

"신경 끄고, 가라."

귀찮다는 어조의 대답이 돌아왔다. 재민이 문 쪽을 가리키
며 말했다.

"여기, 우리 형 병실인데요?"

두 남자는 시선을 교환했다. 곧 재민을 쫓아내기로 결정한
것 같았다. 고개를 저으며 말했다.

"내일 와. 오늘은 집에 가서 자고."

"왜요? 무슨 일 있어요?"

“별 일 아냐. 가라, 가.”

남자 하나가 재민의 어깨를 떠밀었다. 재민은 안 밀리려 했으나 그 힘을 이길 수가 없었다. 밀려나며 소리쳤다.

“엄마! 이리 좀 나와봐요, 엄마! 이상한 아저씨들이……!”

남자 하나가 재민의 입을 틀어막았다. 그리고 재민을 거의 들어 올리다시피해서 멀리 옮기기 시작했다.

“그냥 집에 가라, 응?”

재민은 그 손을 뿌리치려 했지만 역시 꼼짝도 할 수가 없었다. 속수무책으로 눈앞의 병실 문이 멀어져 가는 것을 보고 있어야 했다.

그때 병실 문이 달칵 열렸다. 안에서 다 풀려가는 파마머리를 질끈 묶은 장년의 여성이 고개를 내밀었다.

“누구……?”

재민을 끌고 가던 남자가 재민을 놓아주었다. 재민은 급히 병실 문 쪽으로 달려갔다.

“엄마!”

“재민아? 이 시간에 무슨 일이야?”

놀라는 그녀의 품에 재민은 덥석 안겼다. 생각나지 않는 이유를 급히 지어냈다.

“아니, 일은 아니고, 깜빡 졸았는데 너무 기분 나쁜 꿈을 꿔서…….”

“그렇다고 이 시간에 여길 와?”

“잠깐만 형 얼굴이라도 보려고…….”

잘 연기할 수 있을까 싶었는데 그 말을 뱉자 눈물이 왈칵 올라왔다. 어머니는 재민의 어깨를 두드렸다.

"알았어, 들어와."

문을 지키던 남자들은 이 상황이 맘에 안 드는 듯했으나 할 수 없다는 듯이 다시 문 앞에 선 자세로 돌아갔다. 재민은 어머니와 함께 병실 안으로 걸어 들어갔다. 1인실이었다. 불이 꺼져 있어 어두웠지만 여러 기기들의 불이 빛나고 있어 사물을 분별하는데는 전혀 어려움이 없었다.

"진짜 별일은 없고?"

"으응. 근데 저 아저씨들 누구야?"

"요즘 형이 일하는 쪽 사람들인 모양이더라. 자세한 건 모르겠고……."

정말 몰라? 그 질문이 재민의 목까지 치밀어 올랐으나 재민은 대꾸하지 않았다. 정말로 모르는 것이라 생각하고 싶었다. 이상하다는 의심은 품고 있지만, 알고 싶어하지 않은 상태로 오늘까지 쭉 이어져 온 것이라고. 세상에 대한 어머니의 태도는 항상 그랬다.

"형 옆에 있어. 엄만 잠시 화장실 좀 다녀올 테니까……."

어머니는 병실 안쪽에 있는 화장실로 들어갔다. 재민은 세령의 핸드폰을 꺼냈다. 핸드폰에는 부탁한다는 문자가 하나 더 와 있을 뿐이었다.

재민은 침대 쪽으로 걸어갔다. 재헌의 몸은 여러 선에 연결된 채 침대에 누워 있었다. 그리고 머리에서 눈 밑까지는 다이버 헬멧이 씌워져 있었다. 익숙한 디자인. 그러나 이 다이버 헬멧에는 강제 종료 버튼이 없었다.

재민은 그 앞에 서서 한순간 망설였다. 이걸로, 다시는 재헌과 이야기를 할 수 없게 될지도 모른다. 하지만, 이대로 계속 진행되어도 결과는 마찬가지일 거라고 생각했다. 어차피 최근 몇 개월간 재민은 답을 들은 적이 거의 없었다.

재민은 재헌의 다이버 헬멧에 손을 뻗었다. 그리고 그것을 천천히 벗겨냈다. 파직, 하고 헬멧 안쪽에서 뭔가 끊어지는 듯한 소리가 났다. 가슴이 철렁 내려앉았으나 재민은 손을 멈추지 않았다.

오랜만에 보는 재헌의 맨얼굴이 눈앞에 드러났다. 그저 잠들어 있는 듯한 야윈 얼굴이었다.

"들려?"

재민이 물었다. 게임에서와 마찬가지로 대답은 돌아오지 않는다. 그러나 재민은 항상 그랬듯, 계속해서 말했다.

"형이 없으면 우리 가족, 금방 다 굶어죽을 것 같았어?"

과연 들리기나 하는 건지 알 수 없는 대화. 그래도 재민은 계속 말을 이었다.

"안 그래. 형이 듬직해서, 기댄 것뿐이지 우리끼리라도 얼마든지 살 수 있어. 나도 조금만 버티면 어른인걸."

재민은 숨을 뱉었다. 세령의 핸드폰이 진동했지만 무시했다.

"그렇게 무서운 짓 하지 마. 날, 우리를 조금만 믿어줘. 알아서 잘할 테니까. 형은 이만 쉬어. 지금까지 너무 기대서 미안해. 형이 하고 싶은 일을 포기하게 해서 미안해. 매일 귀찮게 말 걸어서 미안해. 이제 다시는 그런 일 만들지 않을게."

재민은 한순간 말을 멈췄다가 말을 이었다.

"항상 생각해. 아무리 기적 같은 확률이라도 형이 다시 움직일 수 있게 됐으면 좋겠다고. 난 계속 기다릴 거야. 그러니까, 다 짊어지고 간다는 생각 다시는 하지 마. 같이, 잘 살아야지."

띠띠띠띳!

옆의 기계에서 날카로운 경보음이 울렸다. 재민은 그 소리가 곧 멈출 거라고 생각했지만 그렇지 않았다. 사람들이 우르르 달려온다. 그 무리 사이에는 정신없어 보이는 어머니도 끼어 있었다.

알아들을 수 없는 말을 외치며 의사와 간호사들이 각자의 일을 한다. 재민은 침대가에서 밀려났다.

사람들 사이로 언뜻 재헌의 얼굴이 보였다. 잠든 듯한 그 눈가에는 눈물이 흐르고 있었다.

*　　　*　　　*

의미없는 발악이라는 건 알고 있었다. 앞으로 밀어낼 넝쿨도 금방 떨어졌다. 랜드로서는 장미 가시에 찢겨 피투성이였다. 마지막 넝쿨이 찢겨 나가고 파이어베어의 모습이 또렷이 보였다.

랜드로서는 그를 노려보았다.

"이렇게 해서, 후회하지 않을 것 같아?"

그는 손을 뻗어 랜드로서의 팔을 덥석 잡았다. 식물들이 우석거리는 소리에 섞여, 들릴 듯 말 듯한 대답이 돌아온 것 같았다.

"후회해."

랜드로서는 파이어베어의 눈을 보았다. 그는 무표정에 가까운 얼굴로 랜드로서를 보고 있었다. 랜드로서는 금방 시간이 멈출 거라 생각했지만 파이어베어는 그 자세 그대로 3초간 움직이지 않았다.

뭐지? 라는 생각이 든 순간, 그의 모습이 투명해지며 눈앞에서 사라졌다.

그리고 다시는 나타나지 않았다.

＊　　　＊　　　＊

"…그래요. 잉그리타는 단순한 NPC가 아니라 아바타였어요."

김 팀장은 피클을 입에 넣으며 대답했다.

토요일 오후였다. 계속 추워져 가던 날씨가 갑자기 따뜻해져 모처럼 그럴듯한 햇볕이 베란다를 넘어 너울거리고 있었다.

"이미 제로월드에 접속해 있는 상태에서, 또다시 다른 인물로 접속한 거죠. 그렇게 살아보고 싶었다기보다는 새로운 시도의 일환이었을 거라 생각해요."

"새로운 시도라고요?"

"다른 방식의 가상현실게임."

김 팀장은 가볍게 말을 끊었다.

"제로월드는 이게 게임이라는 사실을 인식하고 진행하는 방식이죠. 하지만 꿈이란, 이것이 꿈인 줄 모르고 꾸는 경우가 더 많잖아요?"

"그게 게임인 줄도 모르고 진짜 인생처럼 체험하는 방식의 게임을 만들려 했단 말입니까?"

세령이 물었다. 김 팀장이 대꾸했다.

"아마도, 그럴 거예요. 뭘 연구했는지 나는 정확히 모르지만."

"그렇게 되면 더 이상 게임이 아니잖습니까?"

"글쎄요. 다른 사람이 되어보는 체험일 수도 있죠."

"글쎄요. 별로 해보고 싶지 않는데요. 내가 누군지도 잊어버리고 다른 사람이 되는 거라면."

"뭘 연구하려 했는지는 정확히 몰라요. 여러 가지로 시도 중이라는 말만 했을 뿐, 말해주지 않았으니까."

"지금이라도 물어보면 되잖습니까?"

김 팀장은 피자를 집던 손을 멈췄다. 세령을 보며 말했다.

"그럴 수 있었으면 좋겠네요."

"왜요, 잉그리타 상태라서 그럽니까? 자기가 원래 개발자였다는 사실을 완전히 잊어버려서?"

"세령 씨, 기억 안 나요? 세령 씨가 거울의 문 퀘스트를 막 시작했을 때, 내가 잉그리타로 로그인한 것."

"그랬었죠."

불길한 예감을 느끼며 세령이 대꾸했다. 김 팀장은 씁쓸한 표정을 지으며 말했다.

"잉그리타의 원래 주인은 죽었어요."

"무슨… 잉그리타는 있잖습니까?"

"잉그리타를 만들어 접속해 있었던 건, 이나희 씨였어요. 로터스 팀을 처음 만들 때부터 있었던… 개발자 중 한 명이죠. 전에 설명했듯 나희 씨는 제로월드 밖으로 나갈 수 없게 되었고 그대로 접속한 채 제로월드를 완성하는 데 남은 인생을 쓰기로 했죠. 그리고 제로월드의 기본 형태가 완성되고 자잘한 것들만을 덧붙이고 있을 때쯤, 나희 씨는 무슨 생각을 했는지 자신이 접속할 수 있는 NPC를 만들었어요. 나희 씨의 시도가 재미있어 보였는지 다른 사람 두 명도 더 참가해, 세 명의 개발자가 제로월드의 주민이 되어 다른 NPC들과 섞여 살기 시작했어요. 그 세 사람은 자신이 누구인지는 잊었지만 다른 NPC들보다 뛰어난 능력을 발휘했죠. 알다시피 오렐드는 대마족병기를 만들었고, 잉그리타는 푸른 눈 엘프를 만들었어요. 그리고 그들의 몸 상태는 매우 나빠졌죠. 제로월드에서의 몸이 아닌, 현실에서의 몸이 말이에요."

세령은 눈살을 찌푸린 채 계속 들었다. 김 팀장의 말이 이어졌다.

"감금증후군 환자 열 명 중 아홉 명은 4개월 내에 사망한다고 해요. 그에 비하면 우리 팀원들은 다들 오래 살았죠. 그들의 주인은 죽었고, 그들의 제로월드에서의 몸 또한 사라졌어요. 하지만 NPC와 같은 형태로 만들어진 잉그리타와 오렐드는 그대로 남았죠. 오렐드의 몸은 영혼 잃은 인형처럼 아무 기능도 하지 못하게 됐어요. 베르엘베르의 저주 때문에 좀비와 비슷한 몸이 되었을 뿐, 그 저주를 풀어도 남은 건 빈 몸뿐이죠. 하지만 잉그리타의 경우엔, 나희 씨는 틈틈이 잉그리타의 인공지능을 만들고 있었어요. 죽음을 대비하고 있었던 건지도 모르겠네요. 확실히 잉그리타는 다른 인공지능에 비해 훨씬 많은 정성이 들어간 존재일 거예요. 나희 씨는 죽어서 영원히 접속 종료 했고 잉그리타는 남았어요. 인공지능까지 갖춘 NPC인데 사람이 접속할 수 있는 희한한 캐릭터가 된 거죠. 잉그리타로 접속했을 때, 그 몸은 내가 움직일 수 있지만 잉그리타의 인공지능은 계속 작동하고 있어요. 귓속말로 대화를 나눌 수 있을 정도니까……."

김 팀장은 말하다가 생각에 잠긴 표정으로 말을 이었다.

"그래요, 어쩌면 나희 씨는 가상현실 속에서의 인공생명체를 만들려고 했던 건지도 모르겠네요. 잉그리타에게는 제로월드에 대한 지식이 불필요한 수준까지 들어가 있어요. 잉그리타는 NPC가 어떤 존재인지 정확히 아는 유일한 NPC죠. 나희 씨가 남긴 기록을 보면, 제로월드에 대한 모든 지식을 다 잉그리타에게 집어넣으려고 했던 것 같아요. 나희 씨 자신이 알고 있는 것과 거의 비슷한 수준의……. 심지어는 일반 유저들조차 알지 못하는 수준까지 말이죠."

김 팀장은 가벼운 숨을 뱉었다.

"잉그리타가 그런 존재라는 걸 알았을 때, 우리는 당황했어요. 그런 NPC를 자연스레 사람들 만나고 다니도록 풀어놓을 수가 없었죠. 하지만 그렇다고, 나희 씨가 남긴 유산 같은 존재를 없애 버리고 싶지도 않았어요. 생각다 못해 떠올린 역할이 거울의 수호자였죠."

"나희 씨란 사람은 어떤 사람이었습니까?"

김 팀장은 하려던 말을 멈췄다. 입을 열려다가 그만두고, 생각하는 듯하더니 결국 할 수 없다는 듯이 대답했다.

"성격으로 치자면… 잉그리타와 비슷했어요. 잉그리타보다야 훨씬 평범한 보통 사람이지만……."

김 팀장은 다시 고민하는 표정을 짓더니 덧붙였다.

"외모도… 잉그리타와 비슷하긴 했죠. 미인이었어요. 물론 잉그리타보다야 덜했지만……."

세령은 어떤 표정을 지어야 할지 모르겠다는 기분이 되었다. 왜 이런 기분이 되는지 스스로에게도 설명하지 못하고 있는데, 김 팀장이 세령을 보며 말했다.

"하지만, 세령 씨, 나희 씨는 죽은 사람이에요."

"나는 그런 사람 모릅니다."

"나는 알았어요. 너무나 잘 알았어요. 그래서, 잉그리타가 나희 씨랑 비슷하다던가 하는 생각 하지 않아요. 그냥 다른 사람, 아니, 존재예요. 다시 만나고 싶다고 간절히 생각하지만 그런 일은 일어날 수 없다는 사실을 동시에 생각하죠."

김 팀장은 시선을 내리깔았다. 곧, 망설이는 듯하며 물었다.

"나희 씨는, 제로월드 내에 살아남아 있는 자신을 만들고 싶었던 걸까요?"

"그런 건 아닐 겁니다."

세령의 대답에 김 팀장은 세령을 올려다보았다. 아이 같은 표정이라고 생각했다.

"그런 걸 바랐다면, 가장 먼저 입력할 건 제로월드에 대한 지식이 아니라 자신의 기억들이겠죠. 하지만 잉그리타에겐 과거의 기억이 남아 있지 않습니다. 잉그리타로서 그 사람이 체험한 기억까지 전부 지워 버렸죠. 그건 아마, 잉그리타가 잉그리타로서의 삶을 만들어가길 바랐기 때문일 겁니다."

김 팀장은 그대로 세령을 바라보며, 아무 대답도 하지 못했다.

세령은 생각에 잠긴 채 녹차를 마셨다. 그리고 물었다.

"그런데, 대체 왜 우리 집에 와서 피자까지 시켜먹고 있는 겁니까?"

고치처럼 변한 흑룡이 깨어난 건, 산타밸리에 침투하기로 한 날 이른 아침이었다. 보드라운 흰색의 고치를 조그마한 발톱 끝으로 가르며, 주먹만 한 생물이 고개를 내밀었다.

　그것은 이전의 곤충은 당연히 아니었고, 짐승이라고 부르기에도 애매했다. 가장 정확한 표현은 '새끼 흑룡'이었다. 기묘한 광택을 내는 흑색의 비늘로 덮인 몸체는 도마뱀의 몸체 중간을 매우 부풀려 놓은 것 같았고 조그마한 팔다리와 날개가 달려 있었다.

　녀석은 고양이가 세수하듯 앞발로 눈가를 비비더니 파닥파닥 날아올랐다. 레이니가 감동한 표정을 지었다.

　"귀여워~ 이제야 진짜 흑룡이 됐네."

　"그러니까 흑룡 맞다니까요. 설마 안 믿으셨던 겁니까요?"

　흑룡이 작은 입을 움직여 대답했다. 레이니가 눈을 끔벅였다.

　"모습이 변해도 그 말투는 안 변하는구나."

　"당연한 말씀을 하십니다요? 비록 제 몸이 덜 소환되어 와 미천한 파리 모양새를 하고 있었습니다만 제 영혼은 언제나 흑룡 그 자체였습니다만?"

　'소환이 잘못돼서가 아니라 원래 속없는 놈이었다는 거군.'

　랜드로서는 팔짱을 끼었다. 흑룡을 보며 물었다.

　"그럼, 흑룡. 여기서 커다랗게 변신할 수 있는 거냐?"

　"뭐, 완전한 상태라면 커다란 원래의 모습과 좁은 곳을 다니기 쉬운 작은 모습으로 변신할 수 있는 게 맞습니다만……."

　"맞습니다만?"

　"저 아직 완전한 흑룡 아닌데요? '소형흑룡'입니다요."

　덕분에 랜드로서는 소환의 서를 다시 찾아봐야 했다.

소환의 단계

흑개미―흑파리―흑나방―흑색박쥐―까마귀―흑색매―흑색가
고일―소형흑룡―온전한흑룡

"그러니까… 지금 이 작은 모습이 전부라고?"

"전부일 리가 없잖습니까! 파리 모습으로 소환당했을 때에
는 눈앞이 캄캄했습니다만, 단번에 무려 여섯 단계를 뛰어넘
어 여기까지 온 것이 아니겠습니까요! 이제 한 단계만 올라가
면 온전한 흑룡이 되어 인간들을 다 쓸어버릴 수 있습니다요!"

"헛소리는 됐고, 그래서 '소형흑룡' 으로서의 능력은 뭔데?"

"작은 흑룡입니다요."

"공격력은… 기대 안 하는 편이 낫겠고. 마법이라던가?"

"이 조그맣고 귀여운 소형흑룡에게 그런 것까지 기대하시
면 안 되죠."

흑룡이 대꾸했고 랜드로서는 더욱 인상을 썼다.

"왜 안 되는데?"

"못하니까요!"

그리고 흑룡은 재빨리 날아가 레이니의 뒤에 숨었다. 랜드
로서가 말했다.

"결국 도움 안 되는 건 똑같단 소리잖아?"

"그래도, 흑파리일 때보다는 방어력이 많이 상승했어요."

잉그리타가 미소 지으며 말했다. 랜드로서가 의문 섞인 시

선을 보내자 그녀는 부드러운 표정으로 말을 이었다.

"흑파리일 때보다는 죽을 확률이 훨씬 낮아진 셈이죠."

"어차피 파리일 때도 적이 있으면 냅다 도망쳐서 안전했어……."

랜드로서가 중얼거렸다. 그때 그의 눈앞에 귓속말이 떴다.

─준비 다 됐습니다. 출발하시죠.

레트리버였다. 랜드로서는 알겠다는 답장을 보내고 일행에게 손짓했다.

"출발합시다."

지금 그들이 있는 장소는 '오래된 유적 정원'의 게이트 앞이었다.

알고 보니 랜드로서의 부탁을 승낙한 레트리버에게 떨어진 퀘스트는 '성기사 조직 개편'에 이어 '연합군 지휘'였다. 연합군이 나서서 산타밸리에 가득한 마물들을 혼란시키는 동안 랜드로서가 베르엘베르의 탑에 접근해 탑의 봉인을 푼다는 내용의 퀘스트다.

그래서 랜드로서 일행은 레트리버가 연합군을 산타밸리까지 이동시키는 동안 게이트 앞에서 기다리고 있었다. 신호가 오면 산타밸리 무덤의 게이트로 이동할 생각이었다.

일행은 레이니부터 시작해 한 명씩 게이트를 통과하기 시작했다.

랜드로서는 마지막이었다. 산타밸리 무덤 게이트로 이동하
자 새하얗던 풍경 위에 산타밸리 무덤의 풍경이 오버랩 되어
차츰 뚜렷해져 갔다. 흐느적거리는 좀비들과 맞서 NPC 병사
들이 싸우는 장면이었다.

랜드로서는 무덤 위로 걸어나갔다.

"그래서 어떻게 됐는데요?"

집안일 때문에 '그날' 참여하지 못했던 스타킹좋아가 물었
다. 즐겁게 이야기하던 레이니는 조금 힘 빠지는 표정을 지었
다.

"대마족병기를 깨워서, 주변의 마물 소탕까지는 잘했어. 그
런데 베르가못이 랜드님을 잡아가 버렸지 뭐야?"

"음, 맞아요. 잡아갔었죠."

티라미슈가 고개를 끄덕이며 저쪽에 서 있는 랜드로서를 돌
아보았다. 랜드로서는 자기 얘기하는 줄도 모르고 다른 방향
을 보고 있었다.

"막판에 갑자기 베르가못이 튀어나와서 랜드 형을 끌고 호
수 밑으로 들어가 버렸어요. 호수 바닥 너머의 공간에서 베르
가못과 일대일로 싸웠던 모양인데……."

"졌군요."

스타킹좋아가 가볍게 예상하는 답을 던졌다. 티라미슈는 어
깨를 으쓱해 보였다.

"그 레벨로 베르가못을 혼자 이기긴 무리였죠. 능력치 고스

란히 남아 있을 때도 못 이겼던 놈인데."

"못 이겼던 게 아니라 뭔가 이상했었던 거거든?"

뒤에서 랜드로서의 목소리가 들렸다. 어느새 다가온 그는 인큐버스가 되기 이전의, 그라인더로 알려졌던 원래의 얼굴이 되어 있었다. 팔짱을 끼며 이어 말했다.

"애초에 깰 수 없게 만들었던 퀘스트라고."

랜드로서가 죽자 거울의 길 퀘스트는 실패했고, 대마족병기는 통제 불능의 상황에 빠졌다. 결국 베르엘베르의 핵을 깰 수밖에 없었다. 대마족병기는 전부 사라졌으나 그전에 이미 주변의 마물들을 거의 다 처리한 후였다.

그렇게 거의 모든 것은 원래대로 돌아왔다.

운영진은 재빨리 펠로서스로 통하는 길을 막았다. 펠로서스와 가이퓨트, 암흑의 두 대륙을 공개하는 시점은 무한대로 미뤄졌다. 파이어베어가 숨겨 놨던 것들을 전부 찾아서 처리한 뒤, 문제가 없다고 온전히 판단될 때에나 다시 암흑의 대륙을 여는 퀘스트를 열 것이라고 들었다.

파이어베어가 숨겨놨던 것들을 처리하는 방법은 참 직관적이었다. 파이어베어에게 묻는 것이었다.

파이어베어가 로터스와 어떻게 화해하게 됐는지, 그 과정을 랜드로서는 잘 알지 못한다. 그날 이후 랜드로서는 파이어베어를 만나지 못했다. 건강 상태가 나빠졌다는 이야기만 티라미슈에게 전해 들었다.

그리고 오늘에야, 할 말이 있다는 말을 전해 들었다.

　이곳은 '신들의 정원'이라고도 불리는 개발자의 영역이었
다. 랜드로서가 마지막에 파이어베어와 싸웠던 그 장소다.
　"본 적이 있습니다, 이곳."
　잉그리타가 주변을 돌아보며 말했다. 생각에 잠긴 얼굴을
하더니 한쪽으로 곧장 걸어갔다.
　랜드로서는 말없이 그녀를 따라 걸었다. 그녀가 걸어간 곳
은 랜드로서가 숨었던 온실이었다.
　온실은 전부 복구되어 있었다. 문을 열고 안으로 들어간 잉
그리타는 찾는 기색도 없이 바로 안쪽의 책상 있는 자리로 향
했다. 책상을 손으로 짚고 서서야 곰곰이 생각하는 표정을 짓
는다. 그리고 책상 아래쪽의 서랍을 열었다.
　"거기 별거없어."
　랜드로서가 말했다. 서랍 안에는 역시 정체 모를 막대기 하
나가 놓여 있을 뿐이었다.
　잉그리타는 그것을 집어 들었다. 순간, 막대기는 희미해지
며 사라졌다. 랜드로서가 "어?" 하는 소리를 내었을 때, 잉그
리타의 몸이 옆으로 기울고 있었다.
　"잉그리타?"
　랜드로서는 쓰러지는 잉그리타를 급히 받아 안았다. 그녀는
눈을 감고 있었다. 잠든 듯한 모습이었지만 흔들어도 반응이
없었다.
　"이거… 데이터 업데이트 중이네요."
　달려온 김 팀장이 잉그리타를 내려다보며 말했다. 이해가

가지 않는다는 어조로 물었다.

"대체 뭘 한 거예요?"

랜드로서는 있었던 일을 설명했다. 김 팀장은 생각에 잠긴 얼굴로 중얼거렸다.

"나희 씨가, 마지막까지 뭔가를 만들고 있었던 모양이네요. 내용이 뭔지 영 불안하지만… 20분쯤 있으면 다시 깨어날 거예요. 그때 확인해 봐야죠."

제로월드 안에서 그녀의 모습은 현실과 똑같았다. 운영자는 그런 거냐고 물어보니 귀찮아서 조정하지 않았다는 대답을 해 왔다.

그때 파이어베어가 도착했다는 귓속말이 들어왔다.

파이어베어는 외투만 벗었을 뿐, 전과 다르지 않은 모습이었다. 랜드로서를 보더니 복잡해 보이는 미소를 짓는다.

전해 들은 바로는 그날, 파이어베어가 갑자기 사라졌던 건 그의 접속을 강제로 종료했기 때문이라고 했다. 그리고 그가 없는 동안 로터스 팀에서는 그가 가진 권한을 전부 해지해버렸다. 다시는 시스템적인 면에 손을 대지 못하도록.

그 이야기를 들은 랜드로서는 생각했다.

'역시 이 사람들은 무르다니까……'

파이어베어는 일반 유저로 있을 때에도 해킹해서 시간을 조종하고 개발자의 영역에 들어왔던 사람이다. 어떻게 조치했든 간에 다시는 접속하지 못하게 하는 것이 가장 현명할 것이다.

그러나 개인적으로는, 이렇게 제대로 대화할 수 있는 쪽이 낫다고 생각했다.

"미안하다……. 용서해달라는 말은 하지 않을게. 그냥, 얼굴을 보고 사과하고 싶어서 왔다."

파이어베어는 랜드로서를 보며 말했다. 웃으려고 애썼지만 표정이 계속 굳어져 갔다.

"너무 초조했던 것 같아. 나에게 남아 있는 시간은 거의 끝난 듯이 느껴졌고, 이대로 떠나면 모든 것이 다 엉망이 될까봐……. 모든 것을 다 최악의 가능성으로 상상해, 견딜 수가 없었어."

그의 말투는 랜드로서가 알던 파이어베어가 아닌, 재헌의 말투에 더 가까워져 있었다. 그가 다시 반복해 사과를 했다.

"미안하다. 정말, 미안하다."

그리고 파이어베어는 티라미슈를 돌아보았다. 티라미슈는 그가 나타난 뒤로 한마디도 못한 채 그저 파이어베어를 바라보고만 있었다.

파이어베어가 손을 뻗었다. 티라미슈의 금색 머리카락을 쓰다듬으며 말했다.

"혼자, 잘할 수 있지?"

"응……."

티라미슈는 울 것 같은 얼굴로 대답했다. 파이어베어는 고개를 끄덕였다.

"그래……. 지켜보고 있을게."

그리고 파이어베어의 모습은 투명해지며 사라졌다. 다른 쪽

과 대화를 해본 듯한 김 팀장이 '뇌파가 사라졌다'라고 말했
다.

한참 파이어베어가 사라진 허공을 멍하니 보고 있던 티라미
슈가 접속 종료 했다. 랜드로서도 현실로 돌아왔다.

＊　　　＊　　　＊

재민과 짧게 통화한 뒤, 나가려고 신발을 신고 있는데 전화
가 왔다. 김 팀장이었다.

"잉그리타가 깨어났어요."

"어떻게 됐습니까?"

현관을 나서며 세령이 물었다. 김 팀장이 대꾸했다.

"일단, 인격적인 면이나 개인적인 기억에 대해서는 아무 변
화가 없어요."

세령은 의아함을 느꼈다. 잉그리타는 기억이 없는, 불완전
한 상태였다. 그래서 뭔가 더 채워 넣는다면 그쪽일 거라고 생
각했는데.

"추가된 건, 제로월드에 대한 지식과 관리자 권한이에요."

"…예?"

"나희 씨가 뭘 하고 싶어했는지 이제 알 것 같아요. 적절하
지 않은 것 같지만 이렇게 표현하면 될까요, 자동관리 시스템
이라고."

"자동이라고요……."

"제로월드가 제로월드를 계속해서 만들어가고, 관리해 나가는 시스템이죠. 베르엘베르 식으로 표현한다면 잉그리타를 새로운 신으로 만든 걸까요."

"별로 좋게 들리진 않는군요."

"일단은 지켜볼 생각이에요. 확실히 우리는 무리하고 있었으니까……. 잉그리타는 새로운 관리자지만, 어쨌거나 시스템의 일부이니까 검색이나 연산 등은 우리보다 훨씬 빨라요. 좀 문제가 생기더라도, 시도해 봐야죠."

세령은 한순간 생각에 잠겼다. 하지만 그 생각은 계속해서 이어지지 않았다.

"자세한 건 나중에 얘기하죠. 나가는 길이라."

"나도 마찬가지예요. 이따 봐요."

바깥은 확실한 겨울이 되어 있었다. 인적이 없는 인도를 세령은 말없이 걸었다.

첫눈이 내리고 있었다.

Epilogue

남겨진 세계

1년 후.

랜드로서는 사막 모래가 팬 자리에 몸을 낮추고 있었다. 바닥을 훑으며 날아온 바람이 잔모래를 마구 날려 그의 얼굴을 할퀴었다.

시야가 점점 모래로 뒤덮여 점점 불분명해진다. 이제 앞을 거의 보기도 힘들 정도에 이르러, 바람의 흐름에 따라 모래가루들이 한순간 보이는 노이즈 같은 틈으로만 저 너머를 볼 수 있게 되었을 때에, 그것이 나타났다.

그것은 붉은 깃털을 치렁치렁한 옷처럼 늘어뜨린 커다란 새였다. 모래바람 틈으로만 보이는 형체라 좀처럼 전체의 모습을 알아보기 힘들었다.

"모래바람이 불 때만 나타나는 새라……. 유령 같네요."

왼쪽에서 역시 몸을 낮추고 있던 티라미슈가 중얼거렸고, 그 옆에 있던 레이니가 물었다.

"새도 유령이 있어?"

"모르죠. 사람 유령이 있는지 없는지도."

"앞에 집중 안 할래?"

랜드로서가 눈살을 찌푸리며 앞을 보았다. 티라미슈가 말했다.

"어차피 저거 잡으려면 랜드 형이 뛰어나갈 거잖아요?"

뛰어나갈 타이밍을 가늠하고 있던 랜드로서는 대답하지 않았다. 티라미슈의 가벼운 말은 이어졌다.

"가서 부딪쳐 봐요. 어떻게 실패하나 일단 보고 나서 어떻게 보조할 건지 생각할 거니까."

"단번에 성공할 거란 생각은 안 하냐?"

"그렇게 녹록한 퀘스트는 아닐 것 같은데요. 안 그래요, 잉그리타?"

티라미슈가 잉그리타를 돌아보자 모두의 시선이 그쪽으로 쏠렸다. 잉그리타는 사막의 팬 자리에 몸을 낮추고 있는 상태임에도 불구하고 긴 의자에 기대앉은 듯 편안한 모습이었다. 엷게 웃으며 대답해 왔다.

"시도해 봐요. 겪어보면 알게 되지 않겠어요?"

'하나, 둘, 셋!'

머릿속으로 숫자를 센 랜드로서는 앞으로 뛰어나갔다. 모래

바람 때문에 환영처럼 보이는 커다란 붉은 새를 향해 양팔 벌려 돌진했다.

뒤에서 그 광경을 보는 다른 일행에게 그 모습은 랜드로서까지 모래바람 너머의 흐릿한 공간으로 먹혀 버리는 듯 보였다.

티라미슈는 잉그리타를 돌아보았다. 그녀는 차분한 미소로 랜드로서가 뛰어들어 간 저편을 바라보고 있었다.

"역시, 무작정 뛰어가 붙잡는 거로는 안 되는 거죠?"

"예."

잉그리타가 할 수 없다는 듯이 대답했다. 곧 저 앞에서 '우왁!' 하는 랜드로서의 비명이 들렸다. 불분명한 시야 너머로 커다란 붉은 새가 양 날개를 활짝 펼쳐 날아올라 가는 것이 보였다. 자잘한 불똥이 깃털 조각처럼 아래로 떨어져 내렸다.

곧 바람이 낮아졌다. 하늘 가까이까지 맹렬히 날리던 모래가루가 차츰 가라앉아 건조한 세상의 풍경이 제대로 보이기 시작했다. 랜드로서는 거의 모래에 파묻혀 있었다. 발을 힘껏 뽑아내다 뒤로 벌렁 넘어졌다. 그대로 반바퀴 굴러 가벼운 동작으로 몸을 낮춰 착지한다.

'확실히 몸놀림은 최고라니까.'

티라미슈는 느긋하게 그런 생각을 한다. 잉그리타는 모래 위에 발자국조차 남기지 않은 채 걸어나가고 있었다. 긴 금발과 긴 옷자락이 부드럽게 휘날린다.

"괜찮아요?"

랜드로서를 내려다보며 그녀가 물었다. 랜드로서는 가볍게 몸을 펴 그녀를 올려다보게 만들었다. 어깨의 모래를 털며 대꾸했다.

"딱 봐도 불새길래 불덩이를 맞을 걸 대비했는데 발길질로 모래를 마구 뿌리더라니까……."

"참 예쁜 아이죠?"

랜드로서는 잉그리타를 보았다. 그녀는 생글생글 웃고 있었다.

"뒷발로 모래 파는 건 좀 흉했어. 그렇게 우아하게 생긴 주제에 무슨 개 같은 짓이야?"

"차근차근 시도해 봐요. 언젠가는 잡을 수 있을 테니까."

"다음 모래바람은 언제죠?"

레이니가 저 하늘 멀리로 까마득히 작아진 불새의 모습을 보며 물었다. 티라미슈가 대답했다.

"다섯 시간 후에요. 그동안 밥이라도 먹고 올까요?"

사막은 수많은 모래 봉우리를 계속해서 옮기며 눈에 익었던 자리마저 끊임없이 낯설게 만들고 있었다. 그들은 잠시 두리번거리다가 길쭉한 돌기둥을 찾았다. 돌기둥이 있는 방향으로 쭉 나아가면 마을이 나온다. 사람들이 너무 자주 길을 잃어 짜증내지 않게 하기 위한 배려였다.

"그러고 보니 이 퀘스트, 갈수록 거창해지는 것 같지 않아요?"

레이니가 물었고 티라미슈가 대꾸했다.

"그러게요. 처음엔 물 긷는 걸 도와줬을 뿐인데……."

"잡다한 부탁들이 점점 커져 가더니 이젠 왠지 전설에나 나올 법한 불새를 생포하고 있고."

"이게 끝이 아니면 다음엔 대체 무슨 일이 나오려나요."

티라미슈는 잉그리타를 힐끗 보았다. 그녀는 그저 미소 지을 뿐이다. 이미 이 퀘스트가 어디로 진행될지 알고 있겠지만, 모르는 게 부딪치는 재미가 있다며 좀처럼 말해주지 않는다.

"한 가지만 말해둘게요. 이번 퀘스트, 좀 번거로워 보일지 몰라도 끝까지 진행하면 꽤 재미있을 거예요."

잉그리타가 즐거운 얼굴로 말했다. 랜드로서가 대꾸했다.

"지금도 재미있는데 뭘."

"참, 재미없게 들리는 투로 말하네요."

티라미슈가 중얼거렸고 레이니가 말했다.

"아, 스타킹이다. 이쪽으로 온다고 귓속말 보냈어. 레트리버님도 같이 온다는데."

"스타킹 님은 꼭, 여자한테만 귓속말 보낸다니까요."

"가면 라임 소다 마셔야지. 그거 맛있더라."

네 사람은 잡담을 나누며 모래 위를 나란히 걸었다. 사막의 햇볕은 쟁쟁했지만 못 견딜 정도로 뜨겁지 않았고 신발 밑에 서걱 서걱 하는 모래의 감촉도 재미있었다.

"전 그럼 이만 일하러 갈게요. 다음 모래바람 불 때 올게요."

잉그리타가 일행을 향해 말했다. 레이니가 그녀를 잡았다.

“밥은 먹고 가요~”

“다음에요. 오늘까지 확실히 만들어둬야 할 게 있어요. 내일 다수스에서 중요한 퀘스트가 시작될 것 같거든요.”

“그래, 그럼 이따 보자.”

랜드로서가 잉그리타를 보며 말했다. 잉그리타 역시 미소 지은 얼굴로 랜드로서를 보다가 뒤돌아섰다.

끝없어 보이는 사막을 향해 그녀가 걸어나간다. 그리고 곧 그녀의 모습은 신기루처럼 사라져 보이지 않게 되었다.

랜드로서는 그녀가 없어진 자리를 잠시 보고 있다가, 앞쪽을 보았다.

저 앞, 드문드문 이어진 돌기둥 너머에 조그맣게 마을이 보이기 시작했다.

유난히 크고 둥근 태양이 마을 위로 지고 있었다.

『검마전기 그라인더』 완결.

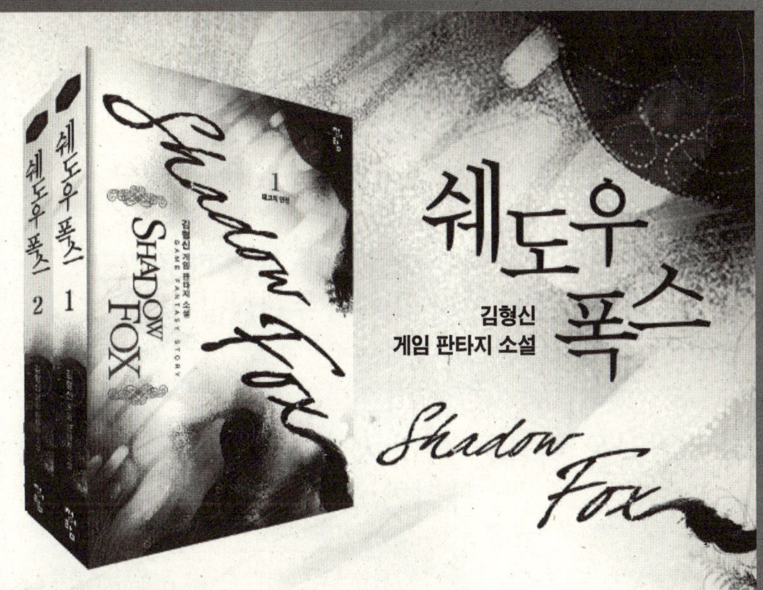

쉐도우 폭스

김형신
게임 판타지 소설

Shadow Fox

꿈꾸지 않는 자가 시간을 지배한다!

단 한 시간도 잠을 잘 수 없는 희귀 신체 진원.
가난과 천애고아란 이유로 사랑하는 연인을 잃어야만 했다.
그가 실낱같은 희망을 위해 선택한 길은 가상현실 게임 차원의 틈새.
그리고 지독한 퀘스트 끝에 얻게 된 직업 그림자 여우.

사랑하지만 떠나보낼 수밖에 없었던 연인을 되찾기 위한
꿈꾸지 않는 독종의 처절한 노력이 펼쳐진다!

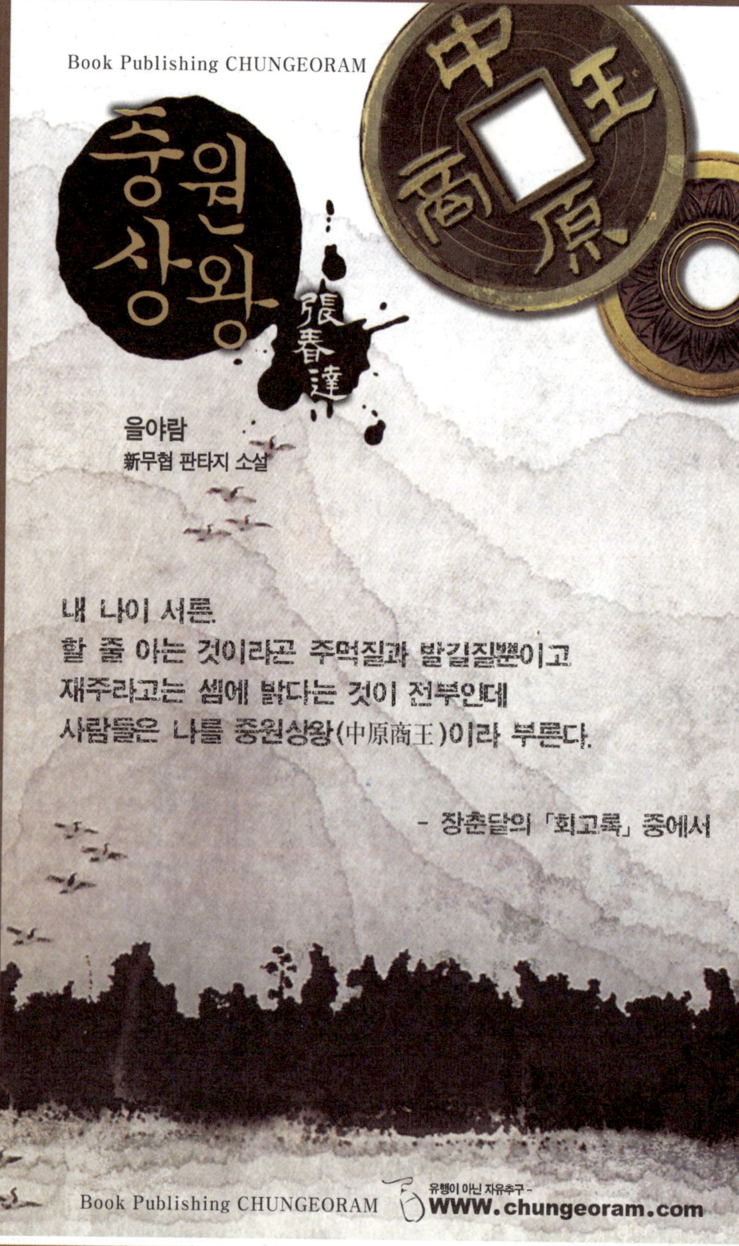
Book Publishing CHUNGEORAM

中原商王
張春達

을야람
新무협 판타지 소설

내 나이 서른.
할 줄 아는 것이라곤 주먹질과 발길질뿐이고
재주라고는 셈에 밝다는 것이 전부인데
사람들은 나를 중원상왕(中原商王)이라 부른다.

- 장춘달의 「회고록」 중에서

Book Publishing CHUNGEORAM
유행이 아닌 자유추구 -
WWW. chungeoram.com

유행이 아닌 자유추구 -
WWW.chungeoram.com

화마경 火魔經

허담 新무협 판타지 소설

대호산의 다섯 산적이 자칭 천하제일인을 만난다.

괴노 마효(魔梟)!
그는 정말 천하제일인이었을까?
그의 화마경은 정말 천하제일무경일까?

인간의 마음속에 억압된 자아를 끌어내는 자(者)의 무공!
그 화마경의 세계로 다섯 산적이 뛰어든다.

"본래 사람 사는 세상이 화마의 세계인 거다."